Erich Wimmer

Die Eimannfrau

Eine Schweiz-Odyssee

Erich Wimmer

Die Eimannfrau

Eine Schweiz-Odyssee

Roman

 münster**verlag**

Gefördert durch das Land Oberösterreich

Gefördert von der Stadt Langenthal

Impressum

© 2020 Münster Verlag GmbH, Basel

Umschlag und Satz:	Stephan Cuber, diaphan gestaltung, Liebefeld
Umschlagsbild:	Collage «Sonnenuntergang» von Josef Wimmer
Foto hintere Klappe:	Judith Wimmer
Lektorat:	Manu Gehriger und Judith Wimmer
Druck und Einband:	CPI books GmbH, Ulm
Verwendete Schriften:	Adobe Garamond Pro, Artegra Sans
Papier:	Umschlag, 135g/m², Bilderdruck glänzend, holzfrei; Inhalt, 90g/m², Werkdruck bläulichweiss, 1,75-fach, holzfrei

ISBN 978-3-907146-74-3
Printed in Germany

www.muensterverlag.ch

Für Christiane, Elisabeth, Toni und Wolfgang

Nicht nur erschaffen die Wörter die Dinge. Vielheiten von Wörtern und die entsprechenden Vielheiten von Dingen bilden Welten, die außerhalb von uns und so, wie wir sie uns vorstellen, zu existieren scheinen.

Jean Francois Billeter

Inhalt

PROLOG

Gefühlte Paprika

«Grüezi», sage ich zu dem Taxifahrer, der seinen semmelgelben Mercedes am Straßenrand vor dem Langenthaler Bahnhof geparkt hat. Er lugt durch das halbgeöffnete Fenster und sieht mich skeptisch an. Wie die meisten seiner Berufskollegen ist auch er ein erfahrener Psychologe und wittert, dass er mit mir kein Geschäft machen wird. Ich fühle mich wie ein Aktienkurs im freien Fall.

«Können Sie mir bitte sagen», frage ich ihn durch den Fensterspalt, «wohin ich gehen muss, um zur Villa von Frau Lydia Eymann zu kommen?»

Statt zu antworten nimmt er mich verschärft ins Visier. Mir imponiert das. Es gibt nicht mehr viele Menschen im gehetzten Mitteleuropa, die sich wortlose Nachdenkpausen gönnen. Ein berühmter Anthropologe hat sogar die Besonderheit unserer Spezies damit begründet, dass der Mensch im Gegensatz zum Tier fähig ist, zwischen Reiz und Reaktion innezuhalten. Er nannte diesen Moment *Hiatus*. Mit seinem Hiatus erinnert mich der Taxifahrer daran, zu welcher tollen Gattung von Lebewesen wir beide gehören.

«Nein», sagt er plötzlich.

«Was? Wieso können Sie mir das nicht sagen?»

«Weil ich es nicht weiß.»

«Aha.»

Die Worte der Stiftungs-Sekretärin kommen mir in den Sinn: Fragen Sie einen Taxifahrer. Der wird Ihnen sagen, wo Sie hinmüssen.

«Aarwangenstraße 55», versuche ich es mit der Adresse. «Dort steht die besagte Villa. Können Sie damit etwas anfangen?»

Der Fahrer sieht mich leidgeprüft an und holt so vorwurfsvoll Luft, als hätte er heute gar nicht mehr vorgehabt zu atmen.

«Stadtauswärts», ringt er sich zu einer geographischen Einschätzung durch, die er sogar mit einer kleinen Geste unterstützt: Mit seinem linken Daumen zeigt er über seine linke Schulter. Würde man der von ihm angedeuteten Geraden mit einer Trägerrakete folgen, flöge man bald durch die Umlaufbahn der Venus.

«Also diese Richtung», fasse ich seine Äußerungen zusammen und deute ebenfalls ins erweiterte Universum.

«Ja», bestätigt er, «einfach die nächste große Straße links und dann immer geradeaus, Richtung Aarwangen.»

«Ich bedanke mich», sage ich und mache eine kleine Verbeugung. *Je ausgeprägter der fremde Unmut, desto größer meine Demut.* Eine der Formeln, die mein Leben bestimmen, seit es vor knapp fünfzig Jahren begonnen hat.

«Neun Uhr und dreizehn Minuten», lese ich leise auf der Bahnhofsuhr. Seit ich in der Schweiz bin, hat sich die Frequenz meiner Selbstgespräche deutlich erhöht. Mein Vorsprech-Termin in der Villa beginnt um Punkt elf. Genug Zeit, um vorher noch das Bahnhofsrestaurant zu besuchen.

«Toast Hawaii ... 18 Franken», buchstabiere ich. Beim Eingang hat jemand die Speisen mit weißer Kreide auf eine schwarze Tafel geschrieben. Das sind über zweihundert alte österreichische Schillinge für zwei dünn gefüllte Toastscheiben und einen matschigen Ananaskringel.

Der Reserveschamane in mir beschwört gerne verloren gegangene Referenzrahmen. In meinem fernen Heimatland zaubert der Klang des Wortes *Schilling* gleichaltrigen oder älteren Menschen ein mitfühlendes Lächeln ins Gesicht. Jüngere dagegen erschrecken oft und fragen sich zumeist vergeblich, in welchem Abschnitt der Steinzeit sie diesen Begriff verorten sollen.

«Gefüllte Paprika», lese ich in der zweiten Zeile unter dem Toast. Als ich mir sicher bin, dass mich niemand beobachtet, auch nicht die umtriebige Kellnerin, fahre ich meine Fingerspitze aus, tippe auf den Kreidestaub und mache aus dem ersten der beiden l ein h. Hoffentlich wird das einer der nächsten Gäste wahrnehmen und die Kellnerin danach fragen, wie man sich das vorstellen soll, *Gefühlte Paprika*.

«Uf Wiedrluegä», sage ich halblaut zu niemand Bestimmtem. *Uf Wiedrluegä* und *Grüezi* auszusprechen, fühlt sich einfach authentisch an. Essen werde ich doch nichts. Ich bin viel zu nervös. Vor lauter Zittern würden mir neun von zehn Reiskörnern von der Gabel fallen. Mein Hinterkopf denkt ununterbrochen an die Bedeutung der bevorstehenden Befragung.

«Dann such die Villa», sage ich mir, «statt hier weiter herumzustehen und Taxifahrern und Kellnerinnen auf die Nerven zu gehen.»

Am Ende des Bahnsteigs führt eine steile Betontreppe durch einen schmalen Schacht in eine Unterführung. Schon bevor ich den tiefsten Punkt erreiche, beunruhigt mich das Aufheulen der Autos. Vorsicht, sage ich mir, als ich auf den Fußgängerstreifen hinaustrete, der erstaunlich schmal ist. Würde man die Hand ausstrecken, könnte man die vorbeirauschenden Fahrzeuge tätscheln, vorausgesetzt, man hätte ihnen vorher zugewunken und sie dazu bewogen, ihre Geschwindigkeit zu drosseln. Manchmal tätschle ich parkende Autos, die mit laufendem Motor herumstehen, um sie zu beruhigen. Dabei stehe ich vor dem Dilemma, dass sich die als Besänftigung gemeinte Geste dem Fahrzeugbetreiber nicht immer als solche mitteilt.

Die Steinwände der Unterführung sind nackt. Was mich wundert. In Österreich stünde ich garantiert vor einem fünf Meter großen, berühmten Skifahrer, der grausam grinsen und versuchen würde, mich mit einem schrill verpackten Müsliriegel zu füttern. Wäre ich von der Lautstärke der Fahrzeuge nicht so irritiert, könnte ich hier sogar die *Poesie der Leere* genießen, auf die mich vor Jahren eine Wiener Verlegerin bei einer Buchmesse hingewiesen hat. Zuvor hatte ich sie gefragt, warum in ihren Gedichtbänden nur ein oder zwei Sätze pro Seite stünden und sonst nichts.

«Haben Sie noch nie etwas von der Poesie der Leere gehört?», fragte sie zurück.

«Ja», sagte ich, «aber die kann sich doch nur entfalten, wenn sie nichts kostet. Wer Leere verkauft, macht sie zur Ware. Und Ware hat eher eine Funktion als einen Zauber. Bezahlte Liebe ist ja auch kein poetisches Großereignis.»

Die traurig schönen Steinwände haben dieses Fragment meiner Vergangenheit wahrscheinlich nicht umsonst an die Oberfläche meiner Wahrnehmung gespült. Womöglich möchte mir mein Unterbewusstsein vor Augen führen, welche Gesprächsfiguren ich beim bevorstehenden Auswahlverfahren eher vermeiden sollte.

Von der Talsohle der Unterführung führt der schräg ansteigende Fußgängerstreifen zu einem Kreisverkehr, an dessen Rand ich stehen bleibe und versuche, die gröbsten Eindrücke zu sortieren.

«Ein Backenzahn in Menschengröße», beschreibe ich mir die Skulptur, die auf der schräg gegenüberliegenden Seite des Betonrings aus einem schmalen Grünstreifen ragt. Der Zahn ist aus Plastik, weiß und grün bemalt und gibt mir zu verstehen, womit die Menschen beschäftigt sind, die in dem modernen, länglichen Gebäude dahinter arbeiten.

Direkt gegenüber befindet sich ein umzäunter Garten und darin ein großes, altes Haus. Nachdem ich die Straße überquert habe, bleibe ich vor dem Eingangsbereich stehen und suche vergeblich nach einer Hausnummer.

«Macht nichts», murmle ich. Dieses Haus, denke ich weiter, kann nicht die Villa von Frau Eymann sein. Sein Aussehen steht in einem krassen Widerspruch zu meiner Vorstellung von seinem Aussehen. Nach einem letzten Blick über den Gartenzaun sage ich mir noch: Das Haus, das du suchst, hat kein Dach das so tief in seine Fassade hängt wie eine Winterhaube bei minus zwanzig Grad. Wo sollen hier ein Kindergarten, eine Stipendiatenwohnung, eine legendäre Bibliothek und ein ganzes Geschoß für eine vierköpfige Haushälterfamilie Platz haben?

Zu diesem Zeitpunkt weiß ich noch nicht, dass Kindergärten in der Schweiz einen familiären Charakter haben, oft in Privathäusern untergebracht sind und selten von mehr als zehn bis fünfzehn Kindern besucht werden. Außerdem bin ich jetzt noch nervöser geworden und wie immer in solchen Momenten Opfer meines Selbstwertmangels, der einen seiner ganz großen Auftritte hat und mich gnadenlos weiterscheucht zu einem imaginären anderen Haus, das auf jeden Fall *heller, leuchtender, einladender* und vor allem *moderner* sein muss.

Nach einer kleinen Wanderung entlang der Hauptstraße erreiche ich einen Coiffeur-Salon. Der einzige im Moment aktive Coiffeur, ein junger, schwarzhaariger Bursche, hört sofort auf sich um seinen Kunden zu kümmern und starrt mich durch das Schaufenster an. Das Wort *Coiffeur*, besonders wenn es in leuchtenden Großbuchstaben über einem Geschäftseingang prangt, erinnert mich immer an Worte, die mit Koi- anfangen. *Koi-Karpfen* zum Beispiel, oder *Koinzidenz*. Der Coiffeur, sein Kunde und ein paar andere junge Männer, die alle noch auf ihre frisürliche Behandlung warten, fixieren mich durch das Glasquadrat des Studios, als hätten mich soeben ein paar Klingonen mit ihrem Ufo direkt vor ihren Augen abgesetzt.

13

Notgedrungen starre ich zurück. Dabei fällt mir auf, dass alle mit der gleichen Frisur gesegnet sind. Kleinfingerlange, steil in den Himmel ragende Haare, grauschwarzglänzend wie verkohlte Fichtenstämme nach einem Waldbrand, dessen Einzugsgebiet teilweise von kahlen Schneisen durchzogen ist. In einer Vision sehe ich auf diesen Schneisen Lastautos fahren, die das gefällte Holz der Haarwaldbesitzer ebenso abtransportierten wie die verschmorten Bruchstücke ihrer bereits geschleuderten Gedankenblitze.

«Grüezi!», rufe ich auch hier frisch und zuversichtlich direkt in die durch die Glasspiegelungen etwas verschleierten Gesichter und versuche, die wechselseitige Schrecksekunde mit einem netten Zunicken zu entschärfen. Auf ihre Weise sind das bestimmt freundliche Burschen. Aber meine Erscheinung im Allgemeinen und meine Haare im Besonderen bringen sie bis ganz an den Rand ihres Fassungsvermögens. Deshalb trete ich von meinem Plan zurück, auch sie nach der Villa zu fragen. Das stumme Entsetzen der Männer hat mein volles Verständnis. Im krassen Gegensatz zu ihren Haaren sehen meine aus wie zwei flachsbraune Gästepantoffeln, von denen der kleine, verkümmerte seitlich und der größere zentral auf meinem Kopf kleben, als hätte man sie dort mit besonders zäher Lamaspucke fixiert. So ein Anblick will erst einmal verarbeitet sein. Außerdem offenbart mein Seitenscheitel wortlos die Wertigkeit, die Haarmode für mich hat und die ungefähr auf einer Ebene mit einer Darmspiegelung angesiedelt ist. Die Idee, Haare als fulminanten Auftakt zu einer persönlichen Symphonie zu inszenieren, ist aus meinen beiden Bälgen mit einer Intensität verschwunden, welche die Jungs mit einer bis auf die Straße heraus spürbaren Beklemmung erfüllt.

Der nächste Mensch, dem ich ein paar dutzend Meter weiter begegne, ist eine Frau, die in einem Wohnwagen lebt, an dessen Dachvorsprung sie altes Papier zum Trocknen aufgehängt hat. Jedenfalls kommt es mir aus der Entfernung so vor. Erst als ich näher herantrete, erkenne ich, dass es sich bei dem Papier um Zeitungen handelt, die gar nicht alt sind und auch nicht getrocknet, sondern gekauft werden können. Vor mir befindet sich ein fahrbarer Zeitungs- und Tabakkiosk. Laut grüßend wende ich mich an die kraterartige Verkaufsnische, in der die Händlerin verschwunden ist wie eine Robbe in einem Eisloch beim Auftauchen eines Eisbären.

«Entschuldigung. Könnten Sie mir bitte sagen, wo sich die Villa von Frau Lydia Eymann befindet? Laut meinem Plan müsste sie hier irgendwo in der Gegend sein.»

Zuerst passiert gar nichts. Dann erhebt sich eine Stimme aus dem diffusen Halbdunkel zwischen den Zeitschriften und Zigarettenpakkungen.

«Da sind Sie schon vorbeigegangen. Sie müssen wieder zurückgehen. Das Haus, das Sie suchen, liegt direkt am Kreisverkehr.»

«Meinen Sie etwa das alte Haus mit dem himmelhohen Dach?»

«Ja, genau, das ist es.»

«Sind Sie sicher?»

Das Gesicht der Frau taucht zum ersten Mal so aus der Nische, dass ich es erkennen kann. Sie lächelt buddhamild wie der blinde Meister Po, wenn seinem Schüler Kwai Chang Caine, den er nicht umsonst *Grünschnabel* nennt, eine besonders infantile Frage gelungen war.

«Ich bin absolut sicher. Schließlich bin ich hier aufgewachsen und kenne meine Nachbarschaft.»

«Das bezweifle ich nicht», sage ich, «aber wissen Sie, ich habe mir das Haus total anders vorgestellt.»

«Was wollen Sie denn dort?»

Ja, das frage ich mich auch. Mittlerweile bin ich so gesättigt mit Hoffnungslosigkeit, dass ich den Sinn meiner Bemühungen nicht mehr erkennen kann.

«Ich habe einen Vorsprechtermin», weihe ich die Kiosk-Frau in die näheren Umstände meiner Nahzukunft ein.

«Ah, ich verstehe. Dann sind Sie also einer von den Kandidaten.»

«Genau.»

«Da wünsch ich Ihnen aber viel Glück.»

«Herzlichen Dank. Das kann ich brauchen.»

Schatztaucher

«Mich besitzt noch kein Handy», verkünde ich vor dem Gremium und bereue es sofort. Um den Preis einer halblustigen Bemerkung habe ich sieben ehrwürdigen Schweizern indirekt erklärt, dass sie im Gegensatz zu mir alle am Gängelband ihrer Mobiltelefone hängen.

«Wäre das ein Problem?», füge ich verlegen an.

Niemand antwortet. Alle blicken hinüber zum Präsidenten der Stiftung. Er sitzt am Ende des langen Tisches, rückt seinen Oberkörper zurecht und atmet tief ein. Warum hört er gar nicht mehr auf, Luft zu holen? War meine Frage wirklich so betrüblich, dass er jetzt besonders viel Sauerstoff braucht? Oder ist er in seiner Freizeit Apnoe-Taucher, der hier für einen Abstieg in den Zürcher See trainiert, um sagenhafte Schätze zu bergen?

«Nicht unbedingt», versichert er uns.

Immerhin schmunzeln zwei der vier anwesenden Frauen über meinen Handyspruch. Besonders die Sekretärin scheint ehrlich amüsiert. Ihre Lächler perlen wie Sektbläschen durch die angespannte Sphäre des Hearings. Vor zwei Wochen hat sie mich in Österreich angerufen und über den Ablauf des Auswahlverfahrens informiert. Und heute, gleich nach meiner Ankunft in der Villa, überreichte sie mir wortlos den Fahrtkostenzuschuss. Das neutrale Kuvert steckt jetzt in der Innentasche meines Sakkos und fühlt sich an wie ein

Trostpflaster für diejenigen Kandidaten, die sich mit ihrem vorlauten Mundwerk um die Chance ihres Lebens reden.

«Kehren wir doch die Befragung einmal um», schlägt der Kassier vor. Um Punkt Elf, zu Beginn der Sitzung vor etwa einer halben Stunde, wurden mir alle Stiftungsräte vorgestellt. Ihre Namen konnte ich mir nicht merken. Nur ihre Funktionen habe ich halbwegs im Gedächtnis behalten. Es gibt einen Präsidenten, eine Sekretärin, einen Kassier und die einfachen Mitglieder des Rates: die Direktorin eines Gymnasiums, einen vergleichsweise jungen Stiftungsrat, eine ernste ältere Dame sowie eine sehr ernste ältere Dame. Ihr Blick ist gerade noch nicht grimmig, aber auf eine unheimliche Weise objektiv. Wenn sie mich ansieht, wird mir sofort klar: Hier und jetzt zählt Leistung – mit einer spontanen Gegenübertragung brauche ich nicht zu rechnen.

Der Kassier verschränkt seine Finger und schiebt sie wie einen kleinen Pflug Richtung Tischmitte. Das edle Holz fungiert als geheime Energieladestation. Durch die Reibung strömt den Reibern neue Kraft in die Venen. Auch die anderen Ratsmitglieder berühren die fein geschliffene Platte mit ihren Fingern und Unterarmen. Nur ich hocke im Respektabstand neben der Kante und starre auf die Mahagonihochebene wie eine Möwe, die übers offene Meer fliegt und überlegt, was mit ihr passiert, sollte sie vorübergehend auf dem großen Frachtschiff landen.

«Was würden Sie gerne von uns wissen? Haben Sie Fragen zur Wohnung? Oder zum Umfeld der Lydia-Eymann-Stiftung?»

Vor lauter Ehrfurcht vertrocknet mir der Gaumenzapfen. Ich bin schon froh, dass ich es überhaupt bis hierher geschafft habe. Aber die Aussicht eines der am höchsten dotierten Literatur-Stipendien im deutschen Sprachraum *tatsächlich* zu bekommen, übersteigt den Horizont meiner Hoffnung.

Außerdem bin ich immer befangen, wenn ein Bär theoretisch

zerlegt wird. Natürlich kann ich ihn praktisch schon riechen. Aber das können die anderen Jäger auch. Ich bin nur einer von vier Schreiberlingen, die man persönlich in die Schweiz eingeladen hat. Zuvor haben die Stiftungsräte jeweils zwanzig bis dreißig Textseiten von ungefähr fünfzig Bewerbern gelesen. Aber nur einer von uns wird hier einziehen. Dass ich dieser Auserwählte sein könnte, erscheint mir aussichtslos.

«Darf der Stipendiat», frage ich, «ab und zu Freunde in die Wohnung einladen?»

«Wie viele Freunde?», fragt die Direktorin.

«Sieben», höre ich mich sagen.

Der Kassier stutzt.

«Wieso wissen Sie das so genau?»

Ja, das frage ich mich auch. Wie komme ich auf diese Zahl? Sieben ist eine archaische, eine magische Zahl, hoch aufgeladen mit Todsünden, glorreichen Helden und unbedingt zu begehenden Brücken. Sieben ist aber auch ein panischer Reflex der Hirnregionen, der, wie so vieles an mir, entwicklungspsychologisch noch im Pleistozän hängt. Vermutlich hätte ich gerne eine verlässliche Horde aus sieben Freunden. Manchmal trenne ich in Gedanken die Spreu vom Weizen, also die Bekannten von den Freunden, und komme dann auf Zahlen, die schwanken, je nach den Kriterien, die ich anlege, die aber immer von meiner Stimmung abhängen. In gütigen Momenten nehme ich auch die neuen Lebensgefährten meiner Freunde als Freunde dazu. Aber wenn ich mir *ganz ehrlich* bin, und diese Momente gibt es, je älter ich werde, umso öfter, dann bleibt nicht viel übrig. Die Menschen, die mir wirklich nahe sind, bringen immer wieder einmal Menschen in meinen Lebenskreis, die mir wenig bis gar nicht nahe sind. Das zu erkennen, dauert nicht lange. Um es mir einzugestehen, brauche ich länger. Bis ich es endlich ausspreche, vergehen mitunter viele, zermürbende Jahre.

«Haben Ihre sieben Freunde auch keine Handys?», durchbricht der jüngste Stiftungsrat mein hilfloses Schweigen. Betonungsmäßig hat er sich auf das Wörtchen *sieben* geworfen wie ein Rockstar in die ausgestreckten Arme eines frenetischen Publikums.

«Nein», gestehe ich, «sie haben alle Smartphones. Und spätestens wenn die letzte österreichische Telefonzelle eingestampft sein wird, werde ich mir ein Smartphone kaufen müssen. Es ist leider nur eine Frage der Zeit, bis auch ich dem größten Gott huldigen werde, den diese Menschheit je angebetet hat. Aber ich fürchte diesen Moment. Ich fürchte mich davor, keine Wahl mehr zu haben und hineingestoßen zu werden in die gnadenlose Dichte seines allumfassenden ‹Liebesnetzes›.»

Niemand reagiert, aber alle scheinen zu überlegen, was die Anführungszeichen bedeuten, die ich mit meinen Zeige- und Mittelfingern rund um das Wort «Liebesnetz» in die Luft gezeichnet habe. Genau vor solchen Momenten wollte mich mein Unterbewusstsein schon in der Unterführung warnen. Auf Menschen, die mich nicht kennen, können meine bombastischen Metaphern zweifellos zynisch wirken. Dabei ist mein Zynismus nur eine Patina auf einer Verzweiflung, die sich meiner Hilflosigkeit gegenüber den großen Umwälzungen verdankt, die unser Leben täglich schwieriger machen, obwohl sie genau das Gegenteil behaupten und vorgeben uns zu dienen.

Die Juroren bemühen sich, mich nicht ständig anzusehen. Andererseits müssen sie mich ansehen. Sie brauchen ein Bild von mir. Sie müssen mich mit den anderen Kandidaten vergleichen.

«In der Wohnung», nimmt der Präsident das Wort wieder an sich, «gibt es ein altes Festnetztelefon und einen Internetanschluss.»

«Festnetztelefone finde ich wunderbar», lobe ich die alten Bakelitklumpen. In Wahrheit gilt das Lob dem Präsidenten. Indem er die Atmosphäre versachlicht, hilft er mir, die Wogen meiner immer wiederkehrenden Nervosität zu glätten. Hinter mir liegen acht Stunden Zugsfahrt, während der ich mich auf diese Gesprächsrunde vorbereitet habe. Ich las Biographien berühmter Schweizer Schriftsteller und weiß jetzt, dass Friedrich Dürrenmatt gerne Würste gegessen hat. Außerdem hätte er seine großartigen Krimis niemals freiwillig geschrieben. Ihre Entstehung verdankt sich dem nachdrücklichen Befehl seiner Frau. *Setz dich hin und schreib endlich einmal etwas, das Geld bringt!*

Bis jetzt konnte ich dieses Spezialwissen nur teilweise verwerten. Mit ihren würdevoll hochgezogenen Schultern erinnern mich die Stiftungsräte an lebensgroße Pokerkarten. Schweizer Asse und Könige, die geduldig auf den besten Zeitpunkt warten, um sich auszuspielen. Sie tragen überwiegend dunkle, unaufdringliche, aber elegant und teuer wirkende Kleidungsstücke. Hier kostet eine einzelne Socke mehr als mein gesamtes Outfit. Der jüngste Stiftungsrat dürfte um die Vierzig sein. Die sechs anderen befinden sich altersmäßig schon in der der zweiten Halbzeit.

«Warum finden Sie Festnetztelefone wunderbar?», bohrt die strenge Rätin nach.

«Weil Festnetztelefone ihre Benützer nicht ständig verfolgen.»

«Und Sie meinen», bleibt sie am Ball, «wenn ich Sie richtig verstehe, dass Handys die Menschen verfolgen?»

«Ja.»

«Aber bei einem Verkehrsunfall rettet der schnelle Handy-Anruf mitunter Menschenleben», erklärt der jüngste Stiftungsrat.

«Das ist zweifellos ein immenser Vorteil», gestehe ich. «Das Mobiltelefon kann äußerst hilfreich sein. Andererseits beunruhigt mich das Ausmaß der Entzauberung, die von ihm ausgeht. Rilke sagt: ‹Ich will immer warnen und wehren, bleibt fern, die Dinge singen hör ich so gern.› In meiner Wahrnehmung zerstört das Handy genau diese befreiende Distanz zu den Dingen. Es verflechtet seine Benutzer mit einer flirrenden Oberfläche, in der die unterschiedlichsten

Bedeutungen gleichgeschaltet werden und die Achtsamkeit für das Besondere verloren geht. Ich aber brauche nichts so dringend wie meine Achtsamkeit. Sie ist mein Seismograph, mit dem ich Freunde und besondere Momente erkennen kann. Außerdem hilft sie mir Fettnäpfe zu entdecken, sodass ich wenigstens nur in jeden zweiten steige.»

«Warum steigen Sie überhaupt hinein, wenn Sie den Fettnapf doch schon entdeckt haben?», will die sehr strenge Rätin wissen.

«Weil ich ein typischer Nachkriegs-Österreicher bin. Und dieser Typus kauft Abfangjäger, von denen er intuitiv weiß, dass sie schrottreif sind. Das ist aber nur der erste Teil des Selbstbetrugs. Der typische Österreicher meiner Generation spürt nämlich auch, dass die großartigen Gegengeschäfte, die man ihm vor dem Kauf verspricht, sich nach dem Kauf als Luftschlösser entpuppen werden. Dennoch kauft er. Er würde sogar dann noch kaufen, wenn er sich die Teile selbst zusammenbauen müsste, obwohl er keine Ahnung hat vom Flugzeugbau.»

«Warum tut er das?», erweitert die sehr strenge Rätin ihre Frage.

«Weil ihm erfolgreich suggeriert wurde und wird, dass er die Kriegsschuld seiner Mütter und Väter noch immer zu tilgen hat. Dafür muss er bis in eine unabsehbare Zukunft hinein bezahlen. Mit schlechtem Gewissen, Demut, Duckmäuserei und viel, viel Geld. Auch und gerade dann, wenn er ganz offensichtlich übervorteilt wird.»

«Wer suggeriert den Österreichern ihre Schuld?», kreist die Sekretärin weiter um dieses Thema.

«Der Zeitgeist», antworte ich.

«Und dieser Zeitgeist», nimmt die Direktorin das Hegelwort auf, «hat auch Ihnen persönlich suggeriert, dass Sie in jeden zweiten Fettnapf zu steigen haben?»

«Ja», gebe ich zu, «für einen Österreicher ist das gar keine schlechte

Quote. Dass ich überhaupt schreibe ist ja schon der Inbegriff von Feigheit. Eigentlich wollte ich Maler werden. Aber mein Vater, der ein Kriegs-Österreicher war und selbst gemalt hat, hat mich aus diesem Terrain verdrängt. Und gehorsam wie ich war, habe ich mich auch verdrängen lassen.»

«Wie hat er Sie denn verdrängt?», fordert der Kassier eine Präzisierung.

«Er hat mir alle Bilder und Zeichnungen weggenommen, die ich als Jugendlicher gemalt habe», entberge ich dieses private Geheimnis. «Er hat sie alle konfisziert und so versteckt, dass ich sie nicht mehr finden konnte.»

«Warum?», fragt er weiter.

«Das habe ich meine Mutter auch gefragt», antworte ich. «Sie hat mir seine Übergriffe damit erklärt, dass *es* in ihm arbeitet. Mit dieser Formulierung konnte ich lange Zeit nichts anfangen. Also habe ich immer wieder nachgefragt, was das ist, das in meinem Vater arbeitet. Irgendwann hat meine Mutter endlich Farbe bekannt und gesagt, *der Krieg*. Hitler hat meinen Vater noch als Siebzehnjährigen an die Front nach Afrika geschickt. Dort hat er als einziger seines Bataillons überlebt. Nach seiner Rückkehr war er nur noch äußerlich ein Mensch. In seinem Inneren ist er lebenslang ein Soldat geblieben und hat weiter gekämpft.»

«Wogegen genau?», wirft die strenge Rätin konzentriert ein.

«Gegen die Idee», antworte ich, «dass das Leben auch schön sein kann. Mein Vater hat nichts so sehr bekämpft wie die Lebensfreude in all ihren Erscheinungsformen.»

«Warum?»

«Weil Lebensfreude in seiner Erfahrung die größtmögliche Lüge war. Wo immer sich Anzeichen dieser Lüge gezeigt haben, ist der Krieger in ihm erwacht. Und dieser Krieger war unerbittlich. Besonders gegenüber seiner Frau und seinem Sohn. Er hat mir das Malen ausgetrieben. Im Geheimen habe ich dann angefangen zu schreiben. Das war leichter vor ihm zu verbergen.»

«Also ist Schreiben nur eine Notlösung für Sie?», fragt die Direktorin.

«Am Anfang war es das bestimmt», gebe ich zu. «Als junger Mensch bin ich stundenlang vor den Prachtbildbänden in unserer Bibliothek gesessen … Picasso, Beckmann, Ensor, Matisse und Wölfli … Ich habe mich auf ihre Bilder gestürzt wie auf Rettungsinseln. Ihre Werke waren meine Verstecke und gleichzeitig eine Verheißung.»

«Verstecken Sie sich noch immer vor Ihrem Vater?», fragt der Präsident.

«Ja und nein», antworte ich, «er ist vor zwei Jahren gestorben.»

Der Präsident hebt seinen Kopf noch eine Spur höher, dann fährt er fort.

«Haben Sie nach seinem Tod nicht erwogen Maler zu werden?»

«Erwogen schon. Aber so viel neue Freiheit auf einmal hat mich völlig überfordert. Statt endlich zu malen, habe ich mir andere Überväter gesucht, denen gegenüber ich meine alten Verhaltensmuster beibehalten kann. Leider.»

«Und Ihre Mutter», fragt die besonders strenge Rätin zum ersten Mal nicht fordernd, sondern mit einem spürbar neuen, milderen Ton, «hilft Sie Ihnen nicht bei diesem Erneuerungsprozess?»

Ich schüttle den Kopf.

«Nein. Sie kann sich nicht einmal selber helfen. Ich liebe meine Mutter. Aber ich hasse ihre Unterwürfigkeit, ihren vorauseilenden Gehorsam, den sie durch ihre sklavische Existenz so abgrundtief in mir verankert hat. Mein Vater hat meiner Mutter und mir immer die Welt erklärt und uns ganz genau gesagt, was richtig und was falsch ist. Und jetzt, wo er nicht mehr da ist, suche ich mir sofort andere Diktatoren, die mich anleiten und mir sagen, wo es langgeht und was richtig ist.»

«Wen zum Beispiel?», fragt der jüngste Rat.

«Das Smartphone ist so ein Kandidat», antworte ich. «Würde ich es in meine Nähe lassen, dann würde es mir, so wie mein verstorbener Vater, permanent diktieren, wie ich die Dinge zu sehen habe. Nämlich nach Maßgabe seiner Bilder, der Bilder, die auf seinem Display erscheinen. Aber ich habe es so unendlich satt, fremdbestimmt zu werden, dass ich es, um frei zu sein, sogar in Kauf nehme, bei einem Unfall kein Handy dabei zu haben. Ich träume von einer Freiheit, die mir gegenüber dem System die Wahl lässt, nicht innerhalb seiner Normen. Ich will auch nicht alles, was ich esse, im Supermarkt oder im Restaurant kaufen müssen. Deshalb fische ich, seit ich alleine in Gummistiefeln stehen kann. Zwischen mir und dem selbstgefangenen Fisch gibt es keinen Importeur, keinen Händler, keinen LKW, keinen Tiefkühlregaleinräumer und keine Kassiermaschine. Zwischen mir und der Bachforelle gibt es keine Vorschriften, Regeln und Befehle, nur den Rausch der unmittelbaren Begegnung.»

«Würden Sie hier in der Schweiz von dieser Freiheit gegenüber dem System schreiben?», fragt die Direktorin.

«Auf jeden Fall», antworte ich, «das versuche ich immer. Aber oft, wenn ich die Worte dann unten am Papier sehe, bekomme ich Angst und lösche sie wieder.»

«Angst wovor?», möchte der Präsident wissen.

«Vor dem Zerbrechen meiner Freundschaften», antworte ich. «Ich schreibe verhältnismäßig oft über meine Freunde, weil ich sie am besten kenne und an ihnen von außen sehen kann, was ich an mir selbst nicht oder weniger gut bemerke. Dabei gerate ich in ein furchtbares Dilemma. Wenn ich sie idealisiere, dann ist der Text uninteressant, reines Geplänkel. Meine Freunde sind nur auf bestimmten, mehr oder weniger großen Terrains meine Freunde. Es gibt genug Bereiche, wo ich keine Schnittmengen mit ihnen finde und eine schauerliche Fremdheit zwischen uns spürbar wird. Indem ich darüber schreibe, sehe ich plötzlich, wo wir uns tatsächlich berühren, verstehen und wertschätzen können und wo die Grenzen sind, an denen wir einander fremd werden und das Verständnis füreinander anfängt zu bröckeln.»

«Haben Sie aufgrund eines Textes schon einmal einen Freund verloren?», fragt mich die Sekretärin.

«Ja, eine Freundin», gebe ich zu. «In meinem zweiten Roman *Grün wie Schnee* habe ich über sie und Ihren Vater geschrieben. Natürlich in verklausulierter Form, ohne Klarnamen. Aber meine Freundin war entsetzt. Sie hat mir vorgeworfen sie und ihre Familie öffentlich an den Pranger zu stellen. Sie aber liebe ihren Vater und mich nicht mehr. Obwohl sich von dem Buch wie von allen meinen Büchern nur ein paar Exemplare verkauft haben, unterstellte sie mir, ich hätte mit meinem Text die gesamte Weltöffentlichkeit über ihre Familie informiert. Das hat sie dann dazu veranlasst, mit mir zu brechen. Seit dieser Zeit habe ich oft darüber nachgedacht, ob meine Wahrhaftigkeit diesen Preis wert war.»

«Und», ergänzt die besonders strenge Dame beinahe zärtlich, «war es das?»

«Ich weiß es nicht», räume ich ein, «ich weiß es wirklich nicht und werde es wahrscheinlich nie wissen. Darin besteht ja das Dilemma, das mich immer wieder umtreibt, besonders aber beim Schreiben.»

«Und an welchen Texten würden Sie hier konkret arbeiten?», möchte die etwas weniger strenge Dame noch wissen. Auch ihre Stimme kommt mir spürbar *aufgetauter* vor.

«An meinem zweiten Krimi», antworte ich, «und einem Schweizer Tagebuch. Ich kenne dieses Land nur aus zwei Quellen. Aus den üblichen Klischees und aus dem Comic *Asterix in der Schweiz*. Sollte ich hier arbeiten dürfen, würde ich versuchen, mein eigenes Schweizbild zu entwerfen.»

Der Präsident nickt mir gemessen zu, lässt seinen Blick in die

Runde schweifen und gibt sich schließlich einen Ruck. «Hat noch jemand eine Frage an den Kandidaten?»

Niemand äußerst sich mehr. Ein paar Stiftungsräte beenden sogar den Kontakt mit dem Tisch, indem sie zurück auf ihre Stühle sinken.

«Dann», wendet er sich wieder an mich, «danken wir Ihnen für die Geduld und die Ausführlichkeit, mit der Sie unsere Fragen beantwortet haben, und wünschen Ihnen noch eine angenehme Heimreise nach Österreich.»

«Ich danke Ihnen auch für die Fragen und die Lebenszeit, die Sie mir gewidmet haben», sage ich und erhebe mich aus dem Sessel. Die Sekretärin steht ebenfalls auf und begleitet mich nach draußen.

«Sobald eine Entscheidung gefallen ist», erklärt sie mir im Vorraum, «werde ich mich bei Ihnen melden.»

Sie drückt meine Hand, aber, kommt mir dabei vor, nicht mehr ganz so zuversichtlich wie bei meiner Ankunft. Dann huscht sie zurück in das Sitzungszimmer.

Die folgende Woche fühlt sich an wie ein Schiffbruch. Ohne Ruder und Kompass treibe ich auf einer glitschigen Planke über das tückische Meer der Ungewissheit. Leise, hoffnungsvolle Strömungen im steten Wechsel mit den gefährlichen Abwärtsspiralen laut gurgelnder Selbstzweifel. Am achten Tag meiner Odyssee ruft die Sekretärin tatsächlich an. Das diesjährige Stipendium, erklärt sie mir, wird erstmals geteilt. Zwischen einer Zürcher Autorin und mir. Jeder von uns bekommt ein halbes Jahr.

OKTOBER

Die süße Maus

«Philippa», sagt Frau Krczal-Gozani mit massiver Betonung der Vokale. Gleichzeitig schwingt ihre rechte Hand auf mich zu. Wahrscheinlich verbirgt sich darin ein Brandeisen, wie es Cowboys benutzen, um Kuhschenkel zu markieren. Mir wird sie jetzt ein großes E in die Haut brennen, um klarzustellen, dass ich ab heute zum Inventar der Eymann-Villa gehöre.

Wir stehen im Eingangsbereich, direkt am breiten Fuß der steilen Eichenholztreppe. Frau Krczal-Gozani ist soeben aus dem Keller aufgetaucht. Sie ist hier die burschikose Haushälterin und hält tatsächlich einen Teil des Hauses, nämlich den Wäschekorb. Beiläufig stemmt sie ihn an ihre mächtige Hüfte und schenkt mir den streng vorwurfsvollen Blick eines Piraten, der hier seinen Schatz verstecken möchte und dabei von einem Unbekannten gestört wird. Bis jetzt bin ich ihr noch nicht persönlich begegnet, weiß aber von der Stiftungssekretärin, dass Frau Krczal-Gozani die Dinge nicht nur im Griff hat, sondern manchmal auch im Schwitzkasten. Sowohl im Haus, als auch ums Haus herum und überhaupt.

«Bei uns ist das alles eher unkompliziert», fährt Frau Krczal-Gozani fort, mit einer Lautstärke, die prophylaktisch darauf Rücksicht nimmt, dass ich in meinem Alter schon mein Hörrohr vergessen habe könnte. «Verstehen Sie den Schweizer Dialekt oder soll ich Hochdeutsch mit Ihnen reden?»

«Hochdeutsch, bitte», ersuche ich, «vom Schweizer Deutsch hab ich bis jetzt nur verstanden, dass etwas kleiner wird, wenn man ein -li anhängt ... und wenn das für Sie nicht zu aufdringlich wirkt, dann können wir auch gerne Du zueinander sagen. Wir werden hier ja immerhin ein halbes Jahr gemeinsam leben. Ich heiße Erich.»

«Philippa», wiederholt Frau Krczal-Gozani so laut, als solle eine weitere Philippa von der Straße hereingerufen werden. «Und mein Mann heißt Pavel, mein Sohn Reto und meine Tochter, die süße Maus, Sarah.»

Als sie von ihrer Tochter spricht, ändert sich der Klang von Frau Krczal-Gozanis Stimme. Ein plötzliches Leuchten überzieht die harten Ecken der Konsonanten mit dem weichen Schutzfilm einer unbedingten Liebe. Die Strahlen dieser Sonne perforieren meine Smalltalkschicht. Dort, wo sich meine unverlierbaren Erinnerungen sammeln, bekommt Sarah schon einen Platz, obwohl ich sie noch gar nicht gesehen habe. Ich werde sie auch später nicht oft sehen, weil sich der Kontakt zwischen dem Stipendiaten und der Haushälterfamilie in einer freundlich-unverbindlichen Distanz einpendeln wird. Aber jedes Mal, wenn ich Sarah zufällig treffen werde, wird sie mir mitteilen, dass sie jetzt *zum Kunstturnen* fährt oder *vom Kunstturnen* kommt. Sie wird das große Wort mindestens zwei Mal verwenden und sich damit zum ersten Mal etwas geben, das mir immer mehr abhandenkommt: Identität.

Philippa packt die Gelegenheit am Schopf und erklärt mir den Hausbrauch. Dass man in der Schweiz gelbe Streifen auf die vollen Müllsäcke klebt, ist mir neu. Aber es leuchtet mir ein. Durch den kostenpflichtigen Klebestreifen entsteht so etwas wie eine persönliche Beziehung zwischen dem Sack und seinem Befüller. Ich beschließe, meinen ersten Müllsack *Horst* zu nennen. Horst tritt aus seiner Anonymität, während ich mir als Befüller genauer überlege, was ich wegwerfe und wie ich das Weggeworfene besser falte oder dichter presse, um Platz zu gewinnen, Geld zu sparen und nebenbei die Umwelt zu schonen.

Nach dem richtigen Umgang mit dem Müll nimmt sich Philippa die Waschmaschine im Keller vor (alt und gut), das Postfach (flach aber tief, immer ganz nach hinten schauen), die Küche (alles da bis auf einen großen Spaghettitopf, da gab's einen mittelschweren Anbrennunfall mit Reis, aber der neue Topf ist schon im Anmarsch), und schließlich das Rad (immer absperren), das den Stipendiaten zur Verfügung steht. Ein altes, neu bereiftes, mattweißes, da und dort rostiges, einfach sympathisches Damenfahrrad, auf das mich auch die Sekretärin schon hingewiesen hat. Es steht neben dem Hauseingang im Eck zwischen Gartenzaun und Stiege und wird meinen Erlebnisradius deutlich erweitern. In der Schweiz heißen Räder Velos. Soviel habe ich schon mitbekommen. Außerdem sagt Philippa nicht *Müll*, sondern *Kehricht*. In diesem Wort steckt Erich, mein Name. Das gibt mir zu denken. Womöglich ist Erich eine Kurzform von Kehricht. *Bring den Erich raus und wasch dir die Hände, wir essen gleich.* Wahrscheinlich bin ich näher mit dem Müllsack Horst verwandt, als mir lieb ist. Alles, was die Welt nicht mehr braucht, fällt in uns beiden zusammen. Und wir sortieren und entsorgen es dann. Horst, indem er sich später einmal über die Müllhalde ergießt, ich, indem ich aus meiner Wirklichkeit Essenzen sammle, sie in virtuellen Räumen zwischenlagere, von wo aus sie, gebunden als Bücher, wieder eintreten in den kleinen Kreislauf aus Gelesen-und-vergessen-Werden.

Bis jetzt habe ich sieben Bücher veröffentlicht. Bei sogenannten *Kleinverlagen*, die ihre Bezeichnung dem Umstand verdanken, dass alle ihre Autoren literarisch betrachtet Zwerge sind. Nicht einmal mit einer hohen Zipfelmütze würde einer von uns so weit in die literarische Landschaft hinaufragen, dass uns ein maßgeblicher Kritiker wahrnähme. Gelesen werden meine Werke, wenn überhaupt, nur von ganz wenigen, zumeist etwas schrulligen Menschen. Mindestens einer dieser Menschen ist eine alleinstehende, altersmäßig indifferente Bibliothekarin. Sie trägt dicke Brillen und hat einen bandoneonartigen Hund, der es lieber gemütlich angeht, weshalb sein Frauchen nicht so oft Gassi gehen muss und deshalb genug Zeit findet, sogar derart unbekannte Schreiberlinge wie mich zu lesen.

Vom Schreiben könnte ich fünf Stunden lang leben. Von nach dem Frühstück bis vor dem Mittagessen. Das ist die Zeit, in der ich kein Geld ausgebe und nichts esse, sondern nur schreibe und atme. Nahrung, Gewand und ab und zu ein paar Blumen für meine Frau Rita kann ich mir nur deshalb kaufen, weil ich einen Knäckebrotberuf habe. Ich bin Geigenlehrer. Das würde Herr Liebisch, einer meiner geistigen Mentoren, nicht so flapsig formulieren. In seiner Stilschicht bin ich ein Violinpädagoge. Zum Ausgleich nennt mich Margarita, meine Nürnberger Freundin, Wimmerholzquetscher. Sie findet das deshalb besonders lustig, weil das wimmernde Holz so schön mit meinem Nachnamen korrespondiert. Ihren Humor hat sie direkt aus der Hölle, wo sie nach eigenen Angaben auch zur Welt gekommen ist. Bei ihrer nächsten Wiedergeburt möchte sie einfach in einer emotional funktionalen Familie aufwachsen. Zum ersten Mal sind wir uns in der Drehbuchwerkstatt München begegnet. Dort ist das passiert, was Wilhelm Busch in eine wunderbare Kurzformel gefasst hat: Freunde erwirbt man nicht, Freunde erkennt man.

Momentan quetsche ich keine Töne aus meiner Geige. Dafür, dass ich im Verlauf von fünf Unterrichtsjahren auf ein Jahresgehalt verzichte, habe ich das letzte dieser fünf Jahre frei bekommen. Ein sogenanntes *Sabbatical*. Zwei Junglehrer vertreten mich und können erste Unterrichtserfahrung sammeln. Derweil sammle ich schon einen Vorgeschmack auf das nachberufliche Nirwana, das Gefühl, nicht mehr gebraucht zu werden und von ehemaligen, noch im Beruf stehenden Kollegen bei zufälligen Begegnungen milde Lächler geschenkt zu bekommen.

«Hast du ein Auto?», fragt Philippa in einem Ton, als wäre das Auto eine ansteckende Hautkrankheit, was es terrestrisch betrachtet ja auch ist. Insgeheim danke ich Philippa für diese Assoziation, frage mich aber sofort, worauf ihre Sorge abzielt.

«Zuhause», transferiere ich den Gegenstand unserer gemeinsamen Betrachtung in eine ferne Zone.

«Dann ist es gut», atmet Philippa sichtlich auf, «weil hier beim Haus ist kein Platz für noch ein Auto. Wenn du eines hättest, müsstest du hinter der Kirche parkieren. Da hats noch freie Plätze.»

Vor mir, denke ich, liegen sechs freie Monate Stipendium. Genug Zeit, um die Schweiz und mein Ich einander auch ohne Auto näher zu bringen.

Als Bauwerk betrachtet wäre mein Ich ein kleiner Leuchtturm, der den Ort markiert, von dem aus Schächte, Spalten und Klüfte in eine ebenso unerschöpfliche wie geheimnisvolle Höhlenwelt führen. Dort unten lebt und gräbt die Kehrseite meines Ichs, mein *Schreiberling*. Diesen Schreiberling muss man sich wie einen pensionierten rumänischen Bergarbeiter vorstellen, der seine kärgliche Pension dadurch aufbessert, dass er unter Lebensgefahr die letzten Reste Kohle aus einem aufgelassenen Bergwerk kratzt. Der Schreiberling weiß auch nicht, was er im Lauf des Tages findet und ob er überhaupt zurückkehrt und ihm nicht die Decke auf den Schädel fällt. Gewiss ist nur, dass er viel gräbt und dabei alles Mögliche entdeckt. *Schreiberling, Engerling, Schmetterling*. Die unheilige Dreifaltigkeit meiner mysteriösen Identität.

Andererseits verstehe ich auch, dass *große Dichter*, echte Worttitanen wie Thomas Bernhard das Wort Schreiberling am liebsten kastriert hätten. Wahre schreiberische Größe ist nicht vereinbar mit einer

Verkleinerungsformel. Als ihm anlässlich einer Preisverleihung die damalige Wissenschaftsministerin ein «Ja, wo ist denn der Schreiberling?» vor den Latz knallte, entging sie ihrer Skalpierung nur deshalb, weil Thomas Bernhard kein Rasiermesser bei sich hatte. Dass er diesen Wutausbruch schlucken musste, hat sein Leben um mindestens eine Woche verkürzt und sein Publikum um ganze Absätze gebracht, die er sonst noch hätte schreiben können.

«Eins sag ich dir gleich», merkt Philippa noch an, «mit dem Lesen haben wir es nicht so. Aber seit wir zwangsläufig Kontakt zu den Autoren hier haben, es kommt ja jedes Jahr ein neuer, also seither ist da was ins Rollen gekommen. Irgendwas ist bestimmt dran, an dem, was ihr da macht.»

«Ja, das hoffe ich auch irgendwie», danke ich Philippa für so viel spontanen Zuspruch. Dass jemand literarisch ins Rollen kommt, der sonst nichts mit Büchern am Hut hat, ist motivierend. Immerhin bauen der Autor und sein Leser zusammen ein fragiles und einzigartiges Kunstwerk, das gelesene Buch. Es unterscheidet sich vom geschriebenen Buch dadurch, dass es unsichtbar ist und nur in einer doppelt magischen Erinnerung existiert. An diesem Ort treffen sich der Geist des Autors und der Geist des Lesers und tun das, was Geister am besten können: Sie durchdringen einander. Sie bilden bei jeder Begegnung eine neue Lesart, die so noch nie in der Welt war. Manchmal glaube ich sogar, dass Bücher während des Lesens zu Inseln werden, wo zwei Menschen einander auf eine geheimnisvoll-intime Weise begegnen und sich dabei über einen längeren Zeitraum in emotionalen Tiefenschichten berühren, in Schichten, die noch unter der Sphäre der Angst liegen und etwas zu tun haben mit Schönheit und Zärtlichkeit und dem Gefühl anzukommen in einem Paradies, das vielleicht gar nicht jenseits der Sterne liegt.

«Das ist der rote Stromschieber», meißeln mir Philippas Worterzeugungsorgane ins Bewusstsein. Mittlerweile stehen wir vor dem

Zählerkasten im Keller, wohin ich ihr gefolgt bin, «den darfst du nicht mit dem schwarzen verwechseln. Deshalb haben sie auch verschiedene Farben.»

Philippa zeigt mir wie ich den roten gegen den schwarzen austausche, falls ich einmal Wäsche waschen möchte. Dann erklärt sie mir, dass die Wohnung ihrer Familie über der meinen liegt. Daran knüpft sie noch eine Erklärung für den Lärm, den ihre Kinder in diesem Alter wohl unweigerlich machen werden. Die süße Maus hüpft gern polternd durch die Wohnung und der zehnjährige Reto hat gerade angefangen Posaune zu spielen.

«Deshalb Posaune», setzt mir Philippa auseinander, «weil die in der Stadtmusik von Langenthal so tolle Uniformen haben. Sowas möchte Reto auch einmal tragen.»

Diese Sehnsucht kommt mir bekannt vor. In Bad Leonfelden, dem österreichischen Ort, wo ich Geige unterrichte, gibt es auch junge Burschen, die drei Wochen nach ihrer ersten Klarinettenstunde zum Schneider stürmen und sich eine Blasmusik-Uniform anmessen lassen.

«Keine Sorge», sage ich zu Philippa, «mich freut es immer, wenn Menschen Musik machen.»

Für mich behalte ich die Überlegung, dass ein dürres zehnjähriges Bürschchen wohl nicht stundenlang auf einem Instrument üben wird, das wie eine vergoldete Panzerfaust aussieht und auch ein ähnliches Gewicht hat. Philippa erzählt von den Stipendiaten, die meine Vorgänger waren. Mit keinem gab es gröbere Probleme. Die meisten waren ja auch schon über die Lebensmitte hinaus.

«Vierzig aufwärts.»

Philippa sagt das so schwungvoll, als stünden wir beide im vierzigsten Stock eines Hochhauses. Sie hat noch Kontakt mit den tieferen Etagen, aber ich habe keine Wahl. Demnächst erreiche ich das fünfzigste Stockwerk. Eine schwindelerregende Höhe. *Vita brevis* denke ich einmal mehr. Du musst schreiben, bis sich deine Tinte in Blut verwandelt.

Mit Sophie, der Stipendiatin, die drei Jahre vor mir da war, fährt Philippa fort, seien sie sogar jetzt noch befreundet.

«Kann diese Kollegin vom Schreiben leben?», frage ich.

Philippa stutzt. Zum ersten Mal in unserem Gespräch bemerke ich eine Spur von Unsicherheit an ihr.

«Das weiß ich nicht», sagt sie zögernd. «Das hab ich sie noch nie gefragt. In der Schweiz wird nicht über Geld geredet.»

Schau Tal

Ich war noch nie im Yoga. Aber seit einiger Zeit spüre ich eine emotionale Ablösung von Turnvater Jahn, die einhergeht mit einer sanften Hinwendung zu Dehnmutter Yoga. Ihr traue ich es theoretisch zu, mir praktisch dabei zu helfen, die unvermeidliche Verkarstung meiner Körperlandschaften wenigstens hinauszuzögern.

Wie wird das werden, frage ich mich, während ich grüezisagend durch das dreistöckige Stiegenhaus des Langenthaler Sportstudios zur Rezeption hinaufsteige. Gibt es eine spezielle Schweizer Yogarichtung, bei der Österreicher von Haus aus nicht mitkommen können? Werde ich mich durch meine bereits etwas eingeschränkte Beweglichkeit blamieren? Und wie wird dieser Alain sein, der Trainer, von dem ich dank eines Prospekts zumindest den Namen kenne? Und wer sind die anderen Teilnehmer? Wie werden sie auf meine handgestrickten Socken reagieren? Werde ich überhaupt richtig angezogen sein? Oder werde ich durch mein eher simples und gröberes Trainingsoutfit allen gleich klarmachen, dass hier ein alternder Elefantenbulle versucht, sich in eine Herde grazieler Gazellen einzuschmuggeln?

Die Yogastunde beginnt mit dem Einchecken an einem eleganten, mondsichelförmigen Zehnmeter-Tisch. Dieses Möbelstück ist so staub-, flusen-, und fettfleckenfrei, dass hier auch Fernsehmoderatoren Platz nehmen und die Nachrichten verkünden könnten. Im Saal ringsum trainieren Menschen aller Altersstufen an chromblitzenden Geräten. Gröberes Geächze ist nicht zu hören. Das wundert mich. In Österreich, wo ich in meiner Jugend eine kurze Ich-werde-Conan-Phase durchgemacht habe und deshalb auch ein Weilchen meine Prahlmuskel-Gruppen trainierte, wurde im Fitnessclub immer geächzt. Ein Fitness-Studio ohne Ächzer ist wie ein Baum ohne Vogelgezwitscher, irgendwie unheimlich.

«Guten Morgen», sage ich akzentfrei.

«Zum ersten Mal hier?», fragt die Rezeptionistin zurück, ohne mir einen persönlichen Artikel zuzuordnen. Sie kann sich nicht mehr an meinen ersten Besuch erinnern. Ich habe keinen bleibenden Eindruck hinterlassen. Damals haben wir uns gleich geduzt, weil ich mimisch erfolgreich versucht hatte, einen durchschnittlichen Schweizer Mann darzustellen, der sich nach der Arbeit noch einen Aufguss gönnt. Aber jetzt ist sie von der exotischen Sprache Österreichisch derart irritiert, dass sie das joviale Club-Du zumindest am Anfang unserer Begegnung aussetzt.

«Nein», sage ich frohgemut, «ich war hier schon einmal in der Sauna und kenne den Hausbrauch ein wenig. Aber ich weiß nicht, wo das Yoga stattfindet.»

«Ach so», sagt sie, «also, das ist da die Treppe runter in einem der Säle. Abrechnen können wir auch später.»

«Ich zahle lieber jetzt gleich», sage ich und erledige das Monetäre. Dann schwinge ich mich in die Umkleidekabine für Männer. Dort geht alles glatt. Ich finde sogar ein Kästchen mit der Ziffer meines Geburtsjahrs. Ein gutes Omen und gleichzeitig eine eminente Gedankenstütze.

Auf der Betontreppe begegnen mir immer wieder Schweißgebadete. Im Erdgeschoß bleibe ich vor einem großen Turnsaalfenster stehen und tue so, als müsste ich mich orientieren. In Wahrheit beobachte ich die Frauen hinter dem Glas. Sie haben sich in hautenge Dressen gequetscht und boxen so heftig gegen einen imaginären Gegner, dass mir plötzlich die Luft leidtut. Sie macht ohnehin genug mit, mit dem Feinstaub und all dem Lärm und dem Zuviel an Licht, das sie transportieren muss. Als ob das nicht genug wäre, wird sie hier auch noch mit sogenannter Musik bedröhnt und hemmungslos geschlagen. Trotzdem erwidert sie nichts, keinen Mucks und keinen Hauch. Man sollte die Luft auf der Liste der geduldigsten Phänomene weit nach vorne reihen, bis in die Nähe der Erde, die es auch noch erstaunlich gleichmütig über sich ergehen lässt, dass sie ständig zubetoniert, aufgehackt und angebohrt wird.

«Du bist der Neue», vernehme ich hinter mir eine männliche Stimme, die mehr feststellt als fragt. Und weil es außer mir nicht allzu viele Neue geben dürfte, drehe ich mich um, bejahe die Feststellung und erweitere sie sogar um eine Frage.

«Wer hat dir das verraten?»

«Die von der Rezeption haben mich angerufen … und vorgewarnt.»

«Das war gut und richtig», bestätige ich, «immerhin komme ich direkt aus Österreich und wollte fragen, ob ich bei euch mitmachen kann?»

«Nein», sagt der große, schlanke Mann, der einen kleinen, schwarzen Zopf trägt und sich auf mich zubewegt, so weich wie eine Schnecke auf einem Pudding, «also Österreicher, tut mir wirklich leid, aber die nehmen wir nicht. Ich meine, wir sind hier wirklich tolerant, aber alles hat seine Grenzen.»

«Das verstehe ich total. Ich muss auch gleich dazu sagen», schränke ich ein, «dass ich genaugenommen gar kein richtiger Österreicher bin. Eigentlich bin ich ein Mühlviertler mit einer aktuellen Nebenverwendung als Langenthaler.»

«Na, dann ist es ja gut», sagt Alain, reicht mir zuerst seine Hand und gleich danach eine Fitnessmatte, mit der ich sofort in den Gymnastiksaal strebe.

«Verstehst du Schweizer Deutsch?», ruft er mir noch nach, während ich scheu durch eine ungefähr siebenköpfige Gruppe von Frauen stelze, die bereits auf ihren Gummi-Matten liegen.

«Jedes zehnte Wort», rufe ich zurück, «aber den Rest kann ich mir in groben Zügen zusammenreimen.»

Ich beziehe meine Ecke und richte mich ein. Matte ausrollen, hinsetzen und die indirekt aus den Spiegeln auf meine Socken fallenden Blicke mit der brüchigen Widerständigkeit des Zuzüglings quittieren. Ja, gute Leute, so ist das bei uns auf der anderen Seite der Alpen, sagt mein devoter Nacken. Wir Männer stricken dort unsere Socken selber nach alten, traditionsreichen Ringelmustern, die vom Vater an den Sohn weitergegeben werden. Meine Frau hat natürlich wieder einmal recht gehabt, als sie meinte, dass diese Socken etwas Kasperlartiges haben. Aber, was soll ich jetzt noch machen?

Nach und nach strömen weitere Frauen in die Halle, insgesamt ungefähr fünfzehn Reckinnen, die alle das gebärfähige Alter schon etwas hinter sich haben. Wie zu erwarten sind Alain und ich die einzigen Männer. Welcher andere Mann hat auch schon an einem Dienstagvormittag Zeit, um sich eineinviertel Stunden lang auf einer gelben Matte zu räkeln, durchdrungen von der Sehnsucht, zumindest ein paar alte Sprungfedern seiner verlorenen Spannkraft wiederzufinden? Wobei räkeln nur ein Teil des Programmes ist. Alain versteht es ausgezeichnet, sanfte und spannungsreiche Passagen so abzuwechseln, dass ein ausgeglichener Rhythmus entsteht zwischen Kontraktion und Emulsion, also dem Stadium, wo wir gallertiger werden dürfen und uns plazentaweich über die

Matten verströmen. Überhaupt ist Alain ein idealer Yogalehrername. Jemandem, der Alain heißt, traue ich von Haus aus mehr indisch-auratische Dehnungskompetenz zu als einem Uwe oder einem Jupp, auch wenn das vollkommen ungerecht ist und sich dem tausendarmigen Klischeemonster verdankt, das mich sicher in seinem Würgegriff hält.

Dank meines eigenen, beinahe täglichen Morgentrainings halte ich ganz gut mit bei den meisten Figuren. Einzig als es ans Grätschen der Beine geht, sieht man, dass mir die Gebärerfahrung fehlt. Die Frauen spreizen locker viel weiter als ich, wirken aber vereinzelt so angespannt, als versuchten sie noch einmal, hier und jetzt eine weitere Leibesfrucht in die Welt zu pressen.

«Von wo aus Österreich bist du denn?», fragt mich plötzlich meine Liegenachbarin. Die kleine Neugier in ihrem Blick hat nichts Aufdringliches. Eine milde Mutter, die aus altbewährter Höflichkeit handelt. Sie hat ihr Leben am Wohl anderer ausgerichtet und immer versucht, alles richtig zu machen. Jetzt, zum ersten Mal seit dreißig Jahren, gönnt sie sich wieder einen Vormittag nur für sich selbst. So verständnisvoll, wie sie meine leicht ausgeleierten Hängebacken fokussiert, wird mir klar, dass sie mindestens ein Kind hat, das auch an der Welt zu kauen hat und deshalb im Sozialbereich tätig ist. Außerdem sehe ich in ihrer Aura einen kleinen Hund mit Darmpolypen und eine beste Freundin, die, im Gegensatz zu ihr, den Kampf um die Bikinifigur schon aufgegeben hat.

«Linz», antworte ich, «das ist so eine mittelgroße Stadt zwischen Salzburg und Wien.»

«Ich kenne Linz», sagt sie, «ich bin in Wien aufgewachsen und hab dort noch einen Bruder. Und meine Tochter fliegt morgen hin.»

«Mit dem Flugzeug oder mit dem Besen?»

«Was bitte?»

«Ich meine, wie fliegt sie denn? Klassisch oder hexisch?»

«Hahaha», kichert sie, «du bist ja ein Scherzbold. Ich glaube, sie fliegt mit dem Teppich.»

«Teppich toppt Besen», gebe ich unumwunden zu, «es geht zwar langsamer, dafür kann man besser sitzen und muss sich nicht so heftig anklammern.»

«Aber es zieht auch mehr als im Flugzeug», gibt meine Nachbarin zu bedenken. In den nächsten Minuten tuscheln wir leise aber intensiv über die Vor- und Nachteile diverser märchenhafter Flugreisearten. Als wären wir von der *Swissair* beauftragt worden ihren BOEING-Fuhrpark um billigere, magische Alternativen zu erweitern.

«Helft mir, bitte!», fleht plötzlich die Frau neben meiner Nachbarin. Sie klammert sich an ihre Yogamatte, die ein paar Zentimeter über dem Saalboden schwebt. Noch während wir verdutzt auf dieses Ereignis blicken und uns fragen, wie und wo wir es einordnen sollen, sinken Matte und Frau wieder sanft zu Boden.

«Habt ihr das gesehen?», flüstert sie fassungslos in unsere Richtung.

«Bei euch alles in Ordnung?», hören wir Alains besorgte Stimme.

«Alles klar», rufe ich zurück.

«Ihr habt das doch auch gesehen, oder?», wiederholt die Frau unsicher.

«Das war nur die Lüftung», sagt meine Nachbarin zu ihr. «Die ist hier so stark, dass sie manchmal die Matten wölbt.»

Dann lässt sie ihre Kollegin im wahren Sinn des Wortes links liegen, wendet sich an mich und lüftet ihr Namensgeheimnis. «Ich heiße Chantal.»

Sie spricht es wie *Schau Tal* aus, mit einer erstaunlich langen Pause zwischen den Silben. Eine Aufforderung ins Tal zu schauen habe ich so noch nie bekommen, aber es passt schön in dieses Land, das ja nicht gerade an Talarmut leidet. Auch ich nenne meinen Namen und weise auf die Verwandtschaft mit Kehricht hin, was Schau

Tal so zum Lachen bringt, dass sie sich den Mund zuhalten muss. Sie will Alains seespiegelschöne Yoga-Atmosphäre auf keinen Fall noch mehr aufwühlen. Sie will aber auch die Gunst dieser einen Minute melken und aus ganzem Herzen lachen. Wir liegen beide vor der Quadratur des Kreises. Dezenz und Ekstase, Apoll und Dionysos. Schau Tal findet noch etwas Entzückendes, das sie unbedingt gleich loswerden muss.

«In Linz habe ich auch Verwandte und bin immer froh, wenn ich den österreichischen Slang höre. Das hat sowas … Vertrautes.»

«Du hast ja in ganz Österreich Verwandte», stelle ich fest. «Vielleicht sagst du mir einfach, wo du keine Verwandten hast. Ich glaube, das würde alles vereinfachen.»

Sofort muss sich Schau Tal wieder die Hand vor den Mund halten und prusten. Und weil sie zu platzen droht, versuche ich, ihr mit einer Versachlichung entgegenzukommen.

«Ich habe noch keinen Schweizer kennengelernt, der Linz nicht kennt», wispere ich, weil Alains Geduldsfäden erste Haarrisse bekommen und er schon Blicke in unsere Richtung wirft, die einen Anflug von regulativer Strenge transportieren, «aber ich kenne nur Österreicher, die Langenthal nicht kennen. Wieso ist das so?»

«Das … das darfst du nicht vergleichen», empfiehlt mir Schau Tal, während sie gleichzeitig mit der Beruhigung ihres Atems ringt, «Linz ist eine der größten österreichischen Städte. Aber Langenthal gehört nicht zu den Schweizer Metropolen.»

«Welche sind das?»

«Bern, Basel, Zürich, Genf, Luzern.»

Schau Tal hat sich jetzt endlich wieder halbwegs im Griff. Mit gutem Gewissen frage ich nach. «Und dort steppt der Bär?»

«Aber ganz sicher.»

«Und was geht ab in Langenthal», frage ich flüsternd, «zirpt da wenigstens der Zeisig?»

Schau Tal muss sich erneut den Mund zuhalten. Mit der anderen Hand gibt sie mir unmissverständlich zu verstehen, dass ich den meinen endlich halten soll. Sie ist so weichgelacht, dass sie alles lustig findet. Würde ich eine Socke ausziehen und ihr damit winken, müsste Alain wahrscheinlich die Rettung rufen.

Die Fänger im Gebüsch

«Achtung, in maximal zwei Minuten kommt eine Frau mit Hund!»
Pergynti registriert meine Warnung mit einem beiläufigen Nicken und duckt sich ein wenig. Was genau gar nichts bringt. Sollte die Frau wirklich an dieser Stelle des Uferwegs stehenbleiben und ihrem herumschnüffelnden Hund nachgehen, falls er durch den schmalen Streifen aus Haselnussstauden und Fichten trottet, dann sind wir ihrem Blick ausgeliefert. Und ihrem Handy. Und den Fotos, die dieses Handy machen könnte. Und den Betrachtern, denen diese Fotos in den sogenannten sozialen Medien vor Augen kommen. Im letzten Winkel meiner Vorstellungsbühne nimmt sogar schon der Stiftungsrat Platz, um – aus gegebenem Anlass – eine außerordentliche Sitzung abzuhalten. Jemand hat ein Bild vom Stipendiaten gesehen, das, gelinde gesagt, irritierend war. Deshalb die Sitzung und ihre Dringlichkeit.

«Zieh die verdammte Schnur raus», zische ich ihm leise und eindringlich zu. «Wenigstens vorübergehend. Die beiden kommen immer näher und der Hund ist von der virulenten Sorte. Der verschwindet alle paar Meter im Wald.»

«Einmal lasse ich ihn noch runter», antwortet Pergynti ignorant, ohne sich nach mir umzublicken. Er hockt auf dem schmalen Sandstreifen des Ufers, so nahe an der Langete, dass seine schwarzen Lederschuhe immer wieder von den Ausläufern der Wellen umspült werden. Aber selbst wenn das kein kaltes Wasser wäre, sondern ein Strom glühend heiße Lava, Pergynti wiche keinen Schritt zurück. Das war schon immer so. Sobald ihn das Fischfieber ergreift, ist er nur noch äußerlich ein wohlbeleibter Hundertkilomann mit Topffrisur. Innerlich hat er längst die Transformation in einen Werwolf vollzogen, von dessen Reißzähnen der Will-haben-Speichel tropft.

«Blpps», machen der Haken, der Wurm und das Blei, als sie von Pergynti geworfen etwas stromaufwärts in den Wellen landen. Er fischt mit dem *Handzeug*, einer auf das Wesentliche reduzierten Schwarzfischermethode, die ohne Stange und Rolle auskommt und nur mit Schnur, Haken und Köder operiert. Theoretisch lässt sich dieses Zeugs schnell und rückstandslos verstecken. Aber in der Praxis haben wir uns bei allzu hektischen Abgängen und Fluchten mehr als einmal den offenen Haken durch die Hosentasche in den Oberschenkel gerammt. Und da wir immer mit Widerhaken fischen, kann man das Entfernen eines gut im eigenen Muskelfleisch sitzenden Hakens schon als maßgeblichen Teil der Sühne betrachten, deren Rest uns im Jenseits erwartet. Der *Imre*, unser Codewort für Wurm, trudelt wie ein schwereloser Astronaut durch das Universum des Wassers und sinkt langsam aus der sichtbaren in die unsichtbare Zone. Während ich schräg über Pergynti auf den Wurzeln einer Fichte knie, versuche ich, sowohl seine Aktionen wie auch die Bewegungen draußen am Gehweg im Auge zu behalten.

Die Stelle, an der wir uns befinden, liegt ungefähr einen Kilometer entfernt von der Langenthaler Stadtgrenze. Hier schlängelt sich der Fluss zwischen Feldern und dem Rand eines Waldes Richtung Aare. Bei meinen Erkundungsgängen habe ich diesen Ort zu unserem ersten Angriffspunkt erkoren. Die knietiefe Kehre ist fischereilich vielversprechend und liegt zumindest so weit vom Gehweg entfernt, dass die Spaziergänger, Jogger und Hundeausführer nicht ohne weiteres auf Gestalten aufmerksam werden, die im Schatten der Bäume am Ufer kauern.

«Biss!», ruft Pergynti und zieht gleichermaßen hektisch wie umsichtig an der dünnen Nylonschnur. Es ist nicht leicht, die abfedernde Funktion einer Fischerstange mit der vergleichsweise kurzen und viel weniger reaktionsschnellen Aktion einer menschlichen Hand zu kompensieren. Besonders bei großen Fischen ist die Chance hoch, dass sie durch einen spontanen, heftigen Ruck vom Haken loskommen.

«Die ist gar nicht so klein», kommentiert Pergynti das noch unsichtbare Gewicht, das in einigen Metern Entfernung panisch über den Sandboden pflügt. «Mindestens Speise!»

Speise, unsere Abkürzung für Speisefischgröße. Ein Tier mit einer Länge von mindestens dreißig Zentimetern. Vor gut fünfundzwanzig Jahren, als wir beide noch in Linz studierten, hatten wir gemeinsam ein Jahr lang eine Fischzucht gepachtet. Von deren Besitzer, einem grobschrotigen Wicht, der, wenn er überhaupt sprach, nur mit Einzelworten oder Nennformgruppen operierte, stammt dieser Begriff. Mit *Speise* markierte er das endlich vertilgbare Ziel aller fischzüchterischen Bemühungen.

«Wörff?», kläfft ein Hund, der plötzlich neben mir steht. Er ist zu überrascht, um richtig zu bellen, das sieht man an seinem Blick. Hier hinter den Bäumen hat er maximal ein ängstliches Karnickel erwartet. Aber jetzt, mit einem Schlag, steht er vor zwei ausgewachsenen Feuerkobolden, deren Aura in blauen Flammen steht.

«Braver Hund», lobe ich ihn, während Pergynti noch immer damit beschäftigt ist, den Fisch zu drillen. Der Hund sieht nicht wirklich gefährlich aus, aber aus seinem Verhalten spricht der ehrliche Wille, sich hier und jetzt mit der Situation grundlegend vertraut zu machen und, wenn möglich, konstruktive Beiträge zu leisten. Mit seinem um Verständnis und Sachlichkeit bemühten Blick kommt er mir vor wie ein junger Lehrling, der zum ersten Mal im neuen Betrieb erscheint und noch nicht recht einordnen kann, was die beiden älteren Angestellten da tun. Aber er ist mit jeder Faser seines Herzens bereit, seinen Hund zu stellen und mitzuwirken, auch wenn das vorerst nur bedeutet, dass er hier stehenbleibt, mit dem Schwanz wedelt und herzhaft hechelt.

«Brüno!», ruft sein Frauchen von draußen vorwurfsvoll in das Uferdickicht. Ihre Stimme hat ungefähr dreißig Meter Luftlinie zurückgelegt. Wenn überhaupt. Pergynti und ich waren schon dutzende Male in solchen und schlimmeren Situationen. Wirklich gewöhnt habe ich mich nie daran.

«Es ist eine Äsche!», zischt Pergynti voller Entzücken, weil er den Fisch mittlerweile auf wenige Meter an sich herangeführt hat.

«Brüno!», tönt es noch näher als beim ersten Mal.

«Dein Frauchen ruft», flüstere ich und nicke Brüno aufmunternd zu, mit einem verbissenen Grinsen, das er, wenn er nur halbwegs bei Birne ist, als Startschuss für einen möglichst beschleunigten Abgang interpretieren könnte. Brüno, soviel ist spürbar, gerät tatsächlich in einen moralischen Konflikt. Draußen vor der dürren Hecke bewegt sich die Silhouette seiner ahnungslosen Ernährerin auf uns zu, aber hier drinnen am Fluss ist es auch ganz nett. Da befinden sich seine beiden neuen Freunde bei ihrer hochinteressanten Tätigkeit.

«Gleich hab ich sie», mümmelt Pergynti.

Viel zu lange, denke ich. Bis er den Fisch heranführt, mit der Hand fixiert, abschlägt, vom Haken befreit, irgendwo am Ufer versteckt und das Handzeug verstaut, kann Brünos Besitzerin nicht nur ein Foto von uns machen, sondern eine Staffelei aufstellen und uns mit Ölfarben verewigen.

Ich schnappe mir einen in Armgriffweite liegenden Ast, mit dem ich Brüno winke.

«Da schau, Brüno», wispere ich, «was für ein feines Stöckchen.

Sieht aus wie eine Salami. Und wie gut und weit die fliegen kann, oho, oho!»

Von der Fichte weg trabe ich am Ufer entlang flussabwärts. Hoffentlich erkennt Brüno diese Einladung als Chance auch sich und seinen dynamischen Hundekörper fortzubewegen. Ungefähr zweihundert Meter vom Ausgangspunkt entfernt, trete ich aus dem Wald auf den Gehweg hinaus und nestle dezent an meiner Jacke. Aufmerksame Wanderwegbenutzer könnten aus dieser Geste lesen, dass ich einem natürlichen Bedürfnis folgend im Wald verschwunden war und jetzt meinen Spaziergang fortzusetzen gedenke. Als ich es endlich wage, meinen Blick zu heben und dorthin zu lenken, wo Brüno im Wäldchen Richtung Fluss verschwunden war, sehe ich, dass er mitten am Gehweg vor seinem Frauchen sitzt und eine pädagogische Nachschulung erhält. Was sie sagt, kann ich nicht verstehen, aber an der nachdrücklichen Art und Weise, wie sie es ihm mit erhobenem Zeigfinger eintrichtert, wird mir klar, dass es sich erstens um ernste Worte handelt und dass er zweitens eine durchaus harsche Verhaltensanweisung erhält.

«Ja, böser Brüno», denke ich zustimmend, «horch genau zu und überleg dir in Zukunft, wen du ankläffst und wie lang du Maulaffen feilhältst, wenn andere tragische Figuren mit heruntergelassener Hose vor dir stehen.»

Während Brüno und sein Frauchen sich wieder in Bewegung setzen, zischt ein junger Mann mit dem Rad vorbei. Der macht mir keine Sorgen. Von Radfahrern geht wenig Gefahr aus. Sie sind zu schnell, zu verbissen, zu fokussiert. Vom Velo aus verdünnt sich die Wirklichkeit zur Kontur einer endlosen Schlange. Nur die Fußgängerwahrheit bietet genug Weite und Gegenwart, um auch ganz besonders heimlichen Kriechern wie Pergynti und mir auf die Spur zu kommen.

Brüno und sein Frauchen marschieren in meine Richtung. Ich

gehe ihnen voraus, wobei ich meine Schritte langsam und unauffällig beschleunige. Nach ein paar hundert Metern kommt eine kleine Brücke, die ich überquere, bevor ich auf der anderen Flussseite in den Wald eintrete. Dort bewege ich mich auf einem Forstweg wieder flussaufwärts, zurück ins Einsatzgebiet.

Nachdem ich die Höhe meines Ausgangspunktes erreicht habe, betrete ich eine Fichtenmonokultur. Aus dem Halbschatten, verborgen hinter den Baumstämmen, spähe ich über den Fluss und beobachte Pergynti. In seiner Fokussiertheit bemerkt er nicht, wie ich seine Handgriffe betrachte, seine ungebrochene Emsigkeit, seinen unbeugsamen Willen, diesem Moment alles abzutrotzen, ihn bis auf den letzten Tropfen zu melken.

Im Gegensatz zu mir hat er im Lauf der heutigen Aktion so gut wie kein Adrenalin verbraucht. Die drei Fische, die Pergynti bis jetzt gefangen hat, einer *Speise*, die beiden anderen deutlich kleiner, reichen für ihn und mich als Abendessen. Oder für Jesus als Basis für ein kleines Wunder. Sie reichen aber mitnichten für den Wolf in Pergynti, der noch unbedingt sein Rudel in Zürich versorgen möchte. Dazu gehören Irina, Pergyntis Frau, und Eos, seine jüngste Tochter. Im Gegensatz zu den beiden erwachsenen Töchtern, die in Österreich leben, geht Eos noch zur Schule. Sie hat viel von Pergyntis Klugheit geerbt, braucht aber dennoch ständig Nachhilfelehrer, die ihr dabei helfen, im Wahnsinn der besten Zürcher Mittelschule am Ball zu bleiben. Bei unserem letzten Gespräch hat Irina die teilweise unkindlichen Anforderungen des schweizerischen Schulbetriebs ausführlich kritisiert, auch um mir zu erklären, warum einer von Eos' Mitschülern Selbstmord begangen hat. Im Alter von dreizehn Jahren. Eos selbst sei in dieser Hinsicht nicht gefährdet, dafür wäre ihr psychisches Korsett zu stabil. Aber, würden die Nachhilfelehrer nicht ständig mit ihr lernen, dann müsste Eos diese Eliteschule zweifellos aufgeben. Im Gegensatz zu seinen Kindern kann Pergynti mit

Druck umgehen. Sonst wäre er nie an die Spitze der wissenschaftlichen Rankings vorgestoßen. Das inkludierte vierzehnstündige Arbeitstage sechs Mal in der Woche nebst Familiensonntagen, die er tapfer durchlächelte, indem er dem kindlichen Um-ihn-herum-Gehopse gutmütige Blicke aus Augen zu schenken versuchte, die sich vor lauter Müdigkeit zu Schlitzen verengten. Gelesen hat er, wenn überhaupt, nur im Flugzeug. Ab und zu ein paar Krimis, bevor er im Sitzen eingeschlafen ist.

Jetzt unterrichtet er Technische Mathematik und Physik an der ETH in Zürich. Dort weiß niemand, dass er eigentlich Pergynti heißt. Alle kennen ihn nur unter seinem bürgerlichen Namen Harald Warbach. Dieses monotone Vierfach-a in seinem bürgerlichen Namen erschien mir schon vor vierzig Jahren als fade, phonetische Gerade und völlig ungeeignet, um diese manische Unruhe abzubilden, mit der er damals von einer Aktivität zur anderen sprang. Sammelte ich ein paar Käfer für das Schulfach Zoologie, dann besah er sich die Sache kurz und stürmte, nachdem er sie gutgeheißen hatte, sofort ans Landesmuseum. Dort trat er der entomologischen Arbeitsgemeinschaft bei und überschwemmte die alten, gleichermaßen erfreuten wie fassungslosen Professoren mit seiner Energie. Er brachte die ehrwürdige Sammlung auf Vordermann und um ihre schönsten Käfer-Exemplare. Spielte ich so nebenbei Geige, dann fing Pergynti mit Gitarre an. Noch vor seiner Pubertät saß er acht bis zehn Stunden am Tag an der teuersten Konzertgitarre, die ihm sein Vater sofort nach der Aufnahme ins Konservatorium gekauft hatte. Pergynti spielte nicht einfach, er zerfetzte die Saiten auf der Suche nach einem Ersatz für die Zuneigung, die ihm seine Workaholic-Eltern vorenthalten mussten, weil sie damit beschäftigt waren Stiere zu schlachten, in Stückchen zu zerlegen und als Steaks und Schnitzel zu verkaufen. Pergynti war der erste Sohn des ersten Fleischhauers am Stadtplatz einer Linzer Satellitenstadt. Der war klug genug, seinem

Filius keine Wurst in die Wiege zu legen. Pergynti konnte lernen, was er wollte, solange er nur viel lernte. Und er lernte nicht nur viel, er stopfte die Welt regelrecht in sich hinein. Damals war ich zwölf Jahre alt und er neun.

In den Jahrzehnten, die seither vergangen sind, versuchte jeder von uns auf seine Weise dem Leben ein Maximum an Erfolg abzupressen. Um so viel zu verdienen, wie er das jetzt tut, zahlte Pergynti einen hohen Preis. Er verwandelte sich in einen derjenigen Uni-Professoren, die ihr Nischenwissen für das zentrale Menschheitswissen halten und es an den Bestbieter verkaufen. Dafür begegnet er dem Rest der Welt mit einem nachsichtigen Lächeln, unter dem sich das schadenfrohe Mitgefühl über die intellektuelle Kleinheit der Zurückgebliebenen nur selektiv verbirgt. Dass ich nur an einer Provinz-Musikschule kleine Kinder von unbedeutenden Leuten unterrichte, fand Pergynti schon immer irgendwie rührig. Aber richtig glücklich hat ihn erst meine Erfolglosigkeit als Dichter gemacht.

«Siehst du», sagt er manchmal, wenn eine winzige Rezension eines meiner Bücher in irgendeinem Lokalblatt erscheint, «jetzt hast du auch ein Körnchen gefunden.»

Dann klopft er mir sogar auf die Schulter und lässt einen Blick losfliegen, der von der unfassbaren Höhe seiner globalen wissenschaftlichen Vorrangstellung hinuntersegelt bis ins Flachland, dorthin, wo er Kleingeister wie mich verortet, nasenbohrend und mit einer Propellerkappe am Kopf.

Meine erste Reaktion in solchen Momenten ist eine stammhirngesteuerte Wut, die aber beinahe zeitgleich umschlägt in eine Wehmut über das Ausmaß seiner Veränderung. Darüber, dass Pergynti nicht der fidele Springinsfeld geblieben ist, der er einmal war. Das große Architektenhaus, das er jetzt als weithin sichtbaren Kulminationspunkt seines Lebens in seiner Heimatstadt baut, erhebt sich ebenso wie sein mit fremden Werten verstopftes Selbst sagenhaft weit über die Nachbarhäuser, die in Relation zu seinem Haus wie Hundehütten wirken.

«Sobald *der Kasten* steht», hat er mir versichert, «wird fischen gegangen.»

Diese Lippenbekenntnisse, die sein Leben prägen, sind Legion und erscheinen, seit wir uns kennen, in zahllosen Varianten. *Dann werde ich wandern. Dann werde ich lesen. Dann werde ich zusammen mit Irina und den Kindern mit der Zahnradbahn auf den Eiger fahren.* Schon damals, als das Leben noch vor uns lag, haben mich diese Sätze irritiert, weil ihr selbstbetrügerischer Charakter das Gift einer Fremdbestimmung so wahnsinnig offensichtlich verströmt. Jetzt, wo sich unsere Leben neigen, erschrecken mich diese Formeln aber erst so richtig, weil er sie noch immer verwendet und damit schmerzhaft klar zum Ausdruck bringt, dass Selbstbetrug kein Ablaufdatum hat. Pergynti verdient seit vielen Jahren zehn Mal so viel Geld wie ich. Aber ich bin derjenige, der seit ebenso langer Zeit zehn Mal so oft fischen geht. Um seinen Lebens- und Statusstandard halten zu können, wird auch der Rest seiner Lebenszeit überwiegend fremdbestimmt bleiben. Sein Vater starb mit nicht einmal sechzig Jahren an schierer Überarbeitung.

In den seltenen Augenblicken, wo sie sich endlich erfüllt, ist Pergyntis Sehnsucht nach einem Leben mit echten Ereignissen unmäßig. Deshalb steht er jetzt noch immer am Flussknie, mit vom kalten Wasser eingeweichten Halbschuhen. Deshalb ignoriert er die Kälte, die sich schon längst über die Sohlen zu seinen Knöcheln hochgefressen hat. Bei jedem Telefonat fragt er mich nach dem Fischbestand in den Gewässern, in denen ich fische. Wieviel hast du in der Koppentraun gefangen? Was war los an der Großen Erlauf? Hast du Äschen gesehen? Kein anderer meiner Freunde sehnt sich sosehr nach den kleinen und großen Wundern am Fluss, diesen Träumen aus reiner Gegenwart, deren Erfüllung er unwiederbringlich versäumt hat.

«Jetzt sind es fünf», ruft Pergynti strahlend über das zwischen uns rauschende Wasser, als ich an das Flussufer vorrücke und er meine Anwesenheit registriert. Für ein paar Augenblicke zeigt sich sein ewig junges Kindergesicht. Gleich darauf verschwindet diese Begeisterung, als hätten sich die Krallen des Fremden wieder fester um seinen Hals gelegt. Von allen Gefühlen ist es die Wehmut über Versäumtes, dem Pergynti den geringsten Spielraum in seiner Seele einräumt. Bevor das geschieht, kehrt er rechtzeitig zur Tagesordnung zurück.

«Die Stelle ist noch nicht ausgereizt», erklärt er entschieden und nüchtern, um meiner in der Luft liegenden Aufforderung zum Rückzug zuvorzukommen.

«Aber sie liegt doch wirklich eine Spur zu nahe am Weg, zu viel Risiko», versuche ich dagegenzuhalten, «du hast doch schon fünf gefangen.»

Aussichtslos. Solange Pergynti nicht alle Fische im Umkreis einer guten Stelle erbeutet oder zumindest am Haken gehabt hat, wird ihn kein Bulldozer von hier wegschieben können.

Ich ziehe meine Schuhe, die Socken und die Hose aus, und wate mit nackten Füßen in den Fluss. Das Wasser perlt vor arktischer Frische und spült die Vernunft aus der Säulenhalle zwischen meinen Waden. Und mit der Vernunft schwindet auch meine Ängstlichkeit. Uns kann nichts passieren. Niemand wird uns entdecken.

«Und wenn doch?», fragt ein fernes, leises Echo und knüpft auch gleich präzis bebilderte Antworten an seine bohrende Frage. Ich sehe uns fliegen. Pergynti von der Uni, mich aus der Villa. Mit der Geschwindigkeit von Leuchtraketen und der himmlischen Pracht von Regenbögen.

Nachdem ich sie ausgenommen und die Innereien sorgsam unterm Moos vergraben habe, verstaue ich die Fische in einem Plastiksack, den ich in meinen Wanderrucksack stopfe. Pergynti steckt das Handzeug in seine rechte Jackentasche. Dort landet auch die

Dose mit den Würmern, die ich gestern im örtlichen Fischereifachgeschäft gekauft habe. Endlich treten wir den Rückzug an. Ich geduckt, er die Äste zur Seite räumend, zwängen wir uns zwischen den Bäumen und Büschen hinaus auf den Uferweg. Dort geben wir die Nummer von den fidelen Wanderern, die plaudernd Richtung Langenthal spazieren.

«Jemand hat uns beobachtet und vielleicht sogar fotografiert», sagt Pergynti zwischendurch. Seine Stimme klingt so beiläufig, als hätte man uns bei einem Punschstand zugeprostet und Frohe Weihnachten gewünscht.

«Wie, wo und wann bitte?», würge ich heraus, während ich vergeblich versuche, meine aufflammende Panik zu verbergen.

«Vorhin, als du weg warst.»

«Aber ich war nur ganz kurz weg …»

«Auf der anderen Flussseite war jemand», fährt Pergynti fort.

«Wer – jemand?!»

«Genau hab ich ihn nicht gesehen. Da war nur ein kurzes Blitzen. Ein Sonnenstrahl hat sich in einem Objektiv gespiegelt.»

«Welches Objektiv?»

«Ein Tele», präzisiert Pergynti, «so ein Monsterrohr wie es Fotoreporter benutzen, wenn sie Fußballer fotografieren.»

«Und damit hat er uns aufgenommen?», wiederhole ich das Unfassbare.

«Möglicherweise», spekuliert Pergynti unbeeindruckt von meiner Irritation. «Ich hab nicht einmal erkennen können, wer das war. Mann oder Frau, keine Ahnung. Dem Profil nach könnte es beides gewesen sein. Außerdem war er oder sie gleich wieder weg.»

«Und das sagst du mir erst jetzt so nebenbei?», brause ich auf.

«Nur keine Panik», beschwichtigt mich Pergynti. «Es ist extrem unwahrscheinlich, dass es wirklich Fotos mit Fischen gibt. Wahrscheinlich hat er nur gesehen, wie ich hier herumgestanden bin. Und selbst wenn ein Fisch auf seinem Foto zu sehen wäre – hier kennt uns niemand!»

«Wir hätten Masken tragen sollen», trauere ich einer Vorsichtsmaßnahme nach, «oder wenigstens falsche Bärte. Aber jetzt kann jeder unser Gesicht sehen.»

«Und wenn schon», sagt Pergynti ungeduldig, weil ihn mein Gejammer sichtlich nervt, «niemand kann unseren Gesichtern Namen zuordnen.»

«Deinem vielleicht nicht», lamentiere ich weiter, «aber von mir hängen immer Plakate herum, wenn ich Lesungen mache.»

«Du bist nur am Ufer herumgehockt», erklärt Pergynti. «Von dir gibt es definitiv kein Foto mit einem Fisch in der Hand.»

«Aber von dir schon, oder?»

«Ja», sagt er, «und dieses Foto wird soeben dem Schweizer Polizeipräsidenten ausgehändigt, der die Armee in Alarmbereitschaft versetzt.»

Pergyntis Humor war schon immer rabenschwarz. Er fragt auch Menschen, die von sich behaupten, dass ihnen etwas die Haare aufstellt, eiskalt danach, ob es ihnen *alle* Haare aufstellt, auch die unterhalb der Taille. Dann, noch in der Schrecksekunde, lacht er lauthals los. Genau das passiert auch jetzt. Während er sich amüsiert, denke ich an die Person, die ihn womöglich fotografiert hat. Wer ist dieser Jemand? Ist er schon wieder verschwunden, oder klebt er noch immer an unsere Fersen, so lange, bis er entdeckt, wer ich bin und wo ich wohne?

«Aber wie war das möglich, dass der uns überhaupt gesehen hat, in dem Dickicht?», will ich wissen.

«Da war eine schmale Schneise», antwortet Pergynti. «Am anderen Ufer zwischen den Bäumen. Von dort siehst du auf die Stelle, wo wir gefischt haben.»

«Und was machen wir jetzt?»

«Weiterfischen», schlägt er unbeeindruckt vor, «es läuft doch gut. Wo ist denn die nächste schöne Stelle? Du hast doch sicher schon ausgekundschaftet, wo sich noch ein paar große Forellen verstecken …»

NOVEMBER

Der mit dem Floh tanzt

Wie ein Huhn, das zuerst mit vorgeschobenem Kopf das Terrain erkundet, ruckelt unser Zug über die Gleise. Die Lokomotive scheint sich zu fragen, ob sie der hohen Brücke vor dem Berner Bahnhof unser Gewicht zumuten kann. Tief unter uns hat sich die Aare gehäutet. Ihre absinthgrüne Glashaut liegt reglos am Boden der Schlucht und glitzert in den spätherbstlichen Sonnenstrahlen. Während der Zug über den Viadukt kriecht, erscheint auf der anderen Talseite eine befremdliche Fata Morgana. Schartige Torbögen, bröckelnde Mauern und eine Flut greller Zeichen, die wahnsinnig gerne schreien würden, wären sie nicht zurückgebunden an eine stumme Substanz aus Lack und Öl. In ihrer Rätselhaftigkeit erinnern mich die Symbole an einen alten Fruchtbarkeitskult. Eine riesige Halle, ebenfalls schrill bepinselt, thront wie ein steinernes Zelt auf einem weitläufigen Platz, wo Menschen wie Kaulquappen herumwuseln und sich zwischen unzähligen Waren um schmale Tischchen drängen.

«Flohmarkt», spreche ich das magische Wort aus. Wenn das kein Wunder ist. Ich komme erst zum zweiten Mal in meinem Leben nach Bern und schon veranstaltet die Stadt mir zu Ehren mein Lieblingsfest.

«Grüezi wohl», sage ich zu einem spätmittelalten Mann in einem Lederwams, der hinter einem vollbeladenen Tapeziertisch steht und seit den frühen Morgenstunden bestimmt nur auf mich gewartet hat, «was kosten?»

Ich zeige auf eine alte Ledertasche, deren Oberfläche mit Narben und Schnitten übersät ist.

«Sechzig», sagt er schonungslos.

«Dreißig», halbiere ich automatisch.

Statt in das Gesicht eines Schweizer Flohmarkthändlers blicke ich plötzlich in die verdüsterte Miene eines russischen Waffenexporteurs. Jetzt ist er extra mit seinem Privatjet aus Wladiwostok hierher nach Bern geflogen. Man stelle sich diesen ganzen Riesenaufwand vor. Und dann steht vor ihm ein knausriger Lurch wie ich, der die Bezeichnung *Kunde* gar nicht verdient, weil er viel zu einfältig ist, um den Wert der hier dargebotenen Ware auch nur ansatzweise zu erkennen. Stante pede kehrt er um zu seinem Privatjet, steigt ein, fliegt weg und lässt mich genauso kommentarlos stehen wie ich seine Tasche.

Phase eins der Eröffnung. Jeder Spieler hat eine Figur ins Feld geschickt. Später werde ich wiederkommen und mit «fünfunddreißig» den zweiten Zug machen. Aber noch umgibt den Händler die trügerische Kraft der morgendlichen Hoffnung auf bessere Geschäfte.

Es riecht nach Thermoskannenkaffee, Schweiß, Hausnischenurin und lange nicht benutzten, schläfrigen Dingen, die eine Aura nach dunklen, mit Stille und Resignation gesättigten Kammern verströmen. Unweigerlich nehme ich den weichgespülten Schlenderrhythmus einer Schildkröte an. Was mir heute auch deshalb erstaunlich leicht fällt, weil ich vor ein paar Tagen Zeuge eines Radioaufrufs wurde, man möge bitte – bei Sichtung! – eine Schildkröte zurückbringen, die in Aarwangen entlaufen war. Ich fühlte mich sofort persönlich angesprochen. Erstens liegt Aarwangen in Marschnähe von Langenthal, zweitens habe ich viel investigative Zeit und drittens empfinde ich den Schweizern gegenüber eine gewisse Bringschuld, die mit einer Schildkrötenzurückbringung zumindest teilweise getilgt wäre.

Außerdem frage ich mich seither, ob das Wort *entlaufen* überhaupt schildkrötenkonform ist? Wäre es nicht besser, weil tierartgerechter, in diesem speziellen Fall von einem *Entgehen* zu sprechen oder von einem *Entkrabbeln*?

Vor dem Stand eines jungen Mannes weiß ich plötzlich, was ich ganz dringend brauche. Er verkauft DVDs zu einem für schweizerische Verhältnisse sagenhaft günstigen Preis. Ein Franken pro Stück. Der Zulauf zu seinen Produkten ist entsprechend groß. Irgendwann gelingt es mir, mich an eine seiner mit DVDs vollgestopften Kisten heranzuquetschen und mich in dieser Position festzukrallen. Das ist deshalb notwendig, weil hier ständig angewinkelte Ellbogen und versteifte Hüfthügel durch das Gedränge pflügen und die Standfestigkeit der Menschen testen, die versuchen, innezuhalten und durchzuatmen.

«Was für eine coole Auswahl an coolen Filmen», lobe ich die Produktpalette laut und überschwänglich, was aber von niemandem wahrgenommen wird. Alle sind ausreichend mit sich beschäftigt und mit ihrer Sehnsucht, Schnäppchen zu machen. Wir wollen Dinge kriegen, die weniger kosten, als sie wert sind. Plötzlich frage ich mich, ob es solche Dinge überhaupt gibt. Würde ein Auto in der Anschaffung nur einen Cent kosten, würde ich noch immer einen ganzen Tag pro Woche nur dafür arbeiten, um mir seine Erhaltung zu leisten. Manchmal träume ich mich autolos. In diesen Träumen habe ich ein Pferd, mit dem ich in die Musikschule reite. Seine Zügel befestige ich an der Ballettstange im Tanzraum. Phoebe, die gleichzeitig meine beste Freundin und unsere Tanzlehrerin ist, würde es sofort beim Steppen mitmachen lassen.

«Hätscht du a Sackeli für mich?», rufe ich dem jungen Mann zu, der auf der anderen Seite des Tisches herumhantiert. Mittlerweile habe ich zwölf Filme beisammen. Vor lauter Euphorie über das bevorstehende gute Geschäft habe ich meinen ersten Versuch unternommen, mich in der Landessprache *Schwyzerdütsch* auszudrücken. Immerhin bin ich schon seit gut einem Monat in der Schweiz und habe den Leuten genau zugehört. Im Zweifelsfall hänge ich an kleinere Gegenstände sicherheitshalber immer ein -li. Der Mann erstarrt mitten in seinen hektischen Bewegungen und sieht mich an, als hätte ich ihn um die Spende seiner rechten Niere gebeten. Mein erster Feldversuch, mich den Sitten und Gebräuchen der Berner Bevölkerung anzupassen, scheint grandios zu scheitern. Also schalte ich einen Gang zurück und versuche auf Hochdeutsch zu retten, was zu retten ist. «Ich meine einen Sack, eine Tüte, ein Bag, eine Tragetasche, etwas, wo man diese DVDs hineinstopfen kann, um sie zu befördern. Ich bin nämlich aus Österreich und hab keine Ahnung, wie ihr das nennt, was ich meine.»

«Isch der liab! Isch der luschtig!», ruft plötzlich eine andere Kundin des Händlers und schlägt die Hände über den Kopf. Sie lacht, schüttelt sich und fängt beinahe an zu tanzen in ihrem Frohsinn. Was in der Menschenmenge natürlich nur eingeschränkt möglich ist. Immerhin tanzen das Rot ihres Kleides und das Violett ihrer Jacke miteinander. Ihr Begleiter, ein bärtiger Riese in einem Rübezahlwams und weit wallender Dürerfrisur, interpretiert mein Staunen als Hilfeschrei und lässt mir eine eindringliche Warnung zukommen: «Pass uuf! Die will di fruchte!»

Mit dieser Wendung erreicht die allgemeine Erheiterung an unserem Stand ihren ersten Höhepunkt. Sogar der bis dahin gesichtsgelähmte Verkäufer kommt wieder zu sich und stimmt laut grölend in den Frohsinn ein. Animiert durch die rechtschaffene Heiterkeit wage ich mich erneut aus der Etappe und bitte die Gesellschaft recht herzlich um eine nähere Erläuterung zu dem mir unbekannten schweizerischen Wort: «Verstehe ich das richtig ... mit *fruchten* meinst du einen Austausch auf einer höheren, geistigen Ebene?»

Statt zu antworten fangen die drei endgültig an zu brüllen, was ich als adäquaten Ersatz für die Bejahung meiner Frage werte. Nur mühsam gelingt es ihnen, sich die Tränen aus den Augen zu wischen. Dann wünschen sie mir von ganzem Herzen viele gute Tage und sinngemäß ebenso viele Nachkommen wie Büffel auf der Prärie.

Die Dumky-Falle

Das *Hotel Bären* im Zentrum von Langenthal ist schon im Vorfeld bestürzend ehrlich. Sein Name weist alle potentiellen Besucher darauf hin, dass seine massiven Türen nur von ausgewachsenen Bären geöffnet werden können oder von Menschen, die, so wie ich, immer eine Seilwinde in der linken Sakkoinnentasche mit sich führen. Das Sakko ist meine Geheimwaffe im Kampf um meine Dazugehörigkeit zur Langenthaler Konzertbesucherschicht. Heute Abend spielt ein berühmtes italienisches Klaviertrio im großen Hotelsaal. Ich möchte dieses Konzert einfach nur anonym besuchen, ohne das Gefühl, hier aufzutreten wie im Yogastudio. Dort hat sich die Lage immerhin halbwegs beruhigt. Schau Tal und die anderen Frauen haben sich damit abgefunden, dass ich jeden Dienstagvormittag die aktuelle österreichische Obdachlosenmode präsentiere.

Momentan befinde ich mich im Stadtzentrum und bewege mich im Kriechgang über die Trottoirs, die in Wahrheit winzige Betonschluchten sind und Langenthal den Beinamen Klein-Venedig eingebracht haben. Warum man hier die Gehsteige höher gelegt hat, leuchtet einem ahnungslosen Besucher zunächst nicht ein. Erst wenn er so wie ich das Heimatmuseum besucht hat und dort Augenzeuge der Großereignisse wurde, zu denen ein kleiner Fluss wie die Langete imstande ist, dämmern ihm die Zusammenhänge. Im Museum hängen alte Schwarzweiß-Fotos von Kindern, die mit Luftmatratzen und Schlauchbooten auf meterhohen Wellen durch die Langenthaler Häuserschluchten reiten. Auf den schmalen, extrahoch angelegten Gehsteigen stehen Erwachsene und blicken gebannt auf das Treiben. Diese Leute befinden sich in einem Zwiespalt. Einerseits freuen sie sich über die Freude der Kinder und lachen sogar ein wenig mit. Andererseits fragen sie sich, ob sie die Kinder jemals wiedersehen, nachdem sie der Fluss aus der Stadt gespült hat. So ähnlich wie diese Menschen müssen sich die Bürger von Hameln gefühlt haben, als sich der Rattenfänger ihrer Kinder angenommen hat. Halb froh, halb verzweifelt und ganz gelähmt von der eigenen Ohnmacht angesichts der Wassermassen, die hier manchmal durch den Stadtkern donnern.

Aktuell schwimmt niemand durch die Straßen. Nur alte, zähe Gedanken und einige zumeist neuwertige Autos sind unterwegs, ab und zu ein Bus, ein paar Radfahrer und Fußgänger, die um diese Abendstunde entweder nach Hause strömen oder eines der in ihrer Anzahl überschaubaren Wirtshäuser anvisieren.

Im Eingangsbereich des Bärenhotels befinden sich ein spärlich besuchtes Restaurant und eine Rezeption, an der auf engstem Raum zwei junge Frauen und ein junger Mann herumwuseln. Noch bevor ich den Mund öffnen kann, fragt eine der Frauen dezidiert nach meinem *Begehr*. Dabei sieht sie mich derart aufmerksam und erwartungsfroh an, dass ich es nicht über das Herz bringe, mit *Die ganze Fülle des Seins* zu antworten. Stattdessen begnüge ich mich mit dem Satz: «Ich würde gerne das Konzert besuchen.»

«Haben Sie schon eine Eintrittskarte?»

«Hab ich – gestern gekauft.»

«Das ist ja wunderbar», antwortet die Rezeptionistin mit einer Begeisterung, als wäre meine Karte nicht nur meine Karte, sondern auch ihre Karte und überhaupt *die* Karte, um in eine Welt einzutreten, deren Schönheit man sich ohne unsere Karte gar nicht vorstellen kann. Sie ist nicht die erste Schweizerin, die das Wort *wunderbar* so ausspricht, als hätte sich tatsächlich ein Wunder ereignet. Nachdem wir beide ausführlich über dieses Wunder gestaunt haben, erklärt sie mir genau, wie ich den Großen Saal finde: nämlich durch die forsche Beschreitung einer Treppe, die so steil und breit ist, wie die Stufen eines Inka-Tempels.

«Herzlichen Dank», sage ich und nehme den Schrägaufstieg in Angriff. Auch du, mein Sohn Kehricht, verdankst diesen Stiegen nicht wenig, motiviere ich mich, weiter und höher zu steigen. Immerhin hat dieses Hotel vor Zeiten der Familie Eymann gehört. Frau Eymanns Vater hat das Vermögen, das seine Vorfahren als Käsebarone im Emmental verdient haben, hier angelegt und damit den Grundstock zu einem noch größeren Vermögen geschaffen, das über diverse finanztechnische Umwege uns Stipendiaten heute noch zugutekommt. Ein maiwarmer Gefühlsschauer durchwogt mich. Ich bin kein allzu Fremder, sondern der Wahlurenkel eines legendären Käsemoguls.

Nach dieser kleinen, aber ehrlichen Zwischenandacht wende ich mich endlich der Frage zu, die sich mir mit jedem weiteren Schritt nur umso berechtigter aufdrängt: Was, um alles in der Welt, hat euch, meine lieben Schweizer Gastgeber, dazu bewogen, die Innenwände dieses ohnehin schon martialischen Hauses mit diesem Grau zu streichen? Das ist ja nicht einfach nur ein Asphaltgrau, das da von den Wänden strahlt, als wären sie alte, senkrechte Straßen, die man nach Ablauf ihrer Zeit hier drinnen montiert hat. Nein, dieses Grau, dieses Hotelinnengrau ist weit mehr als ein Abklatsch der trostlosen Verkehrsbahnen, es ist das Grau des Grauens selbst, gewissermaßen dessen platonischer Kern.

Grundsätzlich habe ich überhaupt nichts gegen die Farbe Grau. Ich finde alle Farben total okay. Außer vielleicht Ocker. Obwohl, wenn ich es genau bedenke, ist auch Ocker in Ordnung. Man

braucht nur an die schönen Äcker in meiner Heimat, dem Mühlviertel, zu denken. Das dortige Ackerocker ist nicht nur eine dicke,
sich duckende Decke, es ist auch eine ausgesprochen stimmige Farbe,
die dem Grün der Fichten in einer aufrichtigen Freundschaft zugetan
ist. Draußen in der Landschaft, überlege ich weiter, gibt es überhaupt nur befreundete Farben, lauter alte Kumpel. Zu Gegenspielern
werden Farben erst dann, wenn sie in menschliche Hände geraten.
Ein knallrotes Klo oder eine tiefschwarze Küche sind für mich genauso fragwürdige Orte wie die grauengrauen Innenwände im Hotel
Bären. Fragwürdig, aber nicht stimmungsverdunkelnd. Momentan
kann keine noch so schrullige Farbe an meiner euphorischen Stimmung rütteln. Ich bin geschützt durch das Bad im Drachenblut der
Vorfreude auf das Dumky-Trio, das die Musiker laut Programm am
Ende ihres Konzertes spielen werden. Dvorak hat ja viele großartige
Sachen komponiert. Aber das Dumky-Trio ist so phänomenal be-
schwingt und beswingt, dass auch Nichttänzer wie ich unweigerlich
anfangen, Schuh zu platteln und Veits zu tanzen, wenn das *tamti-
tideldi tamti-tideldi tümm-tata tümm-tata* ertönt. Am Anfang hört
man es natürlich so gut wie gar nicht, weil es idealerweise in einem
sagenhaft leisen Pianissimo gespielt wird. Aber dann zieht die Geige
das Tempo an, die Lautstärke nimmt zu, das Cello spielt Hufge-
trappel, das Klavier peitscht seine Stahlseiten, alles wird intensiver,
lauter und schneller, bis deine inneren Wildpferde endlich durch das
Gatter brechen und durch eine steile Schlucht Richtung Walhalla
preschen. Sie halten aber nicht in Walhalla, sie jagen einfach durch
und lassen Götter zurück, denen der heiße Fahrtwind die Barthaare
in die Suppe weht.

Bei einem Durchgang halte ich die Türe auf für ein paar andere
Konzertbesucher, die etwas hinter mir über die Stiege steigen. Ein
Mann und eine Frau, beide deutlich über siebzig, mit einem Wort
gute achtzig, wenn nicht schon neunzig oder womöglich sogar dar-

über, sehr bedächtig, sehr langsam, für sie sind die Stufen ein noch größeres Abenteuer als für mich, äußerst vornehm gekleidet. Sie nicken mir zu und sagen: «Merci.»

Wie alle Schweizer betonen auch sie die erste Silbe, als wäre der Rest des Wortes ein bedeutungsloser Anhang. Meine Ohren hören nur: «März» und dann lange nichts und irgendwann ein versickerndes « … ih.»

Ich bringe es nicht übers Herz so zu tun, als sähe ich nicht schon die nächsten Besucher die Treppe heraufkommen. Also bleibe ich weiter stehen, stemme mich gegen das Türmonster und sage, kurz bevor sie die letzte Schwelle erreichen: «Schönen guten Abend, ich bin hier der neue Türsteher und begrüße Sie auf das Herzlichste.»

Mein ohnehin aus allen Nähten platzendes Archiv der *Scherze, die in die Hose gingen,* wird sofort um einen Eintrag reicher. Statt zu lachen sagen auch die beiden nur: «März-ih.»

Endlich gebe ich meinen Türsteherposten auf, durchquere einen Flur und stehe im Foyer zum berühmten Barocksaal des Bärenhotels. Das Publikum, obwohl schon zahlreich erschienen, wuselt nicht geschäftig herum. Der Altersdurchschnitt ist einfach zu hoch. So sagenhaft hoch, dass aus meinen farbigen Vorstellungen plötzlich Schwarzweißbilder werden. Vollends zeitversetzt fühle ich mich, als ich den Saal betrete, der ungefähr zweihundert Menschen Platz bietet. Von der Stuckdecke hängen Metall-Lüster, die schon auf der Titanic und der Queen Victoria geleuchtet haben. Überhaupt habe ich das Gefühl, mich im großen Saal eines gesunkenen Schiffes zu befinden. Einmal im Jahr feiern die Passagiere ihre Wiederauferstehung. Man findet sich zusammen, hängt ein paar Lampions in das Labyrinth der sepiadunklen Höhlen, leuchtet den Meeresboden aus und grinst mit den Muränen um die Wette. Beim Konzert flattern auch einige Menschen aus der Gegenwart herum. Besonders solche wie ich, die ohnehin nie wissen, in welcher Zeitzone sie sich gerade befinden.

«Hab ich dich, du Kröte!», höre ich plötzlich die Stimme einer älteren Frau. Noch während ich mich umdrehe, bekomme ich einen dumpfen Schlag in die linke Niere, gleich darauf einen in die Leber und schließlich noch einen, den finalen und schwersten, in den Nacken. Ich gehe in die Knie und sinke langsam zur Seite, bis ich mit der rechten Wange auf dem Parkettboden aufklatsche. Dort sehe ich zwischen den kleinen, glitzernden Sternen, die überall herumschwirren, unzählige sauber polierte Konzertschuhe, deren Spitzen plötzlich alle in meine Richtung zeigen.

«Ich wusste, dass er der Dumky-Falle nicht widerstehen kann», sagt die alte Dame grinsend, während sie mich mit groben Stricken fesselt. Die anderen Besucher, die mich lückenlos umringen, nicken zustimmend und ergötzen sich an dem Schauspiel, als hätten sie nur darauf gewartet. Die Frau, die mich wie ein Paket verschnürt, trägt den Hut eines Großwildjägers und hat eine brennende Zigarette im Mundwinkel.

«Frau Eymann?», stammle ich in meinem Delirium, «Sind Sie das?»

«Er hat gewildert», wendet sich die alte Jägerin an die Umstehenden, ohne auf meine Frage einzugehen, «in meinem Revier, an meinem schönen Wasser. Er und sein verbissener Komplize haben geglaubt, dass sie damit durchkommen.»

Viele Menschen im Publikum schütteln ihre Köpfe, als könnten sie das Gehörte nur mit größter Mühe nachvollziehen. Manche der älteren Damen legen die Handfläche vor ihren Mund, der ihnen vor lauter Fassungslosigkeit offensteht. Frau Eymann, ich bin mir mittlerweile sicher, dass sie die Jägerin ist, steckt eine Stange durch meine gefesselten Hände und Füße, hebt mich in die Luft und legt sich die Stange auf ihre rechte Schulter, während ich hilflos herumbaumle wie ein Faultier an seinem Ast.

«Platz machen!», befiehlt sie der Menge, die sich vor ihr teilt wie die Ozeanwände vor Moses. Mit mir als pendelndem Paket auf dem Rücken strebt sie der Bühne zu, die sie mit ein paar beherzten Schritten geradezu bespringt. Sie wirkt unglaublich vital. Auf der Bühne macht sie kehrt und wendet sich an die Anwesenden, die ihren Durchgang sofort wieder geschlossen haben und bis ganz an die Bühnenkante herangetreten sind. Aus dem Augenwinkel sehe ich etwas, das ebenso beunruhigend ist, wie die vielen alten Augen, die mit der glühenden Inbrunst erfolgreicher Jäger leuchten. Sie stehen kurz davor, das noch lebende Wild in Stücke zu zerlegen und an den ganzen Stamm zu verteilen.

«Pergynti?», flüstere ich hängend und verblüfft in Richtung des Prangers, der neben mir und Frau Eymann auf der Bühne steht. Dieses Folterwerkzeug sieht aus wie eine Mischung aus einer Betbank und einem Kreuz. Aus den drei Löchern im Querbalken hängen seitlich Pergyntis Hände und in der Mitte sein Kopf. In seinem Gesicht spiegeln sich Angst, Panik und eine gewisse Ergebenheit, die ich, außer in seiner Jugend, noch nie an ihm wahrgenommen habe. Für mich war er immer der invasive Typ, aber in diesem Gestell erscheint er plötzlich selbst als Beute.

«Wie haben sie dich denn gekriegt?», frage ich ihn keuchend, weil mich das Herumhängen anstrengt und die luftabschnürende Wucht der Schläge noch nachwirkt.

«Im Flugzeug», presst er sich ebenso mühsam ab, «während des Fluges.»

Auch seine Stimme klingt mitgenommen.

«Wie bitte?», krächze ich.

«Ja», bestätigt er angestrengt, «in zehntausend Metern Höhe. In der Luft rund um die BOEING waren plötzlich überall Besen, auf denen Frauen saßen. Angeführt von deiner Mentorin haben sie irgendwelche wahnsinnigen Tierlaute gebrüllt. Dann sind sie auf der Tragfläche gelandet und abgestiegen. Die Temperatur, der Luftzug, die Geschwindigkeit, die glatte Oberfläche der Flugzeugflügel, das alles hat ihnen überhaupt nichts ausgemacht. Und wie ich mir noch denke, gut, ihr seid *auf* dem Flugzeug, aber ich bin *drinnen*, lachen sie erst so richtig los. Mit ihren wehenden Haaren nicken sie mir zu, so nach dem Motto, fühl dich ruhig sicher. Drei Sekunden später haben sie ein Loch in die Außenwand gebissen, strecken ihre Hände durch, zerren mich aus meinem Sitz, fesseln mich und setzen mich hinterrücks auf einen ihrer Besen. Dann sind wir durch die Wolken hierher geritten.»

«Und das Flugzeug?», frage ich verwirrt.

«Was kümmert dich das verdammte Flugzeug?», keift er zurück.

«Ist es weitergeflogen?»

«Vermutlich. Aber wieso fragst du?»

«Das muss ein ganz schön großes Loch gewesen sein. Ich meine, damit so ein Brocken wie du durchpasst, müssen die ganz schön was weggebissen haben.»

«Ruhe», befiehlt uns Frau Eymann. Sie steckt die Stange, auf der ich hänge, in einen wuchtigen, hölzernen Ständer, sodass ich schräg vor und leicht über Pergynti pendle wie eine Karotte vor einem Esel. Dann wendet sie sich an die Menge und fragt, wer für die Höchststrafe ist. Alle Hände im Saal gehen sofort in die Höhe und stehen da wie Speere, die es gar nicht mehr erwarten können, geschleudert zu werden. Damit scheint der Fall für alle klar, außer für Pergynti und mich. Frau Eymann sieht ruhig und streng in unsere Richtung und vollstreckt das Urteil.

«Die hier Versammelten werden euch jetzt die Leviten lesen. Die Leviten, versteht ihr! Das ist ein Gedicht, das ich vor Zeiten geschrieben habe, um auf die Zustände in meinem Forellenrevier aufmerksam zu machen, ein Revier, das ihr geschändet habt!»

Noch während ich mich frage, welche Konsequenzen diese Schändung nach sich ziehen wird, breitet Lydia Eymann ihre Hände aus. Sie steht da wie eine Dirigentin, angespannt und hoch konzentriert. Aus den Augenwinkeln sehe ich unter den vielen Menschen auch die älteren Ehepaare, denen ich die Tür aufgehalten habe und die jetzt bis ganz an die Kante zur Bühne vorgerückt sind. Alle grinsen Pergynti und mich an, als hätten wir auch ihnen Goldfische aus dem Biotop gestohlen. Frau Eymann kostet die Stille vor der Bestrafung aus, die nach Genugtuung und Vorfreude schmeckt.

«So wie damals den Spaniern flüssiges Gold in ihre unersättlichen Münder geschüttet wurde», erklärt sie, «werden wir euch jetzt goldene Verse in eure Ohrmuscheln träufeln. So lange, bis ihr das ganze Ausmaß eurer Sünde begriffen habt.»

Dann gibt sie den Einsatz und zweihundert alte, aber hoch motivierte Kehlen legen los. Die ersten Worte erfüllen den Saal mit einer derartigen Wucht, dass ich nicht sofort mitbekomme, was hier gesprochen wird. Ich registriere nur, dass Frau Eymann gleichzeitig dirigiert und spricht. Ihre Stimme schwebt über dem Chor wie der Singsang einer Prophetin, die genau weiß, wie sie eine Menschenmenge in Raserei versetzt. Trunken vor gerechter Wut peitscht sie die ihr ergebene Meute an, während ich endlich anfange, die Worte zu verstehen, die hier in den Raum gehämmert werden.

Leere Büchsen von Sardinen,
Halbzerschlissene Gardinen,
Knopf von einer Abee-Türe,
Glas von Zwetschgenkonfitüre.

Haufenweise Jätt vom Garten,
Liebesbriefe, Ansichtskarten,
Faule Aepfel ab der Hurd,
Rosaroter Damengurt.

Knüppel einer Wäscheleine,
Abgehackte Güggelbeine,
Deckel einer Zuckerdose,
Fetzen einer Unterhose.

Weißer Hafen für die Nacht,
Röhrenteile von einem Schacht,
Leergeschminkter Lippenstift,
Kabelstück von einem Lift.

Henkel einer Kaffikanne,
Durchgebrannte Röstipfanne,
Knochen eines großen Schinkens,
Gabel, mit und ohne Zinken.

Von einem Gampiross der Schwanz,
Welke Blumen, dürrer Kranz,
Alter Polizistensabel,
Eingeschrumpfter Säulinabel.

Seipfeschalen, faule Gurken,
Alte ausgetrampte Schlurken,
Güllegohn mit einem Riss,
Vom Urgroßätti ein Gebiss.

Storzen von Salat aus Brüssel,
Zwei Drittel einer WC-Schüssel,
Chüngel-, Hunde-, Katzenleichen,
Krumme Kinderwagenspeichen.

Dies, mit schwarzem Dreck garniert,
Ist, was unsern Dorfbach ziert,
Und das nennt man, Gottfried-Stutz,
Unseren Gewässerschutz.

Vor lauter Schlamm und Dreck und Satz
Hat nicht einmal das Wasser Platz.
Nicht eine Maus kann drin ersaufen,
Bald müssen noch die Fische laufen!

Von mir aus müssten alle die,
Die vielen Sünder, kämen sie
Zum zweiten Male hier auf Erden,
In unserem Bach – Forelle werden!

Letzte Lücken

«Wie gefällt Ihnen Langenthal?», fragt Frau Tückmantel, hängt ihren Handtaschenhenkel schwungvoll über die Sessellehne und legt einen dünnen, linierten Notizblock mitten am Esstisch ab. Vor ein paar Tagen habe ich sie versehentlich mit «Hallihallo» begrüßt. Diesen Kindergruß benütze ich selten. In diesem Moment war aber meine Stimmung danach. Nach einem langen Schreibtag hatte ich mich über das Läuten des Telefons gefreut und Rita erwartet. Ich wollte sie möglichst zuversichtlich begrüßen. Aber anstelle meiner Frau meldete sich eine Journalistin. Sie überhörte meinen lächerlichen Gruß dezent, wünschte mir einen *schönen guten Abend* und stellte sich als Reporterin vom *Langenthaler Tagblatt* vor. Sie erklärte mir, dass sie schon seit Jahren jeden Stipendiaten interviewe und jetzt ich an der Reihe sei. Schon am Telefon war ihre Vorfreude auf dieses Gespräch spürbar. Diese fremde Freude auf *den Nächsten* hat mich geerdet und auf eine sanfte und zugleich deutliche Weise daran erinnert, dass ich nur vorübergehend hier bin. Ich hatte gedacht – und denke jetzt schon wieder: *mein* Haus, *mein* Küchenblock, *mein* Badezimmerspiegel. In ein paar Jahren werde ich zufällig an diesem Haus vorbeifahren und ein paar Sekunden lang eine meiner Nachfolgerinnen sehen. So wie ich jetzt wird sie in *ihrem* Bad stehen und in *ihren* Spiegel blicken. Sie wird *ihren* Vorhang nicht zugezogen haben. Sie wird versunken sein im dichten Kreis *ihrer* Dinge und nicht darüber nachdenken, ob die Menschen auf der Straße nur vorbeiströmen oder hinaufschauen zu den Fenstern im ersten Stock.

«Haben Sie schon einen Ort hier in Langenthal gefunden», fährt die Journalistin fort, «wo Sie sich besonders wohlfühlen?»

«Ja, das Stadtzentrum.»

«Warum?»

«Wegen der vielen, freien Parkplätze.»

«Sind Sie mit dem Auto hier?»

«Nein, das hab ich in Österreich gelassen. Meine Frau Rita braucht es, um in die Arbeit zu fahren.»

«Wozu brauchen Sie dann die Parkplätze?»

«Ihr Anblick versetzt mich zurück in meine Jugend. Ich fühle mich wie in Österreich vor dreißig Jahren, als ich angefangen habe, Auto zu fahren. Damals hat es dieses märchenhafte Phänomen auch noch bei uns gegeben, deutlich mehr freien Parkraum als Parkplatzsuchende. Natürlich haben wir zu der Zeit noch nicht gewusst, welches Privileg es ist, eine solche Wahl zu haben.»

«Aber es wird doch auch heutzutage in Österreich vergleichbare Städte geben», suggeriert mir Frau Tückmantel.

«Ich kenne keine», entgegne ich. «Selbst in unseren Kleinstädten stehen die Parkplätze während einer typischen Arbeitswoche unter einem enormen Will-haben-Druck. Nehmen Sie zum Beispiel Enns.

Das ist eine Kleinstadt in der Nähe von Linz, wo ich manchmal Freunde besuche. Enns hat ungefähr gleich viele Einwohner wie Langenthal. Wenn dort am Stadtplatz ein Parkraum frei wird, dann dauert es im Normalfall nur wenige Sekunden, bis sich das nächste Auto reinquetscht. Bei uns in Österreich ist der Anblick von leeren Parkplätzen so selten geworden, dass er meine Frau Rita sogar schon zu einem Projekt inspiriert hat.»

«Ist Ihre Frau auch Schriftstellerin?», fragt Frau Tückmantel.

«Nein, sie ist eine geniale Fotografin, die ständig originelle Projekte ausheckt. Bei einem davon wird es darum gehen, Parklücken zu fotografieren. Während sie die Lücke fotografiert, werde ich die Fakten dokumentieren. Also Lücke eins entdeckt um acht Uhr dreiundzwanzig und siebzehn Sekunden, Dinghoferstraße, verschwunden elf Sekunden später unter einem schwarzen Audi Baujahr soundso. Lücke zwei verschwunden nach sieben Sekunden unter einem quietschentengelben VW und so weiter ... Eine befreundete Künstlerin, der ich von der Aktion erzählt habe, hat uns versprochen, diese Fotos bei einer ihrer Vernissagen auszustellen.»

«Und was versprechen Sie sich von dieser Aktion?», fragt Frau Tückmantel.

«Hoffnung», antworte ich. «Das Publikum wird hoffentlich daran erinnert, dass freier öffentlicher Parkraum auch in Österreich noch nicht ganz ausgestorben ist. Die Fotos sollen den Betrachtern Zuversicht geben, dass ihr Kreisen auf der Suche nach einem Parkplatz nicht völlig aussichtslos ist. Der Titel dieser Fotoserie steht auch schon fest: NICHT VERZAGEN – KREISE WAGEN!»

«... Kreise wagen», wiederholt Frau Tückmantel mümmelnd, während sie die Worte auf ihren Block schreibt.

«KREISE WAGEN werden wir großschreiben», ergänze ich vorsichtig, «dann ist es so schön mehrdeutig. Kreise Wagen kann man dann auch als Zauberspruch interpretieren, so ähnlich wie Walle, walle, manche Strecke …»

«Stimmt», gibt sie zu und schreibt die beiden Worte noch einmal in Großbuchstaben. Die Sorgfalt, mit der sie das tut, erinnert mich an eine meiner schrulligsten Theorien.

«Neben Groß- und Kleinschreibung», verkünde ich unaufgefordert, «sollte es meiner Meinung nach auch noch die Sehrgroß- und die Winzigstschreibung geben. Damit könnte man die Bedeutung von Worten noch mehr differenzieren. Aber das Beste dabei wäre die Brücke hinüber zur Zeichnung. Ich glaube, dass Wort und Zeichnung Kontinente sind, zwischen denen es geheimnisvolle Verbindungen gibt, um die wir uns noch viel zu wenig gekümmert haben. Im Gegensatz zur realen Welt, wo mehr oder weniger alles entdeckt ist, gäbe es zwischen diesen Kontinenten noch jede Menge Abenteuer zu bestehen.»

«Mich beschäftigen noch die leeren Parkplätze», übergeht Frau Tückmantel meine Theorie und macht thematisch wieder einen Schritt zurück. «Ich habe noch keinen Stipendiaten erlebt, der die hiesige Parkraumentwicklung beobachtet hätte. Was beobachten Sie denn sonst noch alles?»

Ihre Stimme transportiert jetzt eindeutig mehr, als an der Sache orientierte, journalistische Objektivität. Ich kenne diese Situation. Plötzlich steht ein Umbruch im Raum. Mein Gegenüber wird auf eine besondere Weise *hellhörig*, spürt einen Grenzübertritt und glaubt sofort, die Grenze verteidigen und den Übertritt ahnden zu müssen. Um diesen Argwohn nicht noch weiter zu schüren, versuche ich mich an einem Rollentausch.

«Darf ich Sie zwischendurch auch einmal etwas fragen?»

«Nur zu.»

«Sind Sie hauptberufliche Journalistin?»

«Nein, ich bin schon in Rente», sagt sie. «Ich arbeite projektbezogen beim Langenthaler Tagblatt. Das Projekt, das ich schon am längsten betreue, ist das Interview mit dem jeweiligen Eymann-Stipendiaten. Den stelle ich jedes Jahr unserer Leserschaft vor.»

«Und wie schaut diese Leserschaft aus?»

«Wie sollte sie denn ausschauen?»

«Ich meine, haben Sie noch genug Leser, um einen Redaktionsbetrieb aufrecht zu erhalten? Für mich sind Zeitungen Saurier, denen langsam das Futter ausgeht. Findet das Langenthaler Tagblatt noch genug Aufmerksamkeit?»

«Ich glaube schon», antwortet Frau Tückmantel vorsichtig. «Ich bin ja, wie gesagt, nur eine Randgängerin der Redaktion, aber ich habe den Eindruck, dass diese Zeitung gerne gelesen wird und genug Interessenten hat, um weiter zu bestehen.»

«Das freut mich sehr», frohlocke ich.

«Warum?», staunt Frau Tückmantel. «Weshalb sind Sie so frohgemut? Was verbindet Sie denn mit dem Langenthaler Tagblatt?»

«Sie verbinden mich damit», antworte ich, «und dieses Interview. Das sind doch solide Brücken. Abgesehen davon empfinde ich jede Papier-Zeitung als berührendes Echo unserer analogen Welt, die gerade verschwindet wie damals Atlantis.»

«Moment, bitte», bremst mich Frau Tückmantel ein. «Das muss ich fertig notieren. *Die Zeitung als berührendes Echo einer analogen Welt.* Diese Formulierung hab ich noch nie gehört. Das kommt mir, ehrlich gesagt, etwas pathetisch vor. Das klingt wie ein Abgesang, als stünde das Ende der Welt bevor. Glauben Sie das? Sind Sie eine Art Apokalyptiker?»

«Ja, ganz bestimmt», gebe ich zu. «Ich verstehe die Apokalypse nicht als Untergang der Welt, sondern als Verschwinden der Wahlmöglichkeiten. Wenn man ihr gegenüber die Wahl hat, dann ist die virtuelle Welt genauso großartig wie alle Möglichkeiten, die einem als Mensch offen stehen. Aber weil sie die Wahl ihr gegenüber abschafft, indem sie sich zur einzigen Wahl macht, deshalb empfinde ich die virtuelle Welt als apokalyptisch. Gleichzeitig bin ich fasziniert von diesem gigantischen Monsterkraken. Auf eine gewisse Weise ist das auch schaurig genial, wie man es schaffen kann, so viele Menschen weitgehend widerstandslos in das eindimensionale Gefängnis einer ständig pulsierenden Oberfläche zu sperren.»

«Moment», stoppt mich Frau Tückmantel. «Ich muss das alles ein wenig sortieren. Resignation versus Faszination ...»

Während sie ihre Stichworte notiert, erklingt in der Wohnung über uns eine Schiffshupe. Reto, der Sohn der Krczal-Gozanis, übt Posaune. Wie so oft spielt er nur ein paar wenige, gleichförmige Töne. Er ist der Kapitän. Frau Tückmantel und ich sind seine Passagiere. Im Bauch des Eymannfrachters gleiten wir durch den Langenthalischen Ozean.

«Woran schreiben Sie gerade?», ruft jemand von der Küste herüber.

«An einem Krimi und einem Schweizer Tagebuch», antworte ich zu mir kommend.

«Schreiben Sie dieses Tagebuch auch in der Absicht, es zu veröffentlichen?»

«Im Idealfall, falls sich ein Verlag findet. Aber zuallererst schreibe ich es für meine Frau. Rita ist sonst immer dabei, wenn ich länger verreise. Wir waren schon gemeinsam in Neuseeland, Australien, Kanada, Singapur, Island und Fidschi. Aber weil sie mich in der Schweiz leider nur sporadisch besuchen kann, versuche ich meine Eindrücke für sie zu konservieren.»

«Das heißt, sie schicken ihr regelmäßig Berichte?»

«Ja, fast jeden Tag.»

«Warum ist sie nicht hier?»

«Weil sie arbeiten muss.»

«Warum müssen Sie nicht arbeiten?»

«Weil ich ein Sabbatical habe.»

«Aha … und was macht Ihre Frau?»

«Rita betreut die sakralen Kunstgegenstände der Diözese Oberösterreich.»

«Interessant.»

«Ja. Ein Traumjob für eine Kunsthistorikerin. Sie kommt mit unglaublich spannenden Objekten in Berührung. Gerade hat sie ein Buch herausgegeben über die berühmte Mumie eines Pfarrers.»

«Gibt es viele Mumien in Österreich?»

«Ja, besonders im Parlament.»

Frau Tückmantel stutzt.

«Verzeihen Sie», entschuldige ich mich, «das war ein missglückter Scherz. Echte Mumien gibt es nur wenige, aber die werden erstaunlich gut und gerne besucht.»

«Warum?»

«Das habe ich Rita auch gefragt.»

«Und was hat sie gesagt?»

«Dass da mehrere Aspekte zum Tragen kommen. Einerseits blanker Voyeurismus und große Lust an der Gänsehaut. Andererseits die Möglichkeit *gestaute* Zeit zu erleben. Mumien sind Objekte, die der Vergänglichkeit trotzen. Sie erfüllen die kollektive Sehnsucht nach einer gnädigeren Zeit, die etwas von uns übriglässt.»

«Apropos Sehnsucht», nutzt Frau Tückmantel das Stichwort. «Fehlt Ihnen Ihre Frau?»

«Ja, sehr.»

«Das war bei anderen Stipendiaten auch so», rekapituliert sie. «Einer fühlte sich so einsam, dass er sogar einen Psychiater aufsuchen musste.»

«Hat der ihm helfen können?»

«Jein. Er hat ihm vorgeschlagen, dass er wenigstens seine Katze mit in die Schweiz nehmen soll.»

«Hat ihm die Katze geholfen?»

«Dem Stipendiaten schon, ein wenig. Aber die Katze war nicht so glücklich mit dem Wohnungswechsel.»

«War die Katze dann auch beim Psychiater?»

«Meinen Sie das im Ernst?»

«Ja. Es gibt doch bestimmt Katzenflüsterer in der Schweiz, oder?»

«Das werde ich googeln», sagt Frau Tückmantel, «aber bevor ich das tue, werde ich meinen Bericht schreiben. Danach möchte ich, dass Sie alles noch einmal durchsehen. Es kommt vor, dass ich etwas falsch verstehe oder unglücklich formuliere und der Stipendiat findet sich dann womöglich im Geschriebenen nicht wieder. Das möchte ich unbedingt vermeiden.»

Die Höhle des Löwenzahns

Die Tür öffnet sich wie der hölzerne Deckel eines alten Märchenbuchs. Im Zwischenraum erscheint das Tapfere Schneiderlein.

«Hallo, ich bin der Lenz», stellt es sich vor. Da stimmt was nicht, sage ich mir. Wie kann eine so märchenhafte Erscheinung einen so prosaischen Namen haben? Die dünne Hand, die sich erwartungsfroh in meine Richtung streckt, ist genauso ausgemergelt wie der restliche asketische Körper des ungefähr siebzigjährigen Mannes. Seine weißen, leicht gewellten Haarbüschel liegen erstaunlich flach am Kopf, als hätte sie jemand mit Kreide dorthin gemalt. Da und dort kringeln sich ein paar besonders renitente Büschel gegen die Frisierrichtung. Die schmale, hochrückige Nase kragt weit in die Welt hinein und hat die Form einer steilen Kinderrutsche mit einem kleinen Höcker in der Mitte. Etwaige Runterrutscher werden genau an dieser Stelle vor Vergnügen jauchzen. Ein schmales, trockenes Lippenpaar hat sich zu einem doppelt verschmitzten Lächeln gebogen.

Jeansblaue Augen durchschauen mich so tief und spielerisch, als wäre ich ein schwerelos vor ihnen schwebender Goldfisch.

«Lenz», wiederhole ich, «das kann jeder behaupten. Hast du einen Ausweis?»

Ein helles Auflachen quittiert meine freche Frage.

«Bis jetzt war Lenz eine ganz brauchbare Hypothese», versucht er die Bedeutung seines Namens zu retten.

«Von der Hypothese kannst du dich gleich verabschieden», rate ich ihm, «in Wahrheit bist du nämlich das Tapfere Schneiderlein.»

«Was du nichts sagst?», staunt Lenz amüsiert.

«Ja, eindeutig», sage ich zu ihm, «du wirkst wie jemand, der unter allen Umständen glücklich sein kann. Auch dann, wenn er im Schneidersitz auf einer harten Tischplatte hockt und sich für nichts und wieder nichts die Finger zersticht.»

«Wollt ihr nicht ins Haus gehen?», fragt Edda, die jetzt hinter uns steht, nachdem sie das Auto eingeparkt und abgesperrt hat. Sie ist die Frau von Lenz und die etwas weniger strenge Rätin, die mich damals bei der Befragung in die Mangel genommen hat. Vor ein paar Tagen hat sie mich angerufen und eingeladen. Das sei so üblich, erklärte sie mir, dass die Stiftungsräte den Stipendiaten nach seiner Wahl duzen und ihn während seines Aufenthaltes einmal zu sich zum Essen einladen, damit er sich nicht ganz so verloren fühlt in dieser fremden Welt.

«Welche Hausschuhe hättest du denn gerne?», fragt mich Lenz, nachdem wir ins Vorhaus vorgedrungen sind, wo ich sofort meine Schuhe ausgezogen habe.

«Was steht denn zur Auswahl?»

«Rot, blau oder grün», sagt Lenz und zeigt auf die entsprechenden Gästepantoffelpaare, die so akkurat und sorgsam platziert nebeneinanderstehen, wie Profi-Schwimmer auf ihren Blöcken kurz vor dem Start.

«Stellst du alle Gäste vor so schwere Entscheidungen?», werfe ich ihm vor.

«Nein», wehrt Lenz ab, «nur die aus dem deutschen Sprachraum. Die haben alle Goethes Farbenlehre intus und wissen, dass sie ihre Seele offenbaren, sobald sie sich für ein bestimmtes Paar entscheiden.»

«Kann ich die Pantoffel auch kombinieren, um meine Identität zu verschleiern?», frage ich.

«Ich bitte darum.»

«Gut. Dann nehme ich einen roten und einen blauen.»

«Sehr gerne», sagt Lenz und reicht mir die gewünschte Kombination. «Ich sehe deine Wahl völlig neutral und nicht als politisches Statement, das auf eine mögliche Koalition verweist.»

«Nicht weniger habe ich von dir erwartet.»

«Glaubt ihr», fragt Edda, «dass ihr es noch bis in die Küche schafft? Oder wollt ihr eure Konferenz hier im Vorhaus abhalten?»

«Wir folgen dir überall hin, Edda», sagt Lenz.

«Außer vielleicht in deine dunklen Fantasien», schränke ich ein.

«Aber nie im Leben», braust Lenz fröhlich auf, «gerade dort sprudelt der Quell höchst interessanter Erkenntnisse.»

«Ich seh schon», sagt Edda, «ich muss hier sehr schnell und sehr weit vorausgehen.»

«Und ich», nehme ich den Befehl auf, «muss mich endlich für die nette Einladung bedanken. Vielen Dank für eure Zeit und eure Aufmerksamkeit und auch dafür, dass ihr mich abgeholt und hierhergebracht habt. Ich kann mich nur mit einer sehr kleinen Kleinigkeit revanchieren.»

«Ohhhhh, wie schön! Das ist ja wunderbar», ruft Lenz entzückt und nimmt das kleine, in altes Zeitungspapier gewickelte Paket in Empfang, in dem sich mein Roman *Kuttenlos – Erfahrungen aus der Linzer Domeremitage* befindet, signiert und mit einem Gastgebergedicht versehen.

«Ich verpacke alles in alte Zeitungen», erkläre ich unaufgefordert. «Es gibt so viele davon und ich bin froh, wenn eine ausgelesene Zeitung nicht gleich weggeworfen wird, sondern noch einen Zweck erfüllt.»

«Ja, das kann ich gut nachvollziehen», sagt Lenz. «Das ist ein wenig so, als vermachtest du deinen toten Körper der Medizin. Die Studenten können an deinem Leichnam noch sezieren lernen, nachdem du deine humane Hauptfunktion erfüllt hast.»

«Was verstehst du unter humaner Hauptfunktion?», frage ich beeindruckt von seinem Querbezug zwischen gelesenen Zeitungen und gewesenen Körpern.

«Wenn ihr nicht endlich hereinkommt», ruft Edda von der Küche aus, «dann esse ich alles alleine.»

«Wir eilen», ruft Lenz zurück und geht voraus.

«Lesen», kommt er auf meine Frage zurück, während wir eine weiträumige, sagenhaft saubere Wohnküche betreten, in der Bücherregale, Gemälde, Zeichnungen und moderne Skulpturen völlig vergessen lassen, dass in diesem Raum auch noch Essen zubereitet und verzehrt wird.

«Lesen als Lebenszweck leuchtet mir fugenlos ein», erkläre ich den beiden. «Wenn man die vielen Bücher sieht, die in eurer Wohnung so selbstverständlich herumstehen wie Blumentöpfe, dann hat man das Gefühl, dass es in der Schweiz hauptberufliche Leser gibt. Ist dem so?»

«Ja, selbstverständlich», braust Lenz schon wieder auf, «bei euch nicht?»

«Oh ja», bestätige ich vollmundig, «gerade letzte Woche hat in Linz wieder eine Lesefabrik aufgemacht, in der acht Vollzeit-Arbeitsplätze geschaffen wurden. Die Arbeiter dort müssen vierzig Stunden in der Woche lesen, wobei sie die Hälfte der Zeit dem klassischen Kanon widmen. In der anderen Hälfte können sie lesen, was sie wollen.»

«Und du bist der Chef dieser Firma», folgert Lenz.

«Nein, leider», bedaure ich, «als Geigenlehrer habe ich genug zu tun. Die Lesefabrik führt Marius, einer meiner Freunde.»

«Einer deiner sieben Freunde», verbessert mich Edda. «Ich werde das nie vergessen, wie du das damals vor der Kommission gesagt hast.»

«Warum?»

«Weil es so unerwartet war und niemand, wirklich niemand mit einer solchen Antwort gerechnet hat.»

«War diese Antwort mitverantwortlich dafür, dass ihr mir das Stipendium gegeben habt?»

«Nein», sagt Edda, «die war deiner Wahl eher abträglich. Aber was uns letztendlich überzeugt hat, das war die Art und Weise, wie du über deinen Vater gesprochen hast. Da war tiefes Leid spürbar, aber auch ein Wille, es umzuformen. Das hat uns beeindruckt und den Ausschlag für die Zuerkennung gegeben.»

«Das habe ich ganz anders wahrgenommen», entgegne ich erstaunt. «Ich war mir sicher, dass ich mit meinem unbekümmerten Umgang mit Schweizer Autoren gepunktet habe.»

«Das war nur mäßig beeindruckend», dämpft Edda meine Erwartung, «deine Literaturexkurse haben vorbereitet gewirkt.»

«Erwischt», gebe ich zu, «ich habe mich tatsächlich ein wenig vorbereitet. Allerdings habe ich auch früher schon viele Schweizer Autoren gelesen.»

«Welche denn?», fragt Lenz.

«Die üblichen.»

«Wer sind die?»

«Die, die alle lesen.»

«Was für ein Schelm», lacht Lenz auf. Auch Edda schmunzelt, hat aber einen Blick aufgesetzt, in dem sie den harmlosen *Schelm* durch den Begriff vom etwas hinterhältigeren *Gauner* ersetzt. Sie durchschaut mich genauso tief wie ihr Mann, ist aber eine Spur reservierter und traut *dem Braten* noch nicht.

«Tut mir leid», entschuldige ich mich, «ich konnte nicht widerstehen. Genau der gleiche Dialog spielt sich nämlich zwischen Sven Glückspilz und einem Barmann ab. Der fragt ihn, was er und Hägar trinken wollen. Und Sven antwortet: das Übliche! Worauf sich der Barkeeper erkundigt, was das Übliche sei. Und Sven meint, das, was sie immer trinken … die Chance, diesen Dialog einmal in der Wirklichkeit zu bringen, die musste ich nutzen.»

«Du liest sehr quer durch das Gemüsebeet», stellt Lenz fest.

«Ja», antworte ich. «Dabei habe ich noch nicht einmal alle Klassiker gelesen. Deshalb würde ich auch sehr gerne von euch wissen, welche Schweizer Autoren man wirklich unbedingt lesen sollte.»

«Um Gottes Willen», echauffiert sich Edda, «widerrufe diese Frage!»

«Warum?»

«Weil du bei Lenz damit einen Dammbruch auslöst», erklärt sie kryptisch. «Lenz kennt unzählige Autoren. Aber er hat immer einen aktuellen Lieblingsautor, der alle anderen überragt. Von dieser Ikone schwärmt er dann den ganzen Tag wie ein Kind von seinem ersten Luftballon.»

«Aber meine liebe, geliebte Edda», wendet sich Lenz mit großer Gelassenheit und noch größerer Zuneigung an seine Frau, während er gleichzeitig auf mich zeigt, «der Herr Stipendiat wusste, dass er sich in die Höhle des Löwenzahns begibt. Er ist freiwillig hier und hat aus echtem Interesse gefragt.»

«Genau», bestätige ich Lenz' Darstellung, «die letzten Leser müssen sich zusammenrotten, kleine, feste Grüppchen bilden und sich austauschen.»

«Kennst du *Perlmans Schweigen*?», fragt Lenz vorsichtig.

«Nein.»

«Dann borge ich es dir.»

Mehr sagt Lenz nicht über seine aktuelle Ikone. Stattdessen fragt er mich, wie mir Langenthal und die Menschen hier gefallen.

«Bis jetzt habe ich nur interessante Begegnungen gehabt», antworte ich, «für die ich sehr dankbar bin.»

«Du musst dich nicht immer mit einer solchen Intensität bedanken», sagt Edda mit einem leichten Vorwurf in der Stimme.

«Aber ich bekomme hier so viel.»

«Du gibst auch viel.»

«Was denn?»

«Frische.»

«Frische?»

«Ja», bestätigt Edda. «Denk an deine Antrittslesung in Ueli Blatters Atelier. Dein Text über deine Ankunft in der Villa und deine erste Begegnung mit Philippa ... das hat die Leute nicht nur zum Schmunzeln gebracht. Sie sind auch sehr nachdenklich geworden. Dank dir haben sie sich selbst von außen gesehen. Und diese Perspektive ist keine geringe Gabe.»

Meine von maßloser Nervosität geprägte Antrittslesung habe ich weitgehend verdrängt. Ich spielte Geige und las neben einem Querschnitt aus meinen Büchern auch meinen allerersten Schweiztext, die denkwürdige Begegnung mit Frau Krczal-Gozani im Stiegenhaus der Villa.

«Steht denn Philippa wirklich stellvertretend für den oder die Schweizerin?», frage ich meine Gastgeber.

«Natürlich nicht», sagt Lenz, «aber sie steht für einen ganz zentralen Aspekt des Schweizer Charakters.»

«Nämlich?»

«Hausordnung zuerst», antwortet er in Anlehnung an eine mittlerweile oft verwurstete amerikanische Kurzformel.

«Das ist doch nicht schlecht.»

«Naja», windet sich Lenz, «wie immer kommt es auf die Dosis an.»

«Und du meinst Philippa putzt die Villa zu oft?»

«Es geht nicht so sehr darum, wie oft und wie intensiv man putzt, sondern um die tiefere Frage: Gibt es ein Leben nach dem Putzen?»

«Und wenn ja», ergänzt Edda vorsichtig, «was mache ich mit diesem Leben?»

«Ihr sammelt Kunst», versuche ich mich an einer Antwort.

«Wir sammeln sie nicht», verneint Lenz meine Vermutung, «Edda malt diese Bilder.»

«Im Ernst – du hast diese fantastischen Bilder gemalt?», lobhudle ich ehrlich überrascht. «Du bist also Malerin?»

Diese Frage hat mich schon eine Weile beschäftigt: In welchen Berufen haben Lenz und Edda gearbeitet, bevor sie in Pension gegangen sind?

«Nein», sagt Edda, «ich war Kinderpsychologin und Maltherapeutin. Jetzt bin ich Pensionärin und dilettiere ein wenig.»

«Für eine Dilettantin sind diese Bilder aber ganz schön intensiv.»

«In welcher Beziehung?», will Edda wissen.

«In Bezug auf die Fragen, die sie aufwerfen.»

«Die da wären», fordert Lenz.

«Gebt mir ein paar Sekunden», erbitte ich mir Bedenkzeit, «ich mag es überhaupt nicht, in so einem wichtigen Moment aus der Hüfte zu schießen. In Büchern entscheidet mitunter der erste Satz oder sogar das erste Wort über die Haltung des Lesers zur beschriebenen Person. Sogar bei guten Lesern ist die Aufmerksamkeit eine Welle, die immer dann ihren höchsten Punkt erreicht, wenn eine neue Person erscheint. Danach sinkt der Pegel notgedrungen ab.»

«Aufmerksamkeit ist wirklich ein zentrales Thema für dich», stellt Edda fest. «Das ist uns schon bei deinem Vorstellungsgespräch aufgefallen.»

«Ja», gebe ich zu, «für mich ist Aufmerksamkeit nur ein anderes Wort für Liebe.»

«Und was passiert», fragt Lenz nachdenklich, «wenn du deine Aufmerksamkeit auf dieses Bild von Edda bündelst?»

«Dann frage ich mich, ob ich eine Wolke sehe oder eine alte Frau …»

«Und?», fragt Lenz wieder heiterer. «Wofür entscheidest du dich?»

«Für beides», antworte ich. «Das Bild ist ein zärtliches Plädoyer für die Schönheit alternder Körper. Es ist aber auch eine unausgesprochene Bitte um einen würdigen Tod, um ein schmerzloses Verweht-Werden.»

«Woraus liest du diese Bitte um ein schmerzloses Ende?», will Edda wissen.

«Aus der Zärtlichkeit», antworte ich, «mit der die vielen Farbschichten übereinanderliegen. Auf diesen Bildern erscheinen mir die Farben weniger als Farben, sondern als Salben, die einen akuten Schmerz heilen oder ein kommendes Leid schon im Vorfeld dämpfen.»

«So medizinisch hat das noch niemand beschrieben», feixt Lenz, während sich Edda dem Backrohr zuwendet. Ihr Mann wird auch aktiv und verschwindet mit dem Hinweis, er sei gleich wieder da, über eine Stiege ins Obergeschoß.

«So euphorisch habe ich Lenz schon lange nicht mehr gesehen», sagt Edda, während ich meine Brille aufsetze und an das Bild herantrete.

«Seine Euphorie ist ansteckend», sage ich.

«Es ist umgekehrt», sagt Edda. «Du hast ihn angesteckt. Du tust ihm gut.»

«Aber er wirkt von Haus aus glücklich», entgegne ich. «Er ist der Inbegriff eines Menschen, der aus einem fantastischen inneren Vorrat schöpft. So wie er strahlt, muss seine Innenwelt paradiesisch sein.»

«In diesem Paradies treibt auch ein Tumor sein Unwesen», ergänzt Edda meine Zuschreibung.

«Wie bitte?»

«Ja», bestätigt Edda, «Lenz hat Krebs. Der sitzt an einer ganz blöden Stelle im Bauch. Man kann ihn nicht operieren. Aber dafür wächst er auch nur sehr langsam. Die Ärzte haben alles im Griff und Lenz hält sich bewundernswert genau an ihre Anweisungen.»

«Das tut mir ausgesprochen leid», sage ich leise.

«Ich wollte nur, dass du es weißt», übergeht Edda meine Hilflosigkeit. «Und lass dir die Stimmung nicht verderben. Lenz will auf gar keinen Fall bedauert werden. Jetzt tut es mir fast schon wieder leid, dass ich überhaupt davon gesprochen habe.»

«Das braucht es nicht», entgegne ich, «ich habe deine Botschaft verstanden.»

So gut das geht, zwinge ich mich, Lenz' Schicksal auszublenden und das zunächst hängende Bild zu betrachten. Eine dunkle, zart mit weißen Gischtkrönchen versetzte Meeresbucht und darüber Wolken, die sich mehr oder weniger zufällig zur Gestalt einer schwerelosen Frau verdichten. Die Vielzahl der Ölschichten, die Edda aufgetragen hat, aber auch die sanften, ineinander verschwimmenden Erdtöne, erinnern mich an die magischen Horizonte, die der isländische Künstler Georg Guthny malt. Wie viele Jahre sind vergangen, seit Rita und ich Ultima Thule besucht haben, dieses Land am Rand der Welt? Und jetzt bin ich in der Schweiz, die auf den ersten Blick nicht viel gemeinsam hat mit Island. Aber zwei malende Menschen dieser beiden Länder verstehen einander, ohne sich je begegnet zu sein. Eddas vom ozeanischen Dampf sanft emporgehobene Wolkenfrauen segeln träumend über Georg Guthnys unendliche Horizonte. Die Bilder der beiden gehen ineinander auf. Anders als in der Realität, wo ich lebenslang auch an mir nicht gemäße Orte getrieben werde, um dort auf Wesen zu treffen, mit denen mich wenig bis nichts verbindet. Doch in der Schweiz treffe ich immer wieder Menschen, die mir sofort nahe sind, weil sie sich ihr Leben lang mit den gleichen Sehnsüchten in der gleichen Intensität beschäftigt haben. Und wenn sie dann im wahren Sinn des Wortes *aufleuchten*, diese Menschen, sie für dich und du für sie, dann ist das wie eine Rückkehr in ein *eigentliches* Leben, das sich zum üblichen Leben verhält wie das Kambium, die grüne, wasser- und lebensführende Schicht eines Baumes zu seiner Rinde, dieser äußeren, trockenen und von Narben und Klüften übersäten Hülle.

«Perlmans Schweigen», lese ich laut, nachdem Lenz vom oberen Stockwerk zurückgekehrt ist und mir mit großem Nachdruck ein Buch überreicht hat.

«Das ist eines der Hauptwerke Pascale Merciers», erklärt er mir. «Lies einmal hinein. Es würde mich sehr interessieren, ob es dich ergreifen kann.»

«Ich werde noch heute Abend damit anfangen», verspreche ich ihm.

«Und wie geht es deiner Frau Rita», fragt Edda, als sie uns endlich wieder zum Tisch bugsiert hat, wo jetzt ein bunter Gemüseeintopf vor sich hin dampft, «seht ihr euch ab und zu?»

«Ungefähr zwei Mal im Monat», antworte ich. «Übermorgen ist es wieder so weit. Dann fahre ich für ein paar Tage heim nach Österreich. Dort werde ich an einem Treffen der Schriftstellervereinigung teilnehmen, der ich seit ein paar Jahren angehöre. Danach begleite ich meine Mutter und ihren Lebensgefährten hierher. Die beiden werden mich einige Tage in Langenthal besuchen.»

«Dann fühlst du dich in der Schweiz also nicht wie Robinson Crusoe», fragt Lenz, «ausgesetzt auf einer wilden Insel?»

«Überhaupt nicht», brause ich fröhlich auf, «ich fühle mich eher adoptiert. Ich hab sogar schon furchtbar nette Einladungen ablehnen müssen, weil ich sonst gar nicht mehr zum Schreiben komme.»

«Wer hat dich denn eingeladen?», möchte Edda wissen.

«Ein Herr vom hiesigen Männergesangsverein. Er hat mich gefragt, ob ich nicht bei seinem Chor mitsingen möchte.»

«Wie bitte? Wo hast du denn diesen Herrn kennengelernt?», stellt mich Lenz belustigt und erstaunt zur Rede.

«Am Friedhof.»

«Am Friedhof von Langenthal?», präzisiert Edda ungläubig und aufgewühlt.

«Ja.»

«Was tust du auf unserem Friedhof?», will Edda wissen, mit einem ehrlichen Entsetzen in ihrer Stimme.

«Er gräbt nach Leichen», spekuliert Lenz.

«Ja», bestätige ich, «und wenn ich sie dann ausgegraben habe, lehne ich sie an die Grabsteine, lese ihnen meine Gedichte vor und hoffe, dass mich dabei ein Reporter entdeckt und darüber berichtet. Das würde meiner Lyrik zu einem Höhenflug verhelfen.»

«Hört auf mit diesem Blödsinn», befiehlt uns Edda streng. «Ich möchte jetzt ehrlich von dir wissen, was du auf einem Friedhof machst, auf dem du niemanden kennst.»

«Ich lese Grabsteine», antworte ich mit einem für mich typischen Schuldbewusstsein, das sich Eddas noch immer andauerndem Also-sowas-Blick verdankt. «Mich faszinieren die Namen Verstorbener und die Jahreszahlen, von wann bis wann sie gelebt haben. Und wenn das zu kurz war, was leider immer wieder der Fall ist, dann sage ich das dem Schicksal. Ich stelle es zur Rede und erkläre ihm immer wieder, wie niederträchtig es ist, einem Menschen nur zwei oder zwanzig oder vierzig Lebensjahre zu geben und ihm den Rest vorzuenthalten.»

«Welchen Rest?», erkundigt sich Lenz eher tadelnd als fragend. «Es gibt keinen Rest. Jeder Mensch hat die ihm zugemessene Zeit voll und ganz.»

Bevor ich auf diese mich befremdende These etwas erwidern kann, stellt mich Edda erneut zur Rede.

«Verstehe ich das richtig: Du stehst da also am Friedhof von Langenthal und schimpfst laut mit dem Schicksal darüber, was es deiner Meinung nach fremden, dir unbekannten Menschen angetan hat?»

«Friedhöfe sind die einzigen Orte, wo ich die Menschen nicht als fremd empfinde», verwahre ich mich gegen Eddas Zuschreibung. Nicht dazu sage ich, dass es in Wahrheit noch einen zweiten Ort gibt, an dem mir alle meine Artgenossen sympathisch werden: Im Musiktheater von Linz. Besonders in den Pausen zwischen den Stücken, wenn sie bewaffnet mit dünnen Sektgläsern leicht verwirrt herumstehen und sich insgeheim fragen, wo sie jetzt sind, nachdem sie gerade noch im Weißen Rössel am Wolfgangsee waren. In diesem Augenblick verwebt sich der große Geist ihrer Einsamkeit *tatsächlich* mit anderen Sphären. Aus einfachen Zusehern werden schwerelose Engel, die einander zärtlich durchdringen. Skrupel verschwinden, Sehnsüchte erfüllen sich. Weil die Menschen in diesem ungewohnten Zustand zugleich glücklich und verletzlicher sind, empfinden sie auch Angst. Sie schämen sich und überspielen ihr Berührtsein mit besonders forschem Smalltalk. Aber alle sind wunderschön in ihrer Offenheit, sogar die arroganten, diejenigen, die immer auf den besten Plätzen sitzen und von dort auf die anderen herabschauen.

«Findest du am Friedhof noch Menschen im Vollsinn des Wortes?», fragt mich Lenz.

«Ja», bestätige ich, «dort sind wir alle im Vollsinn *hilflos* und daher endlich reif für kosmisches Mitgefühl. Das versuche ich dem Schicksal zu erklären. Zum Ausgleich für diese Hilf- und Ahnungslosigkeit sollte es jedem einzelnen Menschen unbedingt vergönnt sein, wenigstens sieben Jahrzehnte zu leben. Denn fünf davon braucht man mindestens, um überhaupt zu sich zu kommen und den elementaren Bedürfnissen zu genügen, die das Leben von außen an einen heranträgt. Die Jahre danach, in denen man dann endlich erkennen kann, was wirklich wesentlich ist, und dabei auch noch einen halbwegs gesunden Körper hat, diese Jahre sind überhaupt die allerkostbarsten. Das mache ich dem Schicksal auf jedem Friedhof begreiflich, nicht nur auf dem hiesigen.»

«Und während du das Schicksal ermahnt hast, bist du mit diesem Herrn vom Gesangsverein bekannt geworden?», bringt mich Lenz wieder zurück auf unser Ausgangsthema.

Ich nicke.

«Ja, das war tatsächlich so. Er hat mich vor einem Grabstein gesehen und mich ganz höflich gefragt, in welchem Verhältnis ich zu der Verstorbenen stünde, zumal er mich noch nie gesehen hätte. Die Verstorbene sei aber seine Schwester und jetzt würde er gerne wissen, wenn das möglich wäre, warum ich mich hier so echauffiere.»

«Und, was hast du zu ihm gesagt?», fragt Edda. Ihre Stimme ist so voller Sorge, als stünde der Ruf der ganzen Eymann-Stiftung auf dem Spiel.

«Das Gleiche wie zu euch», antworte ich. «Dass ich es ungerecht finde, dass diese Frau vor ihrem fünfzigsten Geburtstag sterben musste, und ich deshalb mein Veto eingelegt habe und es mir egal ist, wie aussichtslos das ist.»

«Und wie hat der Mann reagiert?», will Edda sofort wissen.

«Zuerst verblüfft, aber dann hat er sich plötzlich unheimlich gefreut und mich zu einem Kaffee eingeladen. Er hat mir auf eine liebenswürdige Art verboten, seine Einladung abzulehnen, sodass ich gar keine Wahl hatte. Also bin ich ihm ins Chrämerhuus gefolgt, wo er gleich Duzis gemacht und mir erklärt hat, er heiße Ruedi. Danach musste ich mich vorstellen und ihm erzählen, was ich sonst noch mache, außer auf Friedhöfen herumzuschleichen und dem Schicksal ins Gewissen zu reden. Und wie er gehört hat, dass ich ein halbes Jahr hier bin und Geige spiele, hat er mich in seiner Eigenschaft als einfaches Mitglied im Männergesangsverein gefragt, ob ich nicht bei seinem Chor mitsingen möchte. Sie hätten demnächst ein Konzert und ich könnte noch mitmachen. Bei meiner musikalischen Vorbildung wäre das bestimmt kein Problem, ein, zwei Proben und dann der große Auftritt. Das war eine echte Versuchung für mich, weil es nach einem großartigen Projekt geklungen hat. Aber aus Rücksicht auf meine Schreibenergie musste ich diese Einladung genauso ablehnen wie die Einladung von Schau Tal, einer Bekannten, die ich im Yoga kennen gelernt habe.»

«Hat sie dich auch zum Mitsingen eingeladen?», fragt Lenz hintergründig.

Ich lache herzlich auf und bin versucht ja zu sagen.

«Nein, leider», sage ich schließlich, «Schau Tal hat mich zu einer Tupper-Party eingeladen mit anschließendem Fondue. Das war furchtbar nett und genau so reizvoll wie das Männergesangskonzert. Aber wenn ich in all diesen Momenten Ja sage, dann benutze ich die Villa nur noch als Notschlafstelle.»

«Du bist also kein Tupper-Typ?», alliteriert Lenz herum.

«Nein. Ich bin eher ein tumber Typ, der taumelnd durch die Nebel des Seins tappt.»

«Topp!», jubelt Lenz und gibt mir hohe fünf, «ich auch!»

Stell dir diese Stelle vor

So vorsichtig, als wäre er der Heilige Gral, steige ich mit einem vollen Kompostkübel in der Hand über die Stufen nach unten. Dass diese massive Eichenholzstiege überhaupt nicht knarrt, kann ich noch immer nicht glauben. Im Erdgeschoß der Villa durchquere ich die Garderobe des Kindergartens auf leisen Sohlen. Obwohl sie seit dem mittleren Morgen da sind, ist von den zwölf Zwergen so gut wie nichts zu hören. Man sieht nur ihre hoffnungsfrohen Gesichter auf kleinen, farbstiftumflorten Fotos, die an der Wand neben dem Eingang auf einem großen Packpapierbogen kleben. Sind das schon Schweizer, frage ich mich nicht zum ersten Mal, seit ich hier aus- und eingehe, oder gehören sie noch zu einem Menschenschlag, der sich vor jeder Auseinanderfaltung in Kategorien eine Ahnung von einem *Weltbürgertum* bewahrt? Ihre Stille lässt auf Ruhe und Konzentriertheit schließen, die mit ihrem Vorschulalter vielleicht nicht ganz korrespondiert, zumindest umgelegt auf diese Dauer. Bestimmt basteln sie etwas oder Melanie, die Kindergärtnerin, liest ihnen eine Geschichte vor. Nur einmal pro Vormittag dürfen sie für dreißig Minuten in den Garten gehen, um frische Luft zu schnappen.

Auf der Rückseite der Villa, zehn Meter vor dem begehbaren Komposter, steht Pavel, Philippas Mann, am Rasen. Bis jetzt haben wir einander erst ein paar Mal getroffen und dabei kleine Belanglosigkeiten ausgetauscht. Er trägt eine Arbeitskluft, Gartenhandschuhe und einen noch nicht aktivierten Laubsauger. Mit dem Plastikrohr des Saugers, das sich ungefähr auf Bauchhöhe von ihm abwinkelt, sieht er aus wie ein kleiner Elefant mit einem steifen Rüssel. Pavel wirkt konzentriert. Offensichtlich arbeitet er gerade eine Strategie aus, von welcher Seite aus er den gigantischen Laubberg zuerst angreift, den der sagenhaft schöne Baum wie einen bananengelben Burggraben um sich gebreitet hat.

«Hallo Pavel. Wie legst du es denn an?», frage ich, weil mich seine Taktik interessiert.

«Hintergründig», hätte Rita geantwortet, weil sie das immer sagt, wenn ich ihr diese Frage stelle. Pavel sagt nichts, wendet sich aber in meine Richtung, mit dem melancholischen Blick eines Menschen, der aus einer tiefen, versöhnlichen Meditation erwacht. Wir stehen voreinander wie zwei Heilige, die sich an ihr jeweiliges Attribut klammern. Ich, der heilige Kompostilius, schwinge sanft mein

Kübelchen, Pavel, der heilige Blattlausius, zwirbelt an den Knöpfen seines Laubsaugers, den er gleich anwerfen wird.

«Fürs Erste mach ich ein paar Laubzeilen», eröffnet er mir seinen Plan.

«Du schreibst mit den Blättern Geschichten in die Wiese», ergänze ich seine Metapher. «Apropos Wiesengeschichten. Haben die Kinder hier im Kindergarten das schon einmal erlebt, ich meine diesen Blättertanz, wenn du die Wiese so richtig heftig föhnst?»

Pavel versteift seinen Nacken. Er weiß nicht recht, worauf ich hinaus will.

«Kannst du noch ein paar Minuten warten?», frage ich ihn von einer plötzlichen Idee berauscht.

«Sicher», antwortet er, «ich habe mir heute frei genommen.»

Ich stelle meinen Kübel ab und husche zurück in die Villa. *Klopf klopf* an der Kindergartentür.

«Ja, bitte», höre ich Melanie gedämpft sagen. Ich öffne die Tür und stehe vor zwölf Kinderaugenpaaren, die mich wie einen Wiesentroll bestaunen, der aus einem Kinderbuch gestiegen ist. Sie sitzen an ihren Tischchen und schnippeln mit kindersicheren Scheren Figuren aus Zeitungspapier.

«Hallo ihr Lieben», begrüße ich die gesamte Belegschaft und wende mich dann direkt an Melanie, die neben einem der Tische steht. «Der Pavel wirbelt jetzt das schöne gelbe Laub im Garten auf. Ich habe mir gedacht, das könnte euch gefallen. Darum bin ich gekommen, um euch das zu sagen.»

Kurzes Schweigen. Damit hat niemand gerechnet. Vor allem nicht die Leiterin der Gruppe. Ein paar Kinder glucksen, aber Melanies Gesichtsfeld zieht sich ein wenig zusammen.

«Äh ... danke für die Information.»

«Sehr gerne», sage ich und füge in meiner Euphorie noch an: «Also, ich stelle mir das ziemlich lustig vor, wenn zehntausend goldene Blätter durch die Luft wirbeln und die Kinder dazwischen herumlaufen und sie aus dem Himmel pflücken, das könnte, glaube ich, ein Riesenspaß werden ...»

«Ja, danke nochmals», unterbricht Melanie meine Aufwallung, «wir haben es verstanden und werden darüber nachdenken.»

«Gut», sage ich, «also, wir sind im Garten ...»

Pavel steht noch an der gleichen Stelle. Schon während ich auf ihn zugehe, fange ich an zu reden. «Die Kinder denken darüber nach, ob sie sich das Spektakel live ansehen, das du gleich veranstalten wirst. Vielleicht können wir noch ein wenig auf sie warten.»

«Kein Problem», sagt Pavel. «Ich hab Zeit. Und du? Geht's dir gut in deinem neuen Domizil?»

«Ja, sehr. Danke der Nachfrage. Ich putze gerade ein bisschen herum. Man kann ja nicht immer schreiben. Und wie läuft's bei dir, Pavel? Du hast dir ja ganz schön was vorgenommen.»

«Ja. Es ist jedes Jahr dasselbe. Die Blätter werden nicht weniger.»

«Was ist das eigentlich für ein Baum?»

«Ein Tulpenbaum. Den hat Frau Eymann noch persönlich gepflanzt. Wenn der im Frühjahr blüht, dann kommen die Leute von weitum und machen Fotos. Er ist der einzige seiner Art in ganz Langenthal.»

«Und was machst du, wenn du gerade kein Laub aufwirbelst?»

«Dann arbeite ich bei der Schweizer Bahn.»

«Als was?»

«Ich bin Ereignismanager.»

«Das hab ich noch nie gehört», gebe ich zu. «Was macht denn ein Ereignismanager?»

«Er reagiert auf Ereignisse.»

«Welcher Art?»

Pavel seufzt.

«Hauptsächlich Personenschäden.»

«Du meinst … Menschen, die sich vor den Zug werfen?»

Pavel seufzt zum zweiten Mal. So fordernd hat er mich nicht eingeschätzt. In seinem Vorentwurf war ich bis jetzt nur ein still vor sich hin schreibender Mitbewohner. Dass ich bei unserer zufälligen Garten-Begegnung gleich einmal die große Pauke auspacke, verschiebt sein Bild von mir beträchtlich.

«Ja», gibt er schließlich zu. «Vor den Zug werfen ist die einfachste und effektivste Suizidmethode.»

«Passiert das oft in der Schweiz?»

«Durchschnittlich einmal pro Tag.»

«Wie bitte?»

«Ja, leider.»

Wir schweigen gemeinsam, bis ich mich endlich aufrapple und meine erschütterte Hirnkiste nach Fragepronomen und Spontananrufungen durchwühle.

«Aber warum, um Gotteswillen?»

«Keine Ahnung. Da hab ich absolut keine Ahnung.»

Zum Zeichen, dass er es wirklich nicht weiß, hebt Pavel seine weichen, breiten Schultern. Obwohl er mindestens zehn Jahre jünger ist als ich, hat er viel weniger Haare. Wahrscheinlich musste er sie auf Geheiß Philippas für ein Kindergartenprojekt seiner Tochter Sarah spenden, die damit einen Bart für eine Nikolausfigur oder einen Räuber basteln wird. Dass Sarah eine begnadete Bastlerin ist, weiß ich dank der Klopapierrolle, die sie mit Papierohren beklebt, mit einem Gesicht bemalt und mir geschenkt hat. Mein Dank war überschwänglich, auch wenn ich das Produkt im ersten Moment nicht richtig einordnen konnte. Ich hatte es für einen Baby-Ork gehalten und befürchtet, dass er sich nächtens zur vollen Größe entfalten könnte. Später hat Philippa meine diesbezüglichen Sorgen mit dem Hinweis entschärft, dass es sich bei Sarahs Bastelarbeit um einen Glücks-Hasen handelt.

«Ich stell' mir solche Ereignisse für die Zugsführer extrem belastend vor», bleibe ich beim Thema.

«Und es trifft wirklich jeden», ergänzt Pavel und erzählt, dass er während seiner zwölfjährigen Berufslaufbahn nur einen einzigen Lokführer erlebt hätte, der ohne Selbstmörder auf den Schienen in die Pension gekommen ist.

«Bei dem haben schon alle geglaubt, er schafft das ohne Personenschaden», führt Pavel weiter aus, «besonders er selber. Aber zwei Wochen, bevor es soweit war, ist er für einen Kollegen eingesprungen und auf einer anderen Strecke gefahren. Dort hat sich dann jemand vor seinen Zug auf die Gleise gestellt und er musste ihn überfahren. Weil rechtzeitig bremsen ist beim Bremsweg einer Zugsgarnitur nicht möglich. Das war noch dazu am helllichten Tag, was alles schlimmer macht, weil die sich gegenseitig in die Augen schauen.»

«Das kann und will man sich gar nicht vorstellen», sage ich zu ihm und tue es dennoch. Ich sitze im Führerhaus eines Zuges und biege um die Ecke eines Berges. Plötzlich steht ein Mensch vor mir, mitten am Gleis. Der Mensch hebt seine Hände, als wollte er mich und meinen Zug umarmen. Er schaut in meine Richtung und trifft mit seinem Blick meine Augen, kurz bevor ihn mein Zug – ich will kein Wort suchen für das, was im Moment des Aufpralls mit seinem Körper geschieht.

«Und was passiert dann mit den Lokführern?», frage ich weiter. «Kriegen die wenigstens ein Schmerzensgeld wegen der erlittenen Traumatisierung?»

«Meines Wissens nicht», gibt Pavel zu, «aber die Schweizer Bahn überlegt schon, ob sie nicht an die Hinterbliebenen Regressforderungen stellen sollte, damit man die Psychologen bezahlen kann, die die Zugführer brauchen. Die bekommen alle eine kostenlose psychologische Unterstützung. Man schaut auch, dass sie die Strecke, auf der es passiert ist, nicht mehr fahren müssen. Das kann ganz schön belastend werden, wenn du immer wieder an der Stelle vorbeifährst, wo der verzweifelte Mensch auf den Gleisen war.»

«Hast du auch einen Psychologen, der dir zur Seite steht?», will ich wissen.

«Wenn ich möchte schon», antwortet er, «aber meistens komme ich nicht direkt in Kontakt mit der engeren Problemzone. Ich koordiniere nur die Einsatzkräfte. Bei uns wird nach jedem Ereignis mit Personenschaden der Zug gestoppt. Dann werden die Gäste auf Busse oder andere Züge umgeleitet und die Lok und die Waggons werden geputzt. Reinigungskräfte, Techniker, Polizisten, neues Personal, Feuerwehr und Bestatter. Die muss ich alle koordinieren und terminlich aufeinander abstimmen.»

«Und alle Beteiligten», ergänze ich, «geraten in den Sog der Tragödie.»

«Ja», bestätigt Pavel, «deshalb hab' ich mich auch schon nach einer anderen Stelle umgesehen. Aber erzähl das bloß niemandem.»

«Und woran hast du gedacht?»

«Hier gegenüber in der Nachbarskirche geht demnächst der Hausmeister in Rente. Ich habe mich um seinen Posten beworben. Finanziell wäre das natürlich ein Rückschritt, aber wir überlegen trotzdem.»

Sofort spreche ich ihm mein Verständnis aus und bestärke ihn in seiner Idee, worauf er weitere Vorteile eines möglichen Wechsels aufzählt. Er wäre mehr bei den Kindern und Philippa könnte sich beruflich freier entfalten. Außerdem könnte er die Lizenz zum Fußballtrainer machen und vielleicht sogar einmal die zweite Langenthaler Herrenmannschaft betreuen. Das sind alles Träume, die er unter den gegenwärtigen Bedingungen nicht verwirklichen kann.

«Das heißt, Philippa wäre auch dafür?»

«Dafür würde sie dann sogar mehr im Restaurant arbeiten», sagt Pavel.

«Ich habe gar nicht gewusst, dass sie überhaupt in einem Restaurant arbeitet.»

«Ja, zwei Mal die Woche bedient sie Gäste.»

«Das macht sie sicher sehr schwungvoll», spekuliere ich, während ich mir vorstelle, wie Philippa einen wirklichen Hofrat verschärft in den Blick nimmt, weil der seine Würstchen nicht ganz aufgegessen hat. Pavel lächelt und nickt.

«Übrigens ... Reto spielt schon richtig tapfer auf seiner Posaune», lobe ich seinen Sohn, der in letzter Zeit dazu übergegangen ist, seine einsamen Töne manchmal in Zweier- und Dreiergruppen zu bündeln.

«Ja», freut sich Pavel, «demnächst fängt er mit Weihnachtsliedern an.»

«Jetzt schon, im November?»

«Man kann gar nicht bald genug anfangen, damit dann, wenn es soweit ist, alles reibungslos funktioniert.»

«Großartig», lobe ich das Projekt, «da wird sich das Christkind aber freuen.»

Wir nicken uns beide zu und sehen kurz hinüber zu den Kindergartenfenstern. Noch keine Bewegungen in unsere Richtung.

«Eins noch, Pavel. Das zugeschüttete Becken direkt vor dem Haus; war das einmal ein Swimmingpool oder hat Frau Eymann da Fische gezüchtet?»

«Weder noch», antwortet er. «Das war für ihre Enten. Sie war ja eine Privatgelehrte und hat Enten beobachtet. Angeblich hat sie sogar ein Tagebuch geführt, in dem sie das Verhalten der Enten aufgeschrieben hat.»

«Davon steht nichts in der Broschüre, die der Stiftungsrat über Frau Eymann herausgegeben hat.»

«Ja, das wissen die wenigsten ...»

«Und woher weißt du es?»

«Nach der Kirche», sagt Pavel, «reden wir manchmal mit einer alten Dame. Die ist weitläufig mit ihr verwandt. Sie besitzt noch eine Sammlung von privaten Unterlagen, die sie von Frau Eymann bekommen hat.»

«Auch das Ententagebuch?»

«Ich glaube schon, aber ganz sicher weiß ich es nicht.»

«Das Buch interessiert mich sehr. Glaubst du, dass ich einmal mit dieser Dame sprechen könnte?»

«Bestimmt. Sie ist jeden Sonntag in der Kirche.»

«Würdest du mich ihr vorstellen?»

«Auf jeden Fall.»

«Super. Danke.»

Unser gegenseitiges Zunicken enthält die unausgesprochene Einsicht, dass die Kinder nicht mehr in den Garten kommen werden. Das schürt sofort meine Selbstzweifel. Schon beim Komposter überdenke ich meinen ersten Oktober-Vorschlag. Damals hatte ich Melanie angeboten, ihren Kindern die Geige vorzustellen. In österreichischen Kindergärten ist das immer gut ankommen, hatte ich ihr erzählt, wenn ich schwungvolle Mittanzstücke zum Besten gab und anschließend die Kinder selbst das Instrument ausprobieren konnten. Auf diese Weise hätte ich schon so manches verborgene Talent aus seinem Schlummer erweckt und der Welt neue *fiddlers on the roof* zugeführt. Auch diesen Vorschlag hatte Melanie mit einem zerknitterten Lächeln quittiert, sich für die interessante Information bedankt und versprochen, genau darüber nachzudenken.

DEZEMBER

Cäsars Brief

Lieber Lenz,

ich sitze im Zug nach Österreich und genieße das Privileg, gleichzeitig zu schreiben und transportiert zu werden. Dieser geballte Aktionismus kommt meiner Sehnsucht entgegen, möglichst viele Ereignisse gleichzeitig in mein grausam kurzes Leben zu stopfen. Dabei habe ich schon längst erkannt, dass *Multitasking* in Wahrheit eine Illusion ist. Mich füllen schon die einfachsten Tätigkeiten komplett aus. Früher habe ich oft versucht, aus dem Zug zu schauen und gleichzeitig mit dem Walkman die *Vier Jahreszeiten* zu hören. Dabei ist entweder die Strecke auf der Strecke geblieben oder Vivaldis Komposition. Beides auf einmal konnte ich nie gleichzeitig wahrnehmen, geschweige denn ein Drittes.

Diese Erfahrung hat mich skeptisch gemacht gegenüber den damals von meinem Vater genüsslich zitierten Lehrstücken, Genies wie Cäsar oder Napoleon hätten alles gleichzeitig gemacht: einen Brief diktiert, eine Strategie ausgearbeitet, dem Koch das Menü angesagt, eine Sitzung geleitet, einen der Anwesenden porträtiert und unter dem Tisch noch gesteppt. Von fünf bis sechs parallelen Handlungen war in diesen Helden-Geschichten die Rede. Ganz am Anfang hat mich das tatsächlich beeindruckt, was auch die Absicht meines

Vaters war: Schau dir Cäsar an, schau dir dich an, begreif den Unterschied und fang an zu weinen!

Leider hat es viel zu lange gedauert, bis ich erkannt habe, dass diese *Verzwergungs-Maßnahmen* meines Vaters nur indirekt mit mir zu tun hatten. Sie waren vor allem Ausdruck *seines* ganz persönlichen Selbstwertmangels, den er sich als von Anfang an unerwünschtes Kind schon im rabenmütterlichen Uterus eingefangen hat. Später, als er selbst ein Kind hatte, hat er dieses emotionale Vakuum mit der größten Selbstverständlichkeit auch auf mich übertragen. So ein Erbe ist unablehnbar. Niemand kann im Moment der Übertragung ermessen, was mit ihm passiert und wie sehr ihn das, was ihm angetan wird, zeitlebens prägt. Immerhin würde ich heutzutage ein wenig anders reagieren: Zuerst läse ich Cäsars Brief, bevor ich über meine Reaktion entscheiden würde. Aber selbst wenn der Brief tatsächlich brillant wäre, sähe ich darin keinen Grund zur Selbsterniedrigung, geschweige denn dazu, selbst keinen Brief zu schreiben.

Ähnlich wie mit Cäsars Brief geht es mir übrigens mit der aktuellen Titelschlagzeile der Wochenzeitung DIE ZEIT. Dort steht in großen Lettern: DIE REISE ZUM ICH. Dieser Titel, der regelmäßig wie die Kirchensteuervorschreibung durch den Blätterwald rauscht, könnte auch von einer verzweifelten Filmfirma stammen, die nach zwei Flops unbedingt einen Film braucht, der seine Kosten endlich wieder hereinspielt. Welcher Mensch würde denn nicht gerne zu seinem Ich reisen? Indem die Redakteure mit dieser Schlagzeile andeuten, das Ich wäre ein ebenso leicht erreichbarer Ort wie Caorle oder Genf – und sie wüssten, wie man dort hinkommt, retten sie die Auflage für diese Woche. Gleichzeitig müssen sie die Leserschaft enttäuschen, weil das Versprechen einer Reise zum Ich erkenntnistheoretisch genauso zuverlässig ist wie die Reise zu den Sieben Zwergen. Ich bin mir sogar sicher, dass man die Sieben Zwerge, oder zumindest einen von ihnen, wesentlich früher treffen würde als das sogenannte Ich. Ich würde auch wahnsinnig gerne meinem Ich begegnen. Aber obwohl ich es seit knapp fünfzig Jahren täglich hunderte Male beschwöre, habe ich, im Gegensatz zum Habitus der Zwerge, keine Ahnung, wie mein Ich aussehen könnte. Dieses Wissen wäre aber die Voraussetzung, um überhaupt zu erkennen, wohin die Reise gehen soll. Jetzt meine Frage an dich als Experte: Weißt du zufällig, wie ein Ich aussieht? Hast du deines schon gefunden oder wenigstens einmal aus der Ferne gesehen? Ist das Ich eine kleine Wolke, die hinter der Stirn zwischen den Augen herumzieht und je nach Stimmung Tränen oder Sonnenstrahlen von sich gibt? Oder ist es ein schaumgebremster Kugelblitz, der langsam unter zehntausend Vorurteilen erstickt und dort vergeblich auf seine Befreiung wartet?

Momentan habe ich das Gefühl, dass die Reise zu meinem Ich länger dauern könnte, als mein Körper funktioniert. Körper sind ja quasi Taxis aus Fleisch und Knochen, die von der Intensität der ständigen Transporte halbwegs beansprucht werden. Irgendwann bekommen sie einen Kolbenverreiber, sprich Oberschenkelhalsbruch, und bleiben mitten am Weg stehen.

Aber weißt du, Lenz, was ich mir noch schlimmer vorstelle als den Stillstand des Taxis: dass es sein Ziel erreicht. Stell dir das einmal vor. Stell dir vor, du stündest plötzlich tatsächlich vor deinem Ich. Stell dir vor, du wärst aus welchen Gründen auch immer mit einem Schlag mit dir im Reinen; du hättest, vielleicht durch einen glücklichen Zufall, eine Abkürzung entdeckt und tatsächlich deine Identität gefunden. Aus heiterem Himmel hätte sich die gewaltige Kluft zwischen deinem Schein und deinem Sein geschlossen. Wäre das nicht noch viel schlimmer als jeder Taxiunfall im Vorfeld?

In meinem Fall hieße das, dass ich nicht mehr stumm und peinlich berührt lächeln würde, wenn ein Kollege bei den Gemeinschaftslesungen unserer Schriftstellervereinigung die vereinbarte Vorlesezeit von acht Minuten ums Doppelte überzieht. Als mit mir selbst identischer Mensch würde ich nach spätestens zwei überzogenen Minuten aufstehen und den rücksichtslos überziehenden Kollegen mitsamt seinem Sessel vom Mikrofon wegschieben.

«Du bist ein Egoist und hältst dich nicht an unsere Vereinbarung», würde ich vor dem Publikum zu ihm sagen und den nächsten in der Reihenfolge bitten, den Platz des Egoisten einzunehmen. Wäre ich tatsächlich mit mir identisch und nicht schaumgebremst vom pseudotoleranten Zeitgeist, würde ich gegenseitigen Respekt nicht nur einfordern, sondern ihn sogar durchsetzen. Aber ich tue es nicht! Und warum tue ich es nicht? Ich hoffe, du antwortest mir auf diese Frage, wenn wir uns das nächste Mal sehen.

Drei Tage. So lange werde ich zuhause bleiben in der alten Heimat und dann mit meiner Mutter und Walter, ihrem Lebensgefährten, wieder zurück in die Schweiz fahren. Damals, in der ersten Euphorie, als mir das Stipendium zugesprochen wurde, habe ich Gott und die Welt in die Schweiz eingeladen. Ich habe nicht damit gerechnet, dass meine fünfundsiebzigjährige Mutter und ihr gleichaltriger Lebensgefährte die Einladung tatsächlich annehmen. Und noch weniger habe ich damit gerechnet, dass sie den Kreis der Eingeladenen ohne Rückfrage um einen ängstlichen Hund erweitern.

Jetzt ist es natürlich ratsam, derart betagte Pensionisten (und ihren Hund) persönlich von zuhause abzuholen, um sie während der Reise zu begleiten. Dieser Trupp ist so schrullig und unberechenbar, dass man ohne Kontrolle nie sicher sein kann, ob er auch wirklich am Zielort in Zürich aus dem Zug steigt und nicht erst dann, wenn draußen schon die ersten Walfangboote ins Meer geschoben werden.

In Österreich werde ich auch an der Zusammenkunft einer Schriftsteller-Vereinigung teilnehmen, bei der ich seit ein paar Jahren Mitglied bin. Grundsätzlich freue ich mich immer, meine schreibende Kollegenschaft zu treffen. Viele von ihnen schreiben mit Herzblut, was mich erfrischt, auch wenn das Klima in diesem Verein durch die extreme politische Vehemenz mancher Mitglieder mitunter sehr angespannt ist. Wenn du dich dort laut äußerst und dabei die weibliche Form eines Hauptwortes vergisst, dann kannst du hautnah erleben, wie sich das anfühlt, wenn dir ein heißer Blick die Augenbrauen versengt.

Deshalb, um mich gewissermaßen schon drauf vorzubereiten, sende ich dir nicht nur einen fidelen Gruß, sondern auch eine ebensolche Grußin. Übermittle beide bitte auch an Edda und stelle ihr in Aussicht, dass ich sie mit meiner Freundin Hella, einer genialen Bildhauerin und Malerin, unendlich sanft bekannt machen möchte.

Herzlichst, dein tumber Typ

P.S.: ... und vielen Dank für deinen wunderbaren Romantipp «Perlmans Schweigen». Ich habe das Buch in drei Nächten verschlungen. *Resignation in einem guten Sinn* kommt mir in den Sinn, wenn ich mich frage, warum dieses Buch so anziehend und berührend war. Re-Signation. Zurück zu den magischen Zeichen, die von deiner eigenen Natur ausgesendet werden und zärtlich mit der größeren Natur korrespondieren, deren Kind du immer bleiben wirst. Zurück zu den Zeichen, die andeuten, was du alles nicht brauchst, um ein glückendes Leben zu führen. Es gibt ein Innehalten, das keine Selbstaufgabe ist, sondern nur ein einfaches, genaueres und ehrliches Anschauen der Welt.

Philipp Perlman, der Protagonist, sieht sich nach dem Tod seiner Frau mit der Frage nach der Bedeutung seiner Arbeit als Sprachwissenschaftler konfrontiert. Es ist, als ob aus der Leerstelle, die sein geliebter Mensch hinterlassen hat, der Atem der Nichtigkeit in das Leben des Übriggebliebenen weht. «Phil», wie ihn manche seiner Kollegen nennen, reagiert auf diesen Geisterhauch, indem er nicht reagiert. Den obligaten Kampf um die Anerkennung der Fachwelt, den er schon so oft gewonnen hat, aber auch immer wieder aufs Neue führen muss, setzt er aus, in genau dem Moment, wo er sich am Höhepunkt seiner akademischen Karriere befindet. Princeton ruft.

Statt diesem Ruf zu folgen, verschließt er seine Ohren vor der Welt und horcht zurück in die Vergangenheit mit seiner Frau, auf ihre Stimme und auf die Musik und die Literatur, die sie gemeinsam erlebt haben. Nur dort waren die vielen Anläufe, die er lebenslang unternommen hat, um Gegenwart zu erleben, manchmal von Erfolg gekrönt.

Obwohl die restlichen Seminarteilnehmer einen gewichtigen Text von ihm erwarten, kann er sich nicht dazu durchringen, diese Arbeit zu schreiben. Stattdessen übersetzt er den Text eines russischen Kollegen, der nicht zu dem Treffen kommen kann. Indem Perlman nicht sich selbst exponiert, sondern die Sinn-Suche eines anderen Menschen nachvollzieht, gräbt er sich ein immer tieferes Loch in eine fremde Lebens-Zeit. Von dort aus blickt Perlman auf die Kehrseite des Seins und entdeckt dabei, (manchmal panisch, manchmal voller Hoffnung), dass der Tod vielleicht nichts anderes ist als die reinste Form der ersehnten Gegenwart. In Philipp Perlman wird diese Sehnsucht immer mächtiger.

Schließlich verhindert nur der Zufall, dass er sich und den plötzlich doch noch erscheinenden Russen tötet, dessen Text er als den eigenen ausgeben wollte. Danach lebt Perlman weiter, als wäre nichts geschehen. Er hat den Anhauch der Nichtigkeit überstanden.

Erhoffte Sünden

Die Dichter treffen einander um 18.00 Uhr im sogenannten *Wissensturm*. Dieses imposante Gebäude steht neben dem Linzer Hauptbahnhof, beherbergt Volkshochschule und Stadtbibliothek, und sieht aus wie eine gigantische Haarspraydose, deren potentiellen Ausstoß an Treibhausgasen man sich gar nicht vorstellen möchte. Ein spektakulärer Außenlift bringt Besucher in wenigen Sekunden vom Erdgeschoß bis in den fünfzehnten Stock. Oben angekommen wankt nur der Körper aus der Kabine. Seele und Geister sind auf der Strecke geblieben. Während des Raketenstarts werden sie vom Körper getrennt und hängen dann irgendwo in den Liftkabeln, wie Tarzan und Jane in ihren Lianen. Es dauert eine ganze Weile, bis sie nachkommen und man sich wieder komplett genug fühlt, um in den Seminarraum vorzudringen. Dort trifft sich zwei bis drei Mal im Jahr die AutorInnenvereinigung, deren Mitglied ich seit einiger Zeit bin. Das Binnen-I, der Vampirpfahl im Bauchfleisch vormals männlicher Hauptwörter, ist die augenfälligste Vereinsinnovation der letzten Jahre.

«Wer schreibt denn heute das Protokoll?», fragt die Regionalsprecherin zu Beginn der Sitzung. Ich mag sie sehr. Sie ist nicht alt, aber dennoch eine alte Haudegin diverser Poetry-Slams. Sie schreibt proustfeine Texte, brennt für die Literatur, ist sozial hoch engagiert und verwendet viel von ihrer Energie dafür, fast alle in ihr Boot zu holen. In ihrer liebevollen Wahrnehmung sind fast alle gleich. Politisch ist sie so rot, dass man sie in Moskau am Roten Platz gar nicht fotografieren könnte, weil sie dort spurlos mit dem Hintergrund verschmölze.

«Freiwillige vor», ermutigt sie uns.

Obwohl sie die Protokollanfrage wie eine süße, reife Frucht in den Raum gehängt hat, drängt niemand als Erntehelfer ins Rampenlicht.

«Dann müssen wir wohl wieder nach dem Alphabet vorgehen», versachlicht die Sprecherin ihr Anliegen, ohne Enttäuschung durchklingen zu lassen. In den Sekunden, die dieser Ankündigung folgen, stellen alle Anwesenden einschließlich mir ihre Atmung ein, ihre Transpiration und überhaupt ihr Sein. Alle versuchen sich vorübergehend von ihrem Namen zu entkoppeln.

«Nach dem Alphabet wärt ihr dran», sagt die Sprecherin zu einem dichtenden Ehepaar, worauf die Frau sofort kontert: «Aber wir fahren am Wochenende nach Dresden!»

Heute ist Mittwoch. Das Protokoll kann man in einer halben Stunde reinschreiben und via Mail an die anderen versenden. Was ist das für ein Dresden-Wochenende, frage ich mich, dessen Tentakel so weit von der Zukunft ins Jetzt hereinreichen, dass die beiden kein Protokoll führen, es reinschreiben und versenden können?

«Na gut», lässt die Sprecherin Dresden als Hinderungsgrund gelten. Sie wendet sich an den Bodenstarrer, einen Kollegen, der seit Beginn der Sitzung mit einer Intensität auf den Bodenbelag blickt, als könnte er im Stockwerk darunter die Leute vom Nacktyogaseminar erkennen. Ich an seiner Stelle hätte sofort gesagt: «Aber ich fahre übermorgen nach Kambodscha. Ich bin schon mit einem Fuß in Laos. Was ihr hier von mir seht, ist mein Astralkörper, eine bloße Ektoplasma-Ausstülpung. Mein wahres Fleisch und Blut befindet sich schon auf dem Weg zum Flughafen.»

Kambodscha hätte Dresden getoppt oder ihm zumindest Paroli geboten. Leider fährt der Bodenstarrer nirgendwo hin und gibt das auch noch zu. Er ist zu redlich und zu überrumpelt, um diese Finte in das Korn der Sprecherin zu werfen. Er hört sogar auf zu starren, seufzt vernehmlich, findet sich darein und nimmt den Auftrag an.

«Erster Tagesordnungspunkt», verkündet die Sprecherin feierlich und verliest die Namen der für diese Sitzung entschuldigten Mitglieder. Bei einem nennt sie sogar den Verhinderungsgrund: Erholung nach einer Krebsoperation.

«Jaja», kommentiert der neben ihr sitzende, ehemalige Sprecher diese Angelegenheit nachdenklich, «in unserem Alter kommt sowas jederzeit daher. Da musst du immer mit allem rechnen ...»

Der Ehemalige kann seinen Siebziger schon ohne Fernrohr erkennen und gehört zum verdienstvollen Urgestein der Linzer Schreibszene. In seiner von den Zahlen 68 und 69 geprägten Jugend war er unter anderem Gründungsmitglied der Musikgruppe «The flying Penis-Brothers». Wäre diese Gruppe heute noch aktiv, müsste man sie umbenennen in «The Crying Stützstrumpf-Brothers». Nach dem Zerfall der Bruderschaft gründete er eine Ein-Mann-Schreibwerkstatt, mit sich als Guru und Oberbefugtem, der jeden Sommer mit weiblichen Adeptinnen nach Sizilien fuhr, um ihnen dort das richtige Schreiben und seine Umfeld-Disziplinen näher zu bringen.

Sein vom Pensionistendasein geprägtes Alter, das er vorsorglich auch schon auf *unser Alter* ausgedehnt hat, bildet, großzügig betrachtet, tatsächlich eine Art gemeinsames Vor-Jenseits, das schon die ersten Merkmale des anstehenden Dimensionenwechsels in sich trägt.

Hohe Vierziger wie ich markieren gewissermaßen die untere Einstiegsluke in das U-Boot, mit dem Kleindichter und Lokalgrößen wie wir unter der Oberfläche der öffentlichen Wahrnehmung herumgrundeln. Das höchste Deck dieses Schiffes versinnbildlicht das Dresden-Duo, wie ich das dichtende Ehepaar in Zukunft nennen werde, jetzt wo ich weiß, wie sehr ihnen diese Stadt am Herzen liegt. Die Sprecherin hat noch einen tiefen Vierziger im Gepäck, der Jüngste in unserer Gruppe befindet sich sogar noch in seinen hohen Dreißigern. Aber im Großen und Ganzen war und ist die Kern-Gruppe der Vereinigung ein idealer Fundus für Regisseure, die an den nächsten Teilen vom *Tanz der Vampire* arbeiten wollen und Statisten brauchen. Wir könnten alle als solche reüssieren und bräuchten nicht einmal viel

Schminke. Zwei ältere, ausgemergelte Kollegen haben sogar prächtige, vom asketischen Dichterleben gnadenlos gefurchte Glatzen, die so fahl und düster schimmern wie bei Klaus Kinski, als der den Vampirkönig Nosferatu spielte und der damals märchenhaft schönen Isabel Adjani das Blut aus der Halsschlagader nuckelte.

«Du bist mitgemeint», erinnert die Sprecherin den ehemaligen Sprecher, als der plötzlich den Begriff *Schriftsteller* einfordert, nachdem sie mehrere Male nur von Schriftstellerinnen gesprochen hat, ohne die männliche Form nachzureichen. «Das war mit Binnen-I.»

«Das war aber nicht hörbar.»

«Dann hör genauer hin.»

«Binnen-I sind unhörbar.»

«Ihre Hörbarkeit hängt nur vom guten Willen der Hörerinnen ab.»

«… und Hörer.»

«… sind mitgemeint.»

Und wenn wir das *Binnen-I* durch ein *Bienen-I* ersetzen, wie wäre das? Soll ich diese Überlegung laut aussprechen und damit meinen Ruf als schrulliger Kauz verfestigen oder soll ich schweigen?

«Nächster Programmpunkt», beendet die Sprecherin den säuerlichen Disput, «das Finanzielle. Die Förderungen für die gesamte Literatur in Oberösterreich befinden sich auf einem *all time low*. Letztes Jahr haben wir nur 150.000 Euro bekommen. Burschenschaften kriegen 120.000. Da fragt man sich doch wofür?»

«Liedgut …», streut jemand aus der Querreihe lapidar in die Runde. Sitztechnisch ist unsere Runde nicht wirklich rund. Die Bürostühle, auf denen wir sitzen (neuwertig, robust, mit gnadenlos nichtssagenden, maschinell designten Karomustern), sind in einem offenen Rechteck angeordnet. Ich zähle neun Dichter und vier Dichterinnen. Für fast alle ist *Burschenschaften* ein Reizwort. Sobald es auftaucht, funken die Stammhirne erhöhte Reflexbereitschaft an die

Kieferknochen. Geriete ein echter Burschenschafter versehentlich in diesen Raum, müsste er mit einem, wahrscheinlich sogar mehreren Wadenbissen rechnen.

«Für heuer», fährt die Sprecherin fort, «wurde mir von Seiten der Politik zugesichert, dass das Budget auf 180.000 erhöht wird.»

Niemand außer mir zeigt, dass er das gut findet. Ich nicke der imaginären Regierung zu und versuche ihr auf eine feinstoffliche Weise mitzuteilen, dass zumindest ich für die Erhöhung dankbar bin. Zwanzigprozentige Steigerungen sind ja nicht selbstverständlich in Zeiten wie diesen und in anderen auch nicht.

«Und wie kommt man jetzt zu den Förderungen?», fragt jemand.

«Man muss einen *letter of interest* schreiben», lässt es sich aus der Fensterreihe vernehmen.

«Nein, das stimmt so nicht», widerspricht der Renommierte entschieden. Er sagt nicht viel, aber wenn er spricht, dann haben seine Worte Hand und Fuß. Er ist einer der wenigen älteren Kollegen, die über literarisches Renommee verfügen. Das bedeutet: Einer von zehntausend Menschen in Oberösterreich hat seinen Namen schon einmal gehört. Und einer von fünfzigtausend hat sogar schon etwas von ihm gelesen. Für mich ist der Renommierte eine ehrenvolle Patronenhülse, die, so wie der ehemalige Sprecher, 1968 abgefeuert wurde und seither ausraucht. Im wahren Sinn des Wortes. Weil ihm das sogenannte Zipperlein immer verschärfter zusetzt, haben Ärzte dem Renommierten dringend geraten, seinen Zigarettenkonsum, der bislang ein Zigarettenmonsun war, zu reduzieren. Diese von ganz oben verordnete Zwangsaskese hat das spitzbübische Hippiegesicht des Renommierten in ein altgriechisches Theater verwandelt. Dort wird permanent das Einmannstück *Tschickverzicht* aufgeführt, mit dem verglichen *Antigone* wie ein Lustspiel wirkt. Das Publikum kann sich nicht annähernd vorstellen, auf welche Genüsse der Renommierte verzichten muss. Dennoch nimmt er die Tragödie auf sich.

Er steht, stellvertretend für uns, ganz am Rand des Spaltes zwischen Nicht-mehr-Sollen und Doch-noch-Wollen. Vor unseren Augen und denen der Welt ringt der Renommierte mit der letzten großen Frage: Askese oder Luxuria? Tapfer sein oder einfach «Hol's der Geier!» rufen, nach den Zigaretten greifen und sich runterstürzen in den zermalmenden Schoß der Lüste …

«Nein», wiederholt er, «es heißt nicht *letter of interest*, sondern *letter of intent*. So einen Brief muss dir dein Verleger schreiben und damit offiziell kundtun, dass er dein Manuskript drucken möchte. Den kannst du dann einreichen.»

«Den Verleger oder den Brief?», fragt ein Scherzbold aus der Wandreihe, wo ich sitze.

«Beide», schießt der Renommierte sanft und geistesgegenwärtig zurück. «Den Brief im Kuvert und den Verleger im Paket.»

Warum, frage ich mich, sagen wir nicht *Absichtserklärung* statt *letter of intent*? Und weshalb benutzen wir nicht anstelle von *all time low* das Wort *Niedrigststand*? Wir sind doch die größte Schriftstellervereinigung Oberösterreichs, wie die Sprecherin ab und zu betont.

«Der Verleger muss klar die Absicht bekunden, dein Buch zu machen», mischt sich jetzt Der-vom-Schreiben-lebt in die Diskussion ein. «Dann bekommst du eine Förderung. Die musst du auch dann nicht zurückzahlen, sollte er dein Werk letztendlich doch nicht machen. Ich spreche da aus eigener Erfahrung …»

Der-vom-Schreiben-lebt schafft es tatsächlich irgendwie vom Schreiben zu leben. Er schreibt nicht nur *alles*, vom Epitaph über Romane und Kabarettprogramme bis zum Wurstfabrik-Motto, er schreibt auch so gut wie ununterbrochen. Dafür, dass er dabei seinen feinen Humor und seine Ausgeglichenheit noch nicht verloren hat, bewundere ich ihn ebenso wie für die Qualität seiner satirischen Texte und die Schauspielkunst, mit der er sie vorträgt.

«Jedenfalls ist es bedenklich», nimmt die Sprecherin wieder das

Wort an sich, «dass Verlage nichts mehr dafür kriegen, wenn sie Oberösterreicherinnen verlegen ...»

In ihren Wortwürmern sind Männer mitgemeint, rufe ich mir erneut in Erinnerung. In Österreich, überkommt mich plötzlich ein alter Zufluchtsgedanke, ist auch das schöne Wort *Osterei* mitgemeint, weil es sich darin versteckt. Vielleicht ist dieses besondere Ei der eigentliche Kern unseres Landes. Bestimmt haben vor mir schon andere Dichter diesen Zusammenhang entdeckt und vermutlich sogar Gedichte darüber geschrieben. Für den Fall, dass ich selbst in literarische Versuchung kommen sollte, notiere ich den Satz: *Zu Ostern ist Österreich ostereireich.*

«Wenn man mit Kulturmenschen spricht», sagt die Sprecherin, weil sie in diesem Bereich dankenswerterweise viel Erfahrung hat, «dann sollte man zwischendurch immer wieder das Wort *Digitalisierung* einbauen. Das ist eines ihrer Triggerworte. Dann horchen sie wie unsere Labradore, wenn sie hören, dass es etwas zu fressen gibt ...»

«Seien wir ehrlich», seufzt der Starrer, der jetzt wieder den Bodenbelag observiert, «Texte, die hier entstehen und diesen Lebens- und Kulturraum ausdeuten, sind für die Medien uninteressant.»

«Die *Oberösterreichischen Nachrichten*», kommt es von der Fensterreihe, «benachrichtigen die Oberösterreicher nicht von der oberösterreichischen Literatur.»

«Die Oberösterreicher und die Oberösterreicherinnen», verbessert ihn die Sprecherin. «Liebe Leute, wir brauchen hier dringend einen Gender-Beauftragen.»

Die Sprecherin wendet sich an den jüngeren der beiden haarlosen Dracula-Nebendarsteller, der bis jetzt ahnungs- und weitgehend kommentarlos in der Mitte der Querreihe gesessen ist.

«Kannst du das machen», fragt sie ihn ohne eine Antwort abzuwarten, «sobald du hörst, dass jemand die weibliche Form vergessen hat, musst du schon bellen. Du musst unser Idefix sein und sofort alles melden, was nicht genderkonform ist.»

Dracula-Minor tut das, was jeder tut, der aus heiterem Himmel auf dem falschen Fuß erwischt wird. Er produziert ein Notlächeln, in dem Verzweiflung und Zustimmung nicht wissen, ob sie Walzer tanzen oder miteinander ringen sollen.

«Eine eigene Zeitschrift wäre gut», fährt die Sprecherin fort, ohne sich um die psychische Misere zu kümmern, in die sie ihren Kollegen manövriert hat, «wenn wir da was auf die Beine brächten. Problem ist halt, dass wir uns nicht gegenseitig rezensieren können. Sonst heißt es gleich wieder, die betreiben Freunderlwirtschaft …»

«Freunderlinnenwirtschaft», ruft Dracula-Minor spontan, um seinen neuen Gender-Auftrag sogleich zu erfüllen.

«Wir kommen jetzt zu den Veranstaltungen», übergeht die Sprecherin den Einwurf, der noch Luft nach oben hat. «Wer möchte dazu etwas sagen?»

«Ich», schleudere ich enthusiastisch in den Raum. Auf diesen Moment habe ich gewartet. «Es ist wirklich großartig, dass meine Stifterhaus-Veranstaltung auch heuer wieder stattfinden kann und vom Verein gefördert wird. Vielen herzlichen Dank dafür. Nach langem Grübeln habe ich einen neuen, verbesserten Vorschlag den Titel betreffend. Anstelle von *Was wir lesen*, würde ich die Veranstaltung gerne mit *Was wir aus Freude am Lesen lesen* betiteln.»

«So ein Käse!», brüllt der Renommierte ebenso laut wie erbost. Er beugt sich vor und deutet mit einer Art Halbfaust zu mir herüber, als wäre ich ein kurzbehoster Lausbub, der unerlaubt in seinem Apfelbaum herumklettert.

«Das versteht sich ja von selbst», fährt er an mich gewandt fort, «dass wir aus Freude am Lesen lesen. Wir lesen ja nicht aus Angst oder aus Hass. Dass wir aus Freude lesen, brauchst du ja nicht noch einmal extra erklären.»

«Meine Geigenschüler lesen deshalb», entgegne ich, «weil sie von der Schule aus lesen müssen. Meine Unikollegen lesen, um sich auf Prüfungen vorzubereiten. Alle Genannten lesen unfreiwillig. Und genau darauf möchte ich mit dem neuen Titel hinweisen, dass an diesem Abend Bücher vorgestellt werden, die ihre Leser freiwillig und aus reiner Freude am Lesen gelesen haben.»

Der Renommierte stöhnt wie ein Ziegenbauer, der sich einem ebenso infantilen wie sturen Bock gegenübersieht.

«Du argumentierst mit Ausnahmen», sagt er.

«Aber ich bin es leid, dass sich Freude, Liebe und Zärtlichkeit von selbst verstehen und man sie deshalb nicht an- und aussprechen braucht. In meiner Erfahrung ist es genau umgekehrt. Zynismus, Schadenfreude und Wut verstehen sich von selbst. Ich möchte die Freude beim Namen nennen.»

«Dann schreib das mit der Freude von mir aus als Untertitel zu deiner Veranstaltung», seufzt der Renommierte, den meine Unbelehrbarkeit sichtlich nervt. «Als Untertitel ist das mit der Freude okay.»

«Du kannst es dir ja noch überlegen», ergänzt die Sprecherin, «deine Veranstaltung ist ja erst im Juni. Bis dahin klärt sich das. Jetzt müssen wir dringend weiter im Protokoll, sonst kommen wir an kein Ende mehr. Wir sind jetzt bei der nächsten Aktion. Da wolltest du was sagen …»

Die Sprecherin wendet sich an den ehemaligen Sprecher, der sofort das Wort ergreift.

«Morgen ist wieder Donnerstagsdemo. Ich bitt' euch Werbung zu machen und zu kommen, das soll eine buntere Geschichte sein. Bei der letzten Demo haben wir zwei Flüchtlinge reden lassen.»

«Die waren lieb», bestätigt die Sprecherin.

«Ja», fährt der Ehemalige fort, «es wäre halt super, wenn auch unser Verein so eine Demo organisieren würde. Da möchte ich eure Rückmeldung hören, wichtig ist, dass wir Leute aktivieren.»

Zum ersten Mal, seit die Sitzung vor eineinhalb Stunden begonnen hat, wird es richtig still. Wir wissen alle, dass sich der ehemalige Sprecher massiv in der Flüchtlingshilfe engagiert. Wir wissen auch, dass er die Linzer Ableger der in Wien aufgekommenen Donnerstags-Demos gegen die Regierung mitorganisiert. Bislang war das seine private Angelegenheit. Dass er jetzt unseren Verein benutzen möchte, um uns ins Fahrwasser seiner regierungskritischen Strömung zu setzen, sorgt vorübergehend für ein betroffenes Staunen.

«Nachdem unser Verein satzungsmäßig ein bestimmtes kulturpolitisches Profil hat», versucht die Sprecherin die vorherrschende Unschlüssigkeit mit neuer Zuversicht anzukurbeln, «bin ich sehr dafür, dass wir die Aktion unseres Kollegen unterstützen.»

Das kann doch nicht euer ernst sein, hätte ich gerne eingewendet, bin aber wie immer in solchen Momenten sprachlos und hypnotisiert von der übermächtigen Unverfrorenheit des fremden Anspruchs. Ein kulturpolitisches Profil, denke ich, schärft man durch schreiben, musizieren und malen. Mit dem Aufmarsch gegen eine demokratisch gewählte Partei schärft man nur das Schwert der Unversöhnlichkeit, das dann noch tiefer in die Kluft zwischen den Menschen schneidet und sie erweitert. Ein ebenso altbekanntes wie bitteres Warum-Gefühl durchströmt mich. Es verdankt sich der Wiederkehr des Unsäglichen. Ich trete einer Menschengruppe bei im Glauben, dadurch eine mir wichtige Sache zu unterstützen. Aber plötzlich versucht man, mich von dieser Sache zu entkoppeln und als Gaul vor einen ganz anderen Karren zu spannen, den ich über eine echte, betonierte Straße ziehen soll, um damit gegen andere Menschen zu demonstrieren.

«Gefährden wir mit einem solchen Aufmarsch», höre ich mich plötzlich selbst sagen, «nicht die Zuschüsse, die wir von den kritisierten Parteien bekommen?»

«Welche Zuschüsse?», fährt die Sprecherin auf.

«Die 30.000 Euro», antworte ich, «die du am Anfang der Sitzung erwähnt hast. Das ist immerhin eine Steigerung des Literaturbudgets um 20 %. Das sollten wir vielleicht nicht aufs Spiel setzen.»

«Das ist gar nichts», berichtigt sie mich, «das ist so, als stößt du jemanden in eine Gletscherspalte und reichst ihm dann eine kleine Leiter. 20 % helfen ihm nicht!»

«Was würde ihm respektive uns denn helfen?», frage ich naiv.

«Wir brauchen mindestens 250.000 Euro im Jahr», werde ich aufgeklärt.

«Die wir in drei Jahren erreichen könnten», ergänze ich, «wenn die 20 %-Steigerung der Zuschüsse dieser Regierung so weitergehen. Und ich möchte das schon sehr gerne. Daher frage ich mich, ob eine Demo das richtige Mittel ist, um diesen Geldfluss auch in Zukunft zu gewährleisten.»

Beim harten Kern unserer Vereinigung verdüstern sich die Mienen. Man hat es geahnt. Jetzt zeigt es sich. Mit meiner Aufnahme setzte man sich eine ebenso renitente wie politisch diffuse Laus in den Pelz.

«Das eine hat mit dem anderen überhaupt nichts zu tun», donnert der Renommierte, wobei er wieder anfängt, seine Hände in meine Richtung zu schütteln, «wir müssen auch einmal etwas riskieren, Stellung beziehen und unsere Meinung kundtun. Das eine ist die Demo und etwas ganz anderes sind die Zuschüsse. Wir sind ja keine Opportunisten! Wir dürfen den Schwanz nicht mehr einziehen!»

«... und die Vagina auch nicht!»

Diesen Satz hätte ich mir vom neuen Genderbeauftragten erwartet. Dracula-Minor hat aber nichts gesagt. Er wirkt etwas überfordert von den vielen Interventionsmöglichkeiten, die sich ihm bieten und ihn gewissermaßen überrollen. Damit ist er nicht alleine. Auch ich fühle mich von der geplanten Demonstration überrollt.

«Nächster Programmpunkt», übergeht die Sprecherin unsere

Befindlichkeiten, «ist der Tod eines Wiener Kollegen. Ich gebe jetzt seine Parte durch.»

Als dieser Zettel bei mir ankommt, während die anderen lautstark Erinnerungen an ihn austauschen, lese ich, dass er gerade einmal dreizehn Jahre älter war als ich. Ich habe ihn nicht gekannt. Aber jetzt erfahre ich, dass er ein vielfach ausgezeichneter Schriftsteller war, ein brillanter Dramatiker, Essayist und Feuilletonist, der kurz vor seinem Tod noch selbst seinen Nachruf geschrieben hat. Zwei seiner Wörter berühren mich besonders: *erhoffte Sünden*. Er schreibt, dass er diese besondere Art von Sünden begangen hat und deswegen zufrieden aus der Welt scheiden kann. Damit wirft er ein neues Licht auf meine fischereilichen Umtriebe an der Langete. Was ich dort tue, verdankt sich dem Auftrag wilder Götter, die auf mich zählen und die ich nicht enttäuschen darf.

«Zum Schluss», weckt mich die Sprecherin aus meiner Zwischenandacht, «möchte ich jetzt noch unseren Kollegen da drüben fragen, wie es ihm in der Schweiz geht. Er hat dort, soweit ich weiß, gerade ein Stipendium am Laufen. Willst du dazu ein paar Worte sagen? Wie geht's dir mit den Schweizern?»

«Großartig», schleudert *der Kollege da drüben* einen Superlativ, «ich bin total dankbar und glücklich über dieses Stipendium. Ich erlebe gerade einen der schönsten und sinnhaftesten Momente meines Lebens, der zum Glück noch ein paar Monate dauern wird. Morgen fahre ich mit meiner Mutter und ihrem Lebensgefährten zurück nach Langenthal, wo ich in einer ruhigen und großen Wohnung leben und arbeiten darf.»

«Hast du kein Problem mit dem restriktiven Umgang der Schweizer mit Fremden?», ergänzt der Ehemalige unvermittelt. Mein harmloser Lobgesang hat ihn überhaupt nicht beeindruckt.

«Diesen restriktiven Umgang kann ich nicht erkennen», antworte ich.

«Aber du weißt schon, dass in der Schweiz immer wieder Ausschaffungsinitiativen hochkochen. Das sind eindeutig fremden- und also menschenfeindliche Akte.»

«Das Konzept», antworte ich, «Verbrecher von gesetzestreuen Bürgern räumlich zu trennen, ist für mich kein fremdenfeindlicher Akt, sondern eine der unbedingt notwendigen Voraussetzungen, um den inneren Frieden eines Landes dauerhaft zu bewahren.»

«Lass mich das noch einmal auf die Reihe kriegen», sagt er, «du als Österreicher mit einer österreichischen Vergangenheit heißt es gut, dass in einem europäischen Land eine Mehrheit einer Minderheit den Krieg erklärt, sie separiert, aussondert und … entfernt?»

In dieser speziellen Luft genügt ein Funke nichtkonformer Meinung und der Seminarraum gerät in Vollbrand. Wäre dieses Feuer jetzt noch zu löschen? Ließe sich das bevorstehende, ebenso kontroverse wie aussichtslose Gespräch jetzt noch abbrechen? Statt diese Fragen mit *ja* zu beantworten und einfach das Maul zu halten, stürzt sich mein Schreiberling blindwütig in den aussichtslosen Kampf. Meine Vernunft ist entsetzt, weil sie schon ahnt, was unweigerlich passieren wird.

«Ich finde es nicht nur gut, ich genieße es», zelebriere ich die Worte geradezu, «ich genieße es, dass die Schweizer ihre gleichermaßen herzliche wie kontrollierte Offenheit nicht mit Beliebigkeit und Selbstaufgabe verwechseln.»

«Was die Schweizer Fremdenfeindlichkeit mit Offenheit und Herzlichkeit zu tun hat», kommt es erwartungsgemäß aus der strengen Ecke des Vorstands, «würden wir jetzt schon gerne näher erklärt haben.»

«In meiner Wahrnehmung», sage ich, «sind die Schweizer sehr aufgeschlossen und offen gegenüber Fremden, prüfen sie aber auf Herz und Nieren. Wenn sie dabei das Gefühl bekommen, dass diese Fremden bereit sind, sich nach Maßgabe ihrer Möglichkeiten konstruktiv am Wohl ihrer Gemeinschaft zu beteiligen, dann sind diese

Fremden herzlich willkommen und können alles von ihnen haben. Unrund werden die Schweizer nur dann, wenn man ihnen das Gefühl vermittelt, sie auszunutzen, sie ideologisch zu indoktrinieren oder sie gar zu übervorteilen. Deshalb leisten sie zum Beispiel auch echten Widerstand gegen Allesfresserkraken wie Google, gegen Elektrosmogmonster wie das 5G-Netz oder gegen Antisemiten wie die arabische Fluggesellschaft, die sich weigert, Juden zu transportieren. Weil sie das Gleichheitsprinzip missachten, dürfen die Araber in der Schweiz nicht fliegen. Das ist echter und unbedingt notwendiger Widerstand gegen fundamentalen Rassismus.»

«Und diesen Widerstand erlebst du in Österreich nicht so?», erkundigt sich der ehemalige Sprecher hellhörig.

«Nein. Bei uns darf die Arabische Fluglinie in Wien starten und landen, obwohl sie auf unserem Staatsgebiet Juden diskriminiert, indem sie diese nicht als Passagiere anerkennt und sie nicht transportiert.»

«Das ist mir neu», sagt der ehemalige Sprecher in einem Ton, als wäre ihm nicht meine Behauptung neu, sondern die erstaunliche Tatsache, dass ich es wagen würde, hier brisante Themen laut anzusprechen.

«Das ist nicht neu, es wird nur verdrängt», variiere ich seine letzte Äußerung. «Es sind unsere eigenen Leute, die bei Feiern mit überwiegend muslimischen Migranten im Vorfeld Juden ersuchen, möglichst nicht zu erscheinen, und wenn, dann bitte keine Kippa zu tragen, damit es zu keinen Konflikten kommt. So etwas wäre in der Schweiz unvorstellbar. Schweizer machen sich nicht zu Helfershelfern des muslimischen Antisemitismus, indem sie in einer offenen Gesellschaft plötzlich bestimmte Minderheiten in ihrer Bewegungsfreiheit einschränken. Schweizer kehren unliebsame Tatsachen nicht unter den Teppich, indem sie eine neue Front eröffnen und dort Scheingefechte gegen ihre Regierung führen.»

«Jetzt pass einmal auf», sagt der ehemalige Sprecher zu mir, «unsere Demos sind keine Scheingefechte, sondern dringend notwendige Kontrapunkte und Korrektive zu politischen Aktivitäten, die eindeutig viel zu weit nach rechts tendieren.»

«Ich verstehe die gute Absicht hinter den Demos», entgegne ich ihm, «aber ich ersuche dich, mich auch zu verstehen. Ich will nicht für das Gute kämpfen. Ich will für das Gute schreiben. Ich will es aus sich selbst heraus etablieren, aber nicht im Kampf *gegen* jemanden durchsetzen. Nietzsche sagt: Wer mit Ungeheuern kämpft, wird selbst zum Ungeheuer. Ich bin es aber leid, immer wieder in ein Ungeheuer verwandelt zu werden. Übrigens schließt sich hier der Kreis zur Frage nach der Schweiz. Dort benutzt mich niemand als sein Ungeheuer. Dort macht mich niemand zum Krieger einer Wir-Gruppe, die gegen eine Sie-Gruppe demonstrieren soll. Liebe und Gott stehen niemals auf der Seite einer einzelnen Gruppe. Sobald eine Gruppe das behauptet, tötet sie die Liebe und Gott und damit den Ausgleich. Aber genau danach sehne ich mich, nach dem Ausgleich. Den finde ich in der Schweiz und deshalb freue ich mich so, dort sein zu dürfen.»

«Das Thema verdient einen eigenen Diskussionsabend», stellt die Sprecherin nüchtern fest. «Jetzt führt das alles zu weit. Seid ihr einverstanden, wenn wir diese Diskussion verschieben?»

Viele nicken wie erlöst. Wir verschieben und vertagen uns.

Wiegenetz

Zwei Wochen nachdem sich mein Vater erschossen hatte, meldete sich Walter, der erste Freund meiner Mutter, telefonisch bei ihr. Sie war zwischen ihrem achtzehnten und ihrem zwanzigsten Lebensjahr mit ihm zusammen gewesen. Dann hatte sich bei einer Untersuchung herausgestellt, dass Walter zeugungsunfähig war. Weil sie wenigstens ein Kind haben wollte, verließ ihn meine Mutter schweren Herzens und heiratete meinen Vater, mit dem sie mich bekam. Meine Eltern lebten beinahe fünfzig Jahre zusammen. Dass meine Mutter nach Vaters Tod so schnell von ihrem Ex angerufen wurde, hielt sie für eine ausgesprochene Frechheit. Sie sagte Walter das auch und erklärte ihm darüber hinaus, dass sie nichts von ihm wissen wolle. Er nahm das zur Kenntnis, ließ aber nicht locker. Walter rief immer wieder an und bat sie *nur um ein Treffen*, wegen der guten alten Zeit. Irgendwann willigte meine Mutter schweren Herzens ein und ging mit ihm auf diesen *einen* Kaffee. Seit diesem Treffen sind die beiden wieder zusammen und wirken so, als wären sie nie getrennt gewesen. Als ich das erste Mal gesehen habe, wie selbstverständlich Walter meine Mutter an der Hand nimmt, musste ich sofort gehen, damit die beiden meine Tränen nicht sehen. Mein Vater hat Mutti nie vor meinen Augen berührt. Ich wusste gar nicht, dass es Berührungen zwischen Eheleuten gibt. Erst seit Walter meine Mutter zurückerobert hat, beide waren damals schon über siebzig, weiß ich, dass es jemanden gibt, der Mutti genauso gerne an der Hand nimmt wie ich Rita.

Jetzt sitzen Walter, Mutti und ich in einem *Rail Jet* der Österreichischen Bundesbahnen und fahren Richtung Zürich. Walters Hund Tilly zittert. Er liegt unter dem kleinen, trampolinförmigen Hartplastiktisch auf dem wir diverse Zeitschriften ausgebreitet haben. Das Schlingern des Waggons und seine ständigen Vibrationen haben den Boden in ein Rüttelsieb verwandelt. Sieben Stunden lang wird hier die Haftkraft der Zahnimplantate der Passagiere getestet. Dass keine Prothese locker wird, spricht für den Fortschritt der Zahnmedizin.

«Das darf doch nicht wahr sein», ärgert sich Walter auf seine liebenswürdige Ärger-Art, die die Ursache des Ärgers zwar beargwöhnt, aber nie wirklich verdammt, «schaut euch das an.»

Er zeigt auf ein Bild in seiner bunten Fischer-Zeitung und schüttelt den Kopf. Ich sehe zwei junge, tätowierte Burschen mit nackten Oberkörpern, die bis zum Bauch im Wasser stehen und einen riesigen, goldglänzenden Karpfen präsentieren, der aussieht wie ein Wasserschwein.

«Weißt du, was das ist?», fragt er mich hintersinnig.

«Ein großer Schuppenkarpfen», antworte ich.

«Ja, schon», sagt er, «aber worauf liegt dieser Karpfen, hm?»

Gleich hat er mich. Sein Kopf liegt schon schief, wie bei einer Eule, die der vor ihr sitzenden Maus Sicherheit und sogar Geborgenheit vorspiegelt. In Wahrheit zerplatzt Walter vor lauter Freude über seine Hinterlist, der ich auf jeden Fall erliegen werde. Egal was ich jetzt sage. Noch einmal schaue ich mir das Bild genau an, bevor ich schicksalsergeben antworte. «Der Karpfen liegt auf einem Netz.»

«Und weißt du auch, wie dieses Netz heißt?», fragt er weiter, berauscht von der Siegessicherheit eines Schachspielers, der jetzt endlich die mattbringende Figur gegen den einsamen König in Stellung bringt.

«Wie soll denn das Netz heißen?», bäume ich mich ein letztes Mal auf.

«Wiegenetz», ruft er beinahe. «Stell dir das einmal vor! Das ist ein eigenes Netz. Das wird nur verwendet zur Präsentation und zum Abwiegen eines Fisches. Zusätzlich zum Hebekescher, mit dem der Fisch aus dem Wasser gehoben wird und zusätzlich zum Setzkescher, in dem er dann aufbewahrt wird. Stell dir das einmal vor: drei verschiedene Kescher für einen Fisch. Früher hast du überhaupt keinen Kescher gehabt. Da hast du alles damit gemacht.»

Walters linke Hand zeigt auf ihre rechte Kollegin.

«Du hast den Fisch mit der Hand aus dem Wasser gehoben, du hast ihn nicht gewogen, wieso auch, und du hast ihn entweder abgeschlagen und ausgenommen oder du hast ihn wieder zurückgesetzt, alles ohne Netz, nur mit der Hand. Und heutzutage hast du drei verschiedene Kescher!»

«Das nennt sich gelungene Bedürfniserzeugung», versuche ich seine Aufgeregtheit zu dämpfen.

«Das nennt sich Volltrottelei», übertönt mich Walter. Dann ist er weitgehend entladen und blättert weiter. Im Gegensatz zu Mutti, die manche Artikel in ihrer Frauenzeitschrift auch wirklich liest, überfliegt Walter nur die Bilder mit den Fisch-Trophäen. Längeres lesen strengt ihn zu sehr an. Walter ist fünfundsiebzig Jahre alt, fast zwei Meter groß und besitzt ein kleines, nicht mehr wegzufastendes Schmerbäuchlein. Er hat mindestens einen, manchmal auch mehrere Schalke gleichzeitig im Nacken und viel zu viel Zucker im Blut. Wenn ich ihn ansehe, sehe ich eine alte Autobahn vor mir, die nicht Hitler, sondern Walter selbst gebaut hat. Jede Menge Schlaglöcher und regelmäßig wiederkehrende Großbaustellen. Seine Augen sind, so wie seine Füße und seine Hände und alle sonstigen Körperteile, schon länger nicht mehr die besten. Mit dem Medikamentenkoffer, der die unzähligen Pillen enthält, die er pro Tag schlucken muss, sieht er aus wie ein Vertreter für pharmazeutische Produkte. Manchmal, hat mir Mutti verraten, wacht Walter trotz seiner starken Schmerzmittel mitten in der Nacht auf und sagt, dass er seine Füße nicht mehr spürt. Als wäre das Blut gestockt und die Adern abgestorben. Dann versucht er nicht zu schreien und meistens gelingt ihm das auch.

«So eine Gelegenheit kommt nie wieder», wendet sich meine Mutter plötzlich an mich. «Ohne deine Wohnung wären wir doch unser ganzes Leben nicht in die Schweiz gekommen. Wo dort alles so teuer ist. Sowas muss man einfach ausnutzen. Jetzt oder nie, sag ich immer.»

«Das hast du noch nie gesagt», entfährt es mir aufrichtig überrascht.

«Oh ja, das sage ich oft.»

«Zu Walter vielleicht, aber nicht zu mir. Den Spruch hätte ich mir sofort gemerkt. Ich merke mir alle deine Sprüche.»

«Welche Sprüche?», fragt Mutti.

«Unter jedem Dach ein Ach», antworte ich. «Oder: Vom Baum des Lebens fällt Blatt um Blatt.»

Mutti stutzt.

«Wieso merkst du dir so einen Blödsinn?»

«Das ist kein Blödsinn», widerspreche ich ihr, «das bist du. Das sind deine wichtigsten Sprüche, die du immer wieder zitierst.»

«So oft sag ich das ja gar nicht», wehrt sich meine Mutter.

«Oh ja», bleibe ich hartnäckig, «wenn wir von Krankheiten oder Gebrechen reden, und das ist ziemlich oft der Fall, sagst du am Ende immer: Vom Baum des Lebens fällt Blatt um Blatt. Und ich sehe dann sofort meine Bandscheiben vor mir, wie sie sich langsam aus dem Rückgrat lösen und wie Blätter auf den Boden segeln. Besonders seit meinem Bandscheibenvorfall.»

«Du machst auch aus jedem Hund ein Dorf», verwurstet Walter ein altes Sprichwort.

«Ja», gebe ich zu, «ich kann auch nichts dafür, wenn mich eure Sinnsprüche zum Nachdenken bringen.»

«Nachdenken oder veräppeln, das ist hier die Frage», sagt Walter wie der Prinz von Dänemark und grinst vielsagend in meine Richtung.

Plötzlich vergeht uns die Lust, den Mund aufzumachen, einzuatmen und weiterzureden. Tilly hat eine Duftschwade entlassen, die einen Hauch von afrikanischer Steppe mit sich führt. Man sieht mit Blut verschmierte Aasgeierglatzen, die tief im fliegenübersäten Kadaver eines Warzenschweines herumbohren. Ursprünglich hatte ich gehofft, dass Tilly während der paar Reisetage in die Obhut von Walters Frau wandern würde, wie ja umgekehrt Walters Frau ihre Katze Betty immer dann an Walter übergibt, wenn sie für ein paar Tage mit ihrem Lebensgefährten verreist.

Obwohl sie seit mehr als zwanzig Jahren getrennt leben, sind Walter und seine Frau noch immer verheiratet. Durch diesen Status, Walter diente als Beamter beim Land Oberösterreich, darf Romy, so heißt seine Gattin, in einer laut meiner Mutter sehr großzügigen, hellen, zentral gelegenen, mit einem Wort tollen *Landeswohnung* leben, die monatlich, weil sie gefördert ist, einen Pappenstiel kostet. Hätte Walter auf einer Scheidung bestanden, dann wäre seine Frau um dieses Vorrecht umgefallen und gezwungen gewesen, sich eine andere Wohnung zu suchen. Aber weil Walter – laut meiner Mutter – ein viel zu guter Kerl ist, deshalb hat er es, trotz körperlicher und emotionaler Trennung, noch nicht geschafft sich auch moralisch und juristisch aus diesem *Mühlsteinverhältnis* zu lösen.

«Sie hat mir einfach gefallen damals, war eine fesche Katze», erklärte er mir, als ich ihn einmal fragte, warum er seine «Ex» noch immer so tatkräftig und selbstlos unterstützt und ihretwegen aus *seiner* Landeswohnung in eine vergleichsweise mickrige Null-acht-fünfzehn-Wohnung gezogen ist.

«Und warum lässt du dich nicht scheiden und heiratest meine Mutter, jetzt, wo ihr wieder zusammenlebt und klar ersichtlich ist, dass ihr euch in echter, tiefer Liebe zugetan seid?»

Diese Frage erspare ich ihm. Und mir. An ihn gerichtet würde sich das Gewicht dieser Worte mindestens verzehnfachen und nicht nur seine Seele belasten, sondern vor allem seinen ohnehin ramponierten Körper.

Das alte Muster, denke ich weiter. In Wahrheit schone ich nicht Walter, sondern mich. Nicht schon wieder an die Front. Meine gefühlte Wahrheit spreche ich nur in einem von hundert Fällen aus. Oder wenn wie im Fall der Dichter-Sitzung der Leidensdruck zu groß wird. Lieber bleibe ich in der Etappe und lasse die Wunde gären, als mich dem aussichtslosen Kampf mit der gefühlten Wahrheit zu stellen. Ich bin beinahe fünfzig, aber im sogenannten Nor-

malfall noch immer genauso feige und konfliktscheu wie als Fünf-
zehnjähriger.

Unser Zug verlässt die Station Feldkirch in Vorarlberg, indem er beinahe zärtlich anrollt. Zumindest empfinde ich diesen mechanischen
Wink in seiner Sanftheit als humane Geste einer Maschine und bin
entsprechend dankbar dafür. Damit deutet der Zug an, dass die Reise
des Lebens in jedem Fall weitergeht. Man braucht nur dazusitzen, aus
dem Fenster zu schauen und die Landschaft zu betrachten, die nicht
nur Land schafft, sondern auch Lebewesen, die diesen unbegreiflichen
Raum bevölkern.

Draußen am Bahnsteig sehe ich eine ältere Frau mit einer dünnen, weinroten Strickjacke, die mit einem kleinen Hund an der Leine
in die der Zugsbewegung entgegengesetzte Richtung marschiert.

«Ist das die Mutti?», fragt Walter, der die Frau und den Hund
auch gesehen hat.

«Nein, natürlich nicht», dementiere ich seinen Scherz, «die Mutti
ist nur aufs Klo gegangen. Deshalb ist sie nicht hier.»

«Nein», widerspricht Walter ungewohnt heftig, «die ist mit dem
Hund ausgestiegen, frische Luft schnappen.»

Während er das sagt, bekommt Walters Gesicht nicht nur die
Farbe, sondern auch die Konsistenz einer eingeweichten Windel.
Es ist seine konkrete Verwandlung von *teigbleich* zu *leichenblass*, die
mich nötigt, das Undenkbare irgendwie zuzulassen. Später wird mir
der Zugsbegleiter sachlich auseinandersetzen, dass jeder Passagier in
einem solchen Moment das Recht hat, die Notbremse zu ziehen. Niemand hätte mich zur Kassa gebeten. Alle hätten Verständnis gehabt.
Nur jetzt, in diesem allzu konkreten Augenblick bin ich mit einem
derart radikalen Eingriff überfordert. Ich habe genug damit zu tun,
die Fülle an Gedanken zu ordnen und in eine der Situation angemes-
sene Reihe zu bringen.

Es ist nichts Lebensbedrohliches passiert. Niemand wurde verletzt. Mutti und Tilly haben es nur verabsäumt wieder in den Zug einzusteigen. Wir fahren ohne sie nach Zürich. Die beiden bleiben in Vorarlberg. Bestimmt werden sie in absehbarer Zeit in einem Bergbauernhof unterkommen. Kost und Logis gegen Mitarbeit. Trotz ihres Alters ist meine Mutter noch immer eine extrem fleißige und unbeugsame Arbeiterin. Sie kann Tillys Unfähigkeit als Wachhund ausgleichen. Wenn nicht, wird der Bauer beide nach China verkaufen. Dort braucht man dringend authentisches Personal für das alte Hallstatt, das auf chinesischem Boden nachgebaut wurde. Spätestens dort können wir sie dann besuchen. Und wer weiß, vielleicht gefällt es uns allen so gut in China, dass wir dort bleiben und die Schriftzeichen lernen. Rita könnte die Chinesen durch Neu-Hallstatt führen und ihnen meine Mutter und Walter beim Holzschuhtanz zeigen. Ich könnte auf der Geige Landler spielen, während Tilly kläffend um uns herumhüpft. Wir werden jede Menge Geld verdienen und ein gutes Leben haben.

«Mutti hat nur ihre dünne Jacke an», reißt mich Walter aus meinem Alptraum.

«Aber das macht doch nichts», versuche ich ihn zu beruhigen, «sie wird bestimmt gleich zum Stationsvorsteher gehen und ihm erklären, was passiert ist. Der wird sie dann in den beheizten Aufenthaltsraum setzen und ihr ein Glas Wasser bringen. Tilly wird auch versorgt werden. Du weißt ja, die zwei brauchen nicht viel.»

Walter antwortet nichts. So fassungslos habe ich ihn noch nie gesehen. Er weiß nicht, was er tun soll, und möchte alles gleichzeitig machen.

«Ich muss sofort zum Zugsbegleiter», sagt er mehr zu sich als zu mir und ist schon verschwunden. Als er weg ist, überkommt mich eine weitere Welle Ungläubigkeit.

In Wahrheit, denke ich, ist meine Mutter bestimmt irgendwo

im Zug unterwegs. Wahrscheinlich blättert sie im Speisewagen die Zeitung durch oder überprüft die Speisekarte auf überhöhte Preise. Aber das da draußen, diese verblassende Silhouette einer Frau mit Hündchen, das kann nicht meine Mutter gewesen sein. Das ist der geisterhafte Traum eines impressionistischen Malers, der sein Bild auf Walters und meine Netzhäute gepinselt hat. Nicht einmal sie, die gerne unkonventionelle Ideen hat und immer dann verschwindet, wenn sich alle endlich mühsam genug versammelt haben, nicht einmal sie wäre so unempfindlich gegen den doppelt schrillen Pfiff des Schaffners.

«Bei der nächsten Station müssen wir raus!», höre ich Walter rufen, noch bevor ich ihn sehe. Schwer atmend fällt er auf die Bank, bleibt aber nur eine Sekunde lang sitzen, bevor er wieder aufspringt und in der Gepäckablage wühlt. Jetzt ist seine Größe von Vorteil.

«Zieh dich an», befiehlt er mir, «wir sind gleich da.»

«Ich steige nicht aus», versuche ich ihm möglichst ruhig mitzuteilen.

«Du musst aber!»

«Nein», beharre ich, «ich muss weiter nach Zürich fahren. Um Punkt halb vier treffe ich mich mit Irina, Pergyntis Frau. Ich habe den beiden telefonisch zwei Forellen versprochen. Die habe ich extra für sie geräuchert. Übergabe direkt am Bahnhof unter der Statue von Niki de Saint Phalle.»

«Das geht aber nicht», erklärt mir Walter, «wir müssen zuerst die Mutti holen.»

«Nicht wir, du wirst sie holen. Und dann steigt ihr in zwei Stunden in den nächsten Rail-Jet und fahrt weiter nach Zürich. Und dort warte ich auf euch und gemeinsam fahren wir dann nach Langenthal.»

«Aber das geht nicht», wiederholt er sein neues Mantra.

«Das geht sogar ganz wunderbar», sage ich, gebe ihm die Zugskarten für den anderen Zug und versuche ihn zu beruhigen, indem ich seine Schulter tätschle, was gar nicht so einfach ist, weil er so groß ist. Man muss den Arm richtig weit ausfahren, um Walters Schulter überhaupt zu erreichen. Wer Walters Schultern tätscheln möchte, sollte damit rechnen, dass er dabei in Höhen vordringt, in denen er noch nie getätschelt hat und höchstwahrscheinlich auch nicht so bald wieder tätscheln wird.

«Und das ganze Gepäck?», fragt er ratlos.

«Darum kümmere ich mich.»

«Aber du kannst unmöglich das Gepäck von drei Leuten tragen.»

«Oh doch. Das wird gerade noch gehen», sage ich weniger überzeugt, als es klingt.

Mutter minus Vater

«Ich bin mit Lydia verwandt», antwortet Frau Brehm auf die Frage nach ihrer Beziehung zu meiner verstorbenen Mentorin. Obwohl ich genau zuhöre und versuche, die Art der Verwandtschaft zu begreifen, verwirren mich die von ihr geschilderten Verhältnisse. Es geht in Richtung Urgroßnichte zweiten oder dritten Grades. Das lässt mich weniger an ein Beziehungsgeflecht denken als vielmehr an eine Formel aus der höheren Mathematik. Damit bin ich überfordert. Ich verstehe nur einfache Formeln. Mein Vater plus meine Mutter ergibt mich. Meine Mutter minus mein Vater ergibt eine freie Frau. Mein Vater dividiert durch seinen Selbstwertmangel und multipliziert mit seinem Genie wäre ein berühmter Maler geworden. Das sind Formeln, die ich nachvollziehen kann.

«Ich verstehe», entringt es sich mir.

Frau Brehm hat eine dicke Ringmappe vor mir ausgebreitet, in der sie blättert. Anfänglich erscheint es so, als wollte sie mir etwas ganz

Bestimmtes zeigen. Nach einem Weilchen dämmert mir aber, dass sie auch deshalb so akribisch blättert, weil sie einfach gerne Folien betastet und es ihr Spaß macht, altes, weiches Plastik zu berühren. Das leuchtet mir sofort ein. Hüllenwenden ist die analoge Urform des Handywischens und ruft kindliche Erinnerungen wach: den Duft der ersten Merkblätter, das märchenhafte Blutrot der Tinte, mit dem die Lehrer ihre Zensuren in die Aufsatzhefte schrieben.

«Das sind alles sehr persönliche Aufzeichnungen von Lydia», wirft mir Frau Brehm ein wenig vor. Sie ist sich nicht ganz sicher, ob ich das Privileg auch nachvollziehen kann, das es bedeutet, wenn sie mir hier und jetzt diese persönlichen Einsichten gewährt. Gleichzeitig köchelt in ihrer Stimme das leicht schuldbewusste Pathos, das immer dann vom Unterbewusstsein eingespeist wird, wenn man über Verstorbene spricht, derer man sich schon etwas zu lange nicht mehr erinnert hat.

«Ist da auch das Ententagebuch drinnen?», möchte ich wissen.

«Unter anderem», sagt sie beiläufig und blättert weiter.

Nachdem ich Frau Brehm dank Pavel Krczal-Gozanis Vermittlung kennengelernt hatte, lud sie mich in ihre Villa ein. Ihr imposantes Haus grenzt an die Ausläufer eines bewaldeten Hügels. Es befindet sich im eigentlichen Villenviertel Langenthals, das sich auf der anderen Seite des Industrieviertels befindet, wo das Eymannhaus steht.

«Da fängt es an», sagt Frau Brehm und zeigt auf Din-A4-Blätter, die mit Daten, Uhrzeiten, Namen und kurzen Bemerkungen übersät sind.

«War dieses Projekt bloß ein Steckenpferd von Frau Eymann», frage ich, «oder war sie von einem echten Forschergeist beseelt?»

«Ich würde beide Fragen mit ja beantworten», sagt Frau Brehm. «Lydia war vor allem ein der Natur zugewandter Mensch. Wenn andere Menschen dieser Natur Schaden zugefügt haben, dann konnte sie sehr zynisch werden. Und wild ...»

«Wie hat sich das geäußert?»

«Das können Sie alles hier drinnen nachlesen», sagt sie und klappt die Mappe wieder zu.

«Ich werde sehr sorgsam darauf aufpassen», verspreche ich ihr. Als wir uns voneinander verabschieden, erklärt sie mir noch einmal, dass mir die Aufzeichnungen genau zwei Wochen lang zur Verfügung stehen, bevor ich sie wieder zurückgeben muss.

«Wie kommst du dazu, dich bei Dritten nach mir zu erkundigen?»

Während ich vor der Wohnungstür stehe, strömt diese Frage aus dem unheimlichen Selbstporträt, das Frau Eymann mit Bleistift von sich gezeichnet hat. Seit vielen Jahren hängt dieses Bild im Vorraum neben der Eingangstür und beargwöhnt jeden, der hier aus- und eingeht.

«Ich möchte einfach nur besser verstehen, wer Sie waren.»

«Das nehme ich dir nicht ab. Ich glaube viel eher, dass du nur an dir selber interessiert bist. Du fragst dich, welchen Nutzen ich noch für dich haben könnte. Du lebst in meiner Wohnung und bekommst mein Geld. Aber das ist dir noch nicht genug. Du möchtest auch noch meine Geschichten.»

«Stimmt», gebe ich sofort zu. «Mich interessieren alle Geschichten, aber ganz besonders diejenigen, an denen ich irgendwie beteiligt bin. Für einen Schreibenden ist dieses Interesse auch legitim.»

«Kommt drauf an», entgegnet Frau Eymann, «was er mit den Geschichten bezweckt. Bei dir habe ich das Gefühl, dass du mich vorführen möchtest wie eine Kuh am Wochenmarkt. Manche Episoden benutzt du nur dafür, um deine Texte aufzupeppen. Diese Methode ist fragwürdig und nicht von Interesse geprägt, sondern von ökonomischem Kalkül.»

«Ich führe Sie nicht vor», wehre ich mich gegen ihre Zuschreibung, «ich sammle Essenzen und versuche, Ihren Charakter zu rekonstruieren.»

«Aber, wenn dem so ist, warum gibst du dann deine essentiellen Gefühle nicht preis?»

«Welche Gefühle meinen Sie?»

«Skepsis, um nur eines zu nennen. Du bildest dir ein, dass ich aus meinem privilegierten Leben zu wenig gemacht habe. Du fragst dich, warum ich auf der Homepage der Stadt Langenthal als *Kunstkritikerin* bezeichnet werde, obwohl du weder in der Wohnung noch in den Unterlagen einen Hinweis auf diese Tätigkeit gefunden hast. Du schüttelst innerlich den Kopf darüber, dass ich nach einem derart arbeitsbefreiten Leben so wenige künstlerische Produkte vorzuweisen habe. Du willst nicht wahrhaben, dass manche menschliche Wesen in einem ganz persönlichen, zweiten Rhythmus leben, der entkoppelt ist vom allgemeinen Maß. Weil du selbst im *Presto con fuoco* lebst, sind dir Menschen verdächtig, die ihr Leben im *Andante con moto* verbringen. Ich gehöre zu diesen Wesen und habe das Gefühl, dass du uns unter deiner lustigen Fassade beargwöhnst. Du bist nicht wirklich an uns interessiert, sondern an den Effekten, die du dir von uns versprichst.»

«So viel Ehrlichkeit auf einmal empfinde ich entlarvend, beängstigend und zermalmend.»

«Niemand will dich zermalmen. Aber in der nächsten Sphäre, da, wo ich jetzt bin, kann man sich nicht mehr verstellen. Man spricht die Dinge endlich aus, die man sich damals verkniffen hat. Man ist schon näher am Licht, sehnt sich aber immer noch zurück nach der Dämmerung der alten Welt. Manchmal wird diese Sehnsucht für einen Moment erfüllt und man kann noch einmal in ihr erscheinen.»

«So wie damals, als Sie im Bärenhotel aufgetaucht sind?»

«Ja», bestätigt Frau Eymann, «zu der Zeit waren deine Schuldgefühle extrem stark. Dank dieser Kraft konnte ich wiederkehren, um dir und deinem Kompagnon die Leviten zu lesen.»

«Das heißt», schlussfolgere ich, «damit sphärische Vermischungen stattfinden können, kommt es weniger auf die Art des Gefühls an, sondern vor allem auf dessen Intensität?»

«Exakt», bestätigt Frau Eymann. «Dir gelingt es manchmal, eine enorme mentale Kraft zu bündeln, aber du kannst ihre Wirkung nicht kontrollieren.»

«Diese Kraft», erinnere ich mich, «ist zum ersten Mal so richtig wirksam geworden, als ich mit Schau Tal über fliegende Teppiche gequatscht habe. Damals schwebte unsere Nachbarin plötzlich auf ihrer Yogamatte knapp über dem Boden.»

«Wenn es dir gelänge, diese Kraft zu beherrschen», sagt Frau Eymann, «dann könntest du viel Nutzen stiften.»

«Mir ist aber noch überhaupt nicht klar, wie sich diese Kraft lenken lässt.»

«Das wird dir auch nicht mehr klar werden», demoralisiert mich Frau Eymann, «zumindest in diesem Leben.»

«Warum?»

«Weil deine Fremdbestimmtheit viel zu groß ist. Um deine eigene Vorstellungskraft zu kontrollieren, müsstest du zuerst den chaotischen Innenraum freiräumen, in dem sie sich entfalten kann. Du müsstest ehrlich und intuitiv hinschauen und noch viel deutlicher unterscheiden zwischen deinen eigenen Sehnsüchten und dem Einfluss des fremden Gerümpels. Dieses seelische Gerümpel liegt wie eine Gerölllawine in dir und verhindert, dass du zu dir kommst.»

«Woher wissen Sie das alles?»

«Weil es in meiner aktuellen Sphäre keine Geheimnisse gibt. Ich beobachte dich, seit du in meiner alten Wohnung eingezogen bist, und spüre deine enorme Sehnsucht nach Anerkennung. Immer dann, wenn du hier aus- und eingehst und auf mein Porträt schielst, verströmst du ein bitteres Gefühl nach Unausgelebtem. Diese Verbitterung, die du mit einem lustigen Gesicht vehement kaschierst, ist viel älter als du. Sie schmeckt weniger nach Jahrzehnten als nach

Jahrhunderten und entspringt nicht deinem persönlichen Wesenskern. Darum, weil deine Seele so viel Unruhe geerbt hat, bist du so ungehalten und entrüstet, wenn du ruhigere Menschen erlebst, von denen du glaubst, sie seien privilegiert und würden Möglichkeiten, die sie haben, nicht nützen.»

«Aber Sie waren zweifellos privilegiert», versichere ich ihr. «Sie konnten malen, reisen und lesen in einem geradezu uferlosen Ausmaß.»

«Materiell war ich zweifellos privilegiert», bestätigt sie, «aber nicht emotional. Ich habe diesen einen Menschen nicht gefunden, der meine Isolation beendet hätte. Unter den Vielen findest du nur wenige, deren persönlicher Rhythmus deinem eigenen ähnelt, von Einklängen ganz zu schweigen. Daher ist es auch ganz normal, dass man diese paar Menschen, die einem selbst wirklich ähnlich sind, zeitlebens nicht findet. Auch deshalb, weil man viel zu wenig intensiv nach ihnen sucht. Man nimmt zu schnell mit den Nächstbesten vorlieb. Das, zumindest, habe ich nicht getan. Ich habe immer abgewartet, genau hingeschaut und akribisch gesucht. Daraus ist mir eine gewisse Wehmut erwachsen und aus dieser Wehmut eine Ahnung davon, wie verschieden mein Lebensrhythmus von dem Anderer war. Meine Suche nach Seelenverwandten wurde nicht belohnt. In dieser Hinsicht war ich nicht privilegiert. Aber du, du bist es. Du hast eine Frau gefunden, mit der du nicht nur Pferde stehlen kannst, sondern auch Fische. So einen Menschen habe ich nie gefunden. Ich bin nur solchen begegnet, die mir die Fische gestohlen haben. Aus der Gnade, die es für dich bedeutet, mit Rita zusammen zu sein, erwächst auch deine Kraft. Du musst sie nur endlich richtig benutzen.»

«Liebend gerne», stimme ich zu, «aber was genau heißt das?»

«Das heißt», antwortet Frau Eymann, «immer das Gleiche: noch mehr Unvoreingenommenheit. Es gibt nie zu viel davon, sondern immer nur zu wenig. Starre mich nicht durch fremde Augen an. Mach deine eigenen auf.»

Wie der KGB das Bewusstsein verlor

«Vorher hat jemand angerufen», sagt meine Mutter, gleich nachdem ich wieder in die Wohnung zurückgekommen bin. Die übliche Entschiedenheit, mit der sie sonst ihre Überzeugungen vertritt, ist aus ihrer Stimme verschwunden. Das macht mich hellhörig.

«Wann vorher?», frage ich nach.

«Wie du fort warst bei dieser Frau ...»

Mein Besuch bei Frau Brehm hat alles in allem nicht einmal zwei Stunden gedauert. Ich habe mich extra beeilt, weil ich aus langjähriger Erfahrung weiß, dass meine Mutter nur wenige Minuten braucht, um einen harmlosen Ort in ein Terrain für einen Mystery-Thriller zu verwandeln. Die gestrige Aktion mit dem vergessenen Zug war vergleichsweise harmlos und endete mit einer späten, aber beschwingten Ankunft in Langenthal. Die Freude über die Rückkehr der verlorenen Mutter überwog bei weitem die Schrecken der ungeplanten Trennung.

«Gut», versuche ich mich zu fokussieren, «das Telefon hat also geläutet. Und wer war dran?»

«Ein Mann.»

«Aha. Und was wollte der Mann?»

«Weiß nicht, hat er nicht gesagt.»

«Und was hat er gesagt?»

«Nichts. Er hat nur gefragt, was los ist?»

«Wieso?»

«Weiß nicht.»

«Also noch einmal», versuche ich ruhig zu bleiben, «der Mann hat angerufen und gefragt, was los ist?»

«Genau», bestätigt meine Mutter, die am Esstisch sitzt, «und dann hat er wieder aufgelegt.»

«Aber», ergänzt Walter, der halb entspannt im Fauteuil lehnt und sich jetzt verpflichtet fühlt, klärend in unser Gespräch einzugreifen, «er hat gesagt, dass er wieder anruft, wenn du da bist.»

«Was will er denn von mir?» frage ich.

«Wissen, was los ist …»

«Was soll denn los sein?»

«Keine Ahnung, hat er nicht gesagt.»

Plötzlich läutet das Telefon.

«Siehst du», sagt meine Mutter, «wie ich es dir gesagt habe.»

Wer zuhause einen Abenteuerurlaub erleben möchte, dem kann ich nur dringend empfehlen, meine Mutter zu sich einzuladen. Gegen eine kleine Gebühr verborge ich sie und Tilly mit der Garantie, dass einem als Gastgeber nicht langweilig wird.

«Wer ist dort?», fragt ein Mann, noch bevor ich mich vorstellen kann. Ich nenne meinen Namen und bin versucht, vor lauter vorauseilender Unterwürfigkeit noch meine Schuhnummer anzufügen.

«Und warum haben Sie mich angerufen?», will er wissen.

«Aber ich hab' Sie nicht angerufen», wehre ich mich gegen seine Zuweisung.

«Aber ich habe einen Anruf auf meinem Display, der von Ihrem Anschluss ausgeht», sagt er und nennt mir den genauen Zeitpunkt, zu dem er angeblich angerufen wurde. Vielleicht, denke ich mir, hat sich Frau Eymann telepathisch zwischengeschaltet und spielt uns diesen Streich. Charaktermäßig würde ein derart undurchsichtiger Spaß genau zu ihr passen.

«Und wer sind Sie?», möchte ich wissen, «wenn ich fragen darf?»

«Mein Name ist Gringinger», antwortet er, «ich bin ein ehemaliger Stipendiat. Ich war vor zwei Jahren in Langenthal und vermute, dass mein Name noch im Wohnungstelefon eingespeichert ist. Wahrscheinlich hat jemand diese Nummer gedrückt. Womöglich versehentlich.»

Endlich dämmern mir erste Zusammenhänge. Jemand hat mit

den Telefontasten gespielt. Dieser Jemand verfügt über die seltene Gabe, dass auch seine unschuldigsten Gesten nicht folgenlos bleiben.

«Sie haben bestimmt recht mit dem Versehen», bestätige ich die Vermutung von Herrn Gringinger. «Bei mir sind gerade ein paar Kinder zu Besuch, die mit allem herumspielen, was ihnen in die Hände fällt. Es tut mir leid, wenn wir Sie gestört haben. Bitte entschuldigen Sie.»

«Kein Problem», antwortet er, «Hauptsache, die Situation ist geklärt.»

«Genau», bestätige ich und versuche die geklärte Situation auch gleich zu nutzen.

«Darf ich Sie bei der Gelegenheit noch fragen, wie es Ihnen in Langenthal gefallen hat?»

«Grundsätzlich nicht schlecht», antwortet er, «aber auf die Dauer ist das Umfeld dort schon sehr …», er überlegt länger, während sich in mir eine gewisse Spannung aufbaut, weil jetzt das Wort kommt, in dem sich sein Urteil bündelt, «… unauffällig.»

«Wie meinen Sie das?», frage ich etwas überrascht.

«Naja, langweilig halt», präzisiert er, «weil richtig viel los ist dort nicht. Auf Dauer ist das ganze Umfeld sehr gediegen und irgendwie fast zu … brav. Es ist einfach fad.»

«Es ist unschuldig», variiere ich seinen Satz spontan.

«Was?»

«Es ist wirklich unschuldig», bestärke ich meine Aussage, «entschuldigen Sie bitte. Das ist eine alte, blöde Marotte von mir. Immer wenn dem Es unterstellt wird, *es* wäre langweilig, tut *es* mir furchtbar leid. Ich empfinde das Es ganz anders, nämlich als einen gigantischen Raum voller fantastischer Erlebnismöglichkeiten. Aber das ist natürlich nur ein total subjektiver Eindruck. Jedenfalls danke ich Ihnen sehr für Ihr Verständnis, den Rückruf und die Klärung.»

Ganz am Ende des kurzen Gespräches verspreche ich noch hoch und heilig, dass Störungen dieser Art nicht mehr vorkommen werden.

«Hat einer von euch am Telefon herumgespielt?», frage ich, als ich aufgelegt habe.

«Nein!», kommt es ganz bestimmt aus der Ecke, wo meine Mutter sitzt.

«Naja», sagt Walter.

«Was?», blafft Mutti.

«Wir haben schon einmal versucht hinauszurufen», gibt er zerknirscht zu.

«Ja», bestätigt jetzt auch Mutti, «aber nur ganz kurz.»

Nur ganz kurz ist genau die Zeitspanne, die meine Mutter braucht, um prägend in die großen Zahnräder der Weltuhr einzugreifen. Vor allem, wenn ihr dabei ein technisches Gerät in die Hände fällt, dessen Bedienung sie ad hoc überfordert. Diese Überforderung ist bereits bei der Inbetriebnahme eines neuen Geschirrspülers gegeben. Mutti hat Zeit ihres Lebens ohne solchen technischen Firlefanz hunderttausende Geschirrteile nur mit der Hand abgewaschen, in meiner Meinung nach viel zu heißem Wasser, an das man sich aber ihrer Meinung nach mit der Zeit gewöhnen kann – wie an alles.

Bei meinem Einkauf für das Abendessen im nahe gelegenen Supermarkt kreist Mutti mit Tilly an der Leine über den Vorplatz des Einkaufstempels. Durch die großen Fensterscheiben sehe ich zu meiner Genugtuung, dass meine Mutter ausnahmsweise genau das macht, worum ich sie händeringend gebeten habe: Sie bleibt mit Tilly in Sichtweite.

Während ich die Lebensmittel vom Einkaufswägeli in das Tütli packe, sehe ich, wie plötzlich ein großer, schwarz gekleideter Mann mit Sonnenbrille auf meine Mutter zugeht, sie anspricht und am Ellbogen packt. Er trägt eine für diese Gegend ungewöhnliche Pelzmütze und legt jetzt auch seinen zweiten Arm um Muttis Schulter. Dann führt er sie mit großer Bestimmtheit in Richtung einer schwarzen Limousine, deren Fenster getönt sind, sodass man den Fahrer und etwaige Insassen von hier aus nicht erkennen kann. Wenn ich jetzt alles stehen und liegen lasse, zurück zum Ausgang laufe, und von dort wieder hinaus auf den Parkplatz, dann kann es sein, dass niemand mehr dort ist, wenn ich ankomme. Also stelle ich mich an das riesige Supermarktfenster, drücke mir die Nase platt und versuche, das Nummernschild des Wagens zu lesen, damit ich der Polizei den entscheidenden Hinweis geben kann, sollte meine Mutter tatsächlich entführt werden. Ein zweiter Mann steigt auf der Beifahrerseite aus der Limousine und hilft dem Begleiter meiner Mutter dabei, sie und Tilly auf die Rückbank des Wagens zu lotsen. Nachdem das geschehen ist, schließen sich die Türen.

«Jetzt sind sie gleich weg und du siehst sie nie wieder», fluche ich und laufe endlich los. Keine halbe Minute später stehe ich atemlos vor dem Wagen, der zu meiner Überraschung noch nicht einmal gestartet wurde. Während ich um Luft ringe, beuge ich mich ganz an die Fensterscheiben und versuche ins Innere zu blicken. Nach und nach sehe ich die Konturen von vier Männern, die alle Zobelmützen tragen. Meine Überraschung wird noch größer, als ich registriere, dass die vier ohnmächtig sind. Nur Mutti, die zwischen zwei der Männer auf der Rückbank sitzt, ist munter. Als sie mich sieht, winkt sie mir zu.

«Wir haben nichts getan», höre ich sie gedämpft durch das dicke Glas rufen.

«Kommst du an den Türöffner?», rufe ich zurück und deute dabei auf die Entriegelungsvorrichtung im Eck des Fensters. Mutti beugt sich über einen der Ohnmächtigen und betätigt den kleinen Knopf. Sofort öffne ich die schwere Tür und helfe ihr dabei, ins Freie zu steigen.

«Wer sind die Typen», frage ich, während sie noch einen Fuß im Auto hat, «und was wollen sie von dir?»

Meine Mutter lässt sich Zeit mit der Antwort. Erst als sie neben mir steht und Tilly getätschelt hat, fängt sie an zu reden.

«Tilly ist ein kleines Malheur passiert. Deshalb sind die Männer bewusstlos geworden.»

«Sie hat alle vier mit einem Schlag eingeschläfert?», wiederhole ich verblüfft.

«Ja. Sie hat halt ein bisschen Bauchweh», erklärt mir meine Mutter, «in ihrem Darm braut sich manchmal was Saures zusammen.»

«Was Saures?», wiederhole ich fassungslos. «Das ist die Untertreibung des Jahres. Was Tilly da zusammenbraut, haben sie nicht einmal in den Schützengräben im ersten Weltkrieg eingesetzt. Damit verglichen war Senfgas ein Parfum. Tilly produziert unübertreffliche Nervengifte, die locker vier ausgewachsene Männer gleichzeitig ins Koma befördern.»

«Übertreib nicht so», ermahnt mich meine Mutter. «Jeder kann einmal Bauchgrummeln haben, gell Tilly.»

«Gut, dass ihr beide im Lauf der Jahre dagegen immun geworden seid», seufze ich. «Und überhaupt, wer sind diese Typen, die ihr da ins Land der Träume geschickt habt?»

«Russen.»

«Russen?»

«Ja», bestätigt Mutti. «Sie haben gesagt, sie sind vom KGB.»

«Und was wollten sie von euch?»

«Dass wir mitkommen.»

«Warum?»

«Um was zu klären.»

«Was denn?»

«Weiß nicht. Haben sie nicht gesagt.»

«Hast du wieder am Telefon herumgedrückt?»

«Nein, sicher nicht!»

«Und wie oft hast du auf den Ziffern herumgetippt, bevor du versehentlich Herrn Gringinger kontaktiert hast?»

«Nur ein paar Mal.»

Da haben wir es. *Nur ein paar Mal* bedeutet, dass Mutti nicht nur die Speichertaste mit der Nummer Herrn Gringingers erwischt hat. Durch einen für sie ebenso typischen wie bezeichnenden Zufall ist es ihr auch gelungen, den russischen Präsidenten auf seinem privaten Handy anzurufen. Der hatte den Anruf seines Energieministers erwartet und deshalb abgehoben.

«Hast du die Katze schon gefüttert?», fragt ihn meine Mutter, weil sie glaubt, mit ihrer Nachbarin in Österreich verbunden zu sein.

«Noch nicht», gibt der russische Präsident zu, weil er ganz gut Deutsch kann und glaubt, dass ihm sein Minister mit verstellter Stimme eine verschlüsselte Botschaft zukommen lässt.

«Dann ist es höchste Zeit, dass du hinübergehst», hält ihm meine Mutter vor und erklärt ihm genau, wo sie das nasse und das trockene Futter aufgehoben hat und was in welchen Napf gehört.

Während ihn meine Mutter zum Katzenfüttern einteilt, hört der russische Präsident im Hintergrund die Stimme Walters, der lautstark den faszinierenden Beipacktext seines neuesten Medikaments vorliest. Als er zum Drüberstreuen noch Tilly wahrnimmt, die irgendwo dazwischen einen eingebildeten Briefträger verbellt, kommt den Russen das Grauen vollends an. Eine riesenhafte Schnecke aus reiner Angst kriecht ihm vom Ohr über den Nacken bis hinunter zur Achillesferse. Seine Haut und seine Seele verschwinden unter einer dicken, schleimigen Schicht Panik. Mit zittrigen Händen alarmiert er sofort seinen Geheimdienst, was man ihm nicht einmal verübeln kann.

Der KGB hat die gespenstische Nummer natürlich bis nach Langenthal zurückverfolgt und eins und eins zusammengezählt. Dann haben die Russen ihre Schweizer Dependance aufgerüttelt und die haben sofort vier Gorillas losgeschickt, um Mutti und Tilly einzukassieren. Dass Tilly jedem russischen Geheimagenten im Nahkampf turmhoch überlegen ist, konnte der KGB natürlich nicht ahnen. Jetzt tun mir die Typen sogar leid. Falls sie überhaupt jemals wieder aufwachen sollten, werden sie bestimmte Gehirnregionen wahrscheinlich nicht mehr aktivieren können. Dessen ungeachtet, tröste ich mich, wird der russische Geheimdienst ein Terrain finden, wo auch mental eingeschränkte Agenten noch immer brauchbare und sogar gute Arbeit leisten können.

«Wir verschwinden von hier», gebe ich endlich die naheliegende Parole aus. «Soll sich die Schweizer Polizei um diese Typen kümmern.»

«Die können einem leidtun», sagt meine Mutter voller Mitgefühl.

«Wer? Die Bewusstlosen?»

«Ja, die auch», bestätigt meine Mutter, «aber vor allem tun mir die Polizisten leid. Die haben immer so undankbare Aufgaben.»

Von Enten und Elchen

Durch die Villenfenster fällt das sanfte Licht eines weitgehend ungetrübten, gemeinsamen Frühstücksmorgens.

«Frau Eymann hat ihre Feinde erschossen», sagt Mutti hammerhart. Gleichzeitig klingt ihre Stimme respektvoll.

«We … welche Feinde?», erschrickt Walter. Seine Finger zittern. Wenn er nicht aufpasst, verschüttet er den Kaffee, den er in einer schmalen Tasse herumbalanciert. Mutti hat viele Gaben. Eine davon besteht darin, nervenaufreibende Dinge in ohnehin prekären Momenten zu verkünden.

«Die Krähen», antwortet Mutti. «Hier, von diesen Fenstern aus.»

Jetzt schauen Walter und ich besorgt zu diesen Öffnungen hinüber und beobachten, wie sie sich vor unseren inneren Augen in Schießscharten verwandeln. Frau Eymann lädt ihr Gewehr und keiner von uns weiß, worauf sie als nächstes schießen wird.

«Was haben ihr denn die Krähen getan?», will Walter wissen. Er wirkt ausgesprochen besorgt. Immerhin ist es ihm gelungen, die Tasse halbwegs verschüttungsfrei abzustellen.

«Ihr persönlich nichts», klärt ihn Mutti auf, «aber diese Biester sind auf ihre Enten losgegangen. Deshalb hat sie das Gewehr genommen und die Krähen von den Bäumen geschossen. Damit sie den Küken nichts tun.»

«Woher weißt du das alles?», forscht Walter nach.

«Von der Mappe», antwortet meine Mutter kurz.

«… die ich Mutti gestern gegeben habe», ergänze ich. «Eine entfernte Verwandte von Frau Eymann hat mir dankenswerterweise ein altes Kompendium überlassen, mit ganz persönlichen Aufzeichnungen. Mutti hat gestern Abend darin gelesen. Und jetzt erzählt sie uns die schönsten Geschichten.»

«Was heißt schöne Geschichten», nimmt Walter meine Diktion auf, «erschossene Krähen sind doch kein Ruhmesblatt. Diese Frau war schon halbwegs rabiat.»

«Sie hat aber keine Wahl gehabt», verteidigt Mutti meine Mentorin. Die Vehemenz, mit der sie das tut, wühlt mich mehr auf als die Bilder der aus den Bäumen stürzenden Krähenleiber. Mutti hat auch meinen Vater immer verteidigt, wenn er das Wohnzimmerfenster im ersten Stock öffnete, sein Gewehr schräg nach unten hielt und den Wildschweinen eine *aufbrannte*, wenn sie vom nahegelegenen Wildpark ausgebüchst waren und in Muttis Garten die Salatköpfe fraßen.

«Sie hätte die Krähen auch mit einer Hupe wegjagen können», schlägt Walter vor.

«Da hätten die Krähen nur gelacht», entgegnet meine Mutter.

Walter schüttelt den Kopf und wird ein bisschen wehmütig.

«Bald gibt es eh keine Krähen mehr.»

«Die Enten hat es auch nicht lange gegeben», ergänzt Mutti. «Frau Eymann hat sie nur zwei Jahre lang gehabt.»

«Und dann?», frage ich.

«Dann war das Experiment vorbei», antwortet Mutti.

«Warum?», fragen Walter und ich gleichzeitig.

«Die Enten haben zu viele Feinde gehabt», erklärt uns Mutti. «Auch solche, an die man im ersten Moment gar nicht denkt. Frau Eymann hat sogar eine Liste mit Entenfeinden geschrieben. Und wisst ihr, wer da draufsteht?»

«Nein», geben wir sofort zu, ohne nachzudenken. Wer will schon in den Nebelschwaden des morgendlichen Erwachens eine imaginäre Liste mit Entenfeinden auf seine Hirnrinde schreiben. Meine Mutter ist in dieser Hinsicht ganz anders und voll konzentriert. Sie hat heute schon, wie an jedem Tag in ihrem Leben, geturnt und zusammen mit Tilly einen Morgenspaziergang gemacht. Sie hebt ihre rechte Hand und klappt den rechten Daumen so schwungvoll aus, dass kein Zweifel daran aufkommt, dass diesem Finger noch andere folgen werden.

«Krähen», ruft sie uns in Erinnerung, als ob wir diese Feinde schon vergessen hätten, «Marder, Katzen, Iltisse, Füchse und Autos!»

«Bumm», sagt Walter.

«Ja», bestätigt Mutti, «aber das sind noch nicht alle. Wisst ihr, wer der größte Feind der Enten war?»

«Die Steuerfahndung?», spekuliert Walter, der sich von seinem ersten Schrecken halbwegs erholt hat und jetzt wieder langsam zu seiner ironischen Grundhaltung zurückfindet.

«Nein, Kühe», übergeht Mutti seinen Einwurf. «Frau Eymann hat das oft beobachtet, wenn Anitra mit ihren Küken über die Weide hinterm Haus spaziert ist.»

«Wer ist Anitra?», frage ich.

«Die erste Entenmutter von insgesamt drei», erklärt uns Mutti. «Anitra hatte am Anfang zwölf Küken. Frau Eymann hat sie gefüttert und den Gartenzaun verstärkt, damit die Kleinen nicht auf die Straße laufen. Das hat aber nichts genutzt. Die Küken sind jeden Tag weniger geworden. Sogar auf der Kuhweide waren sie nicht sicher. Wenn sie dort durchgewatschelt sind, haben die Kühe die Panik bekommen, sind losgelaufen und haben die Küken totgetrampelt.»

«Hat sie die Kühe auch erschossen?», fragt Walter auf seine trockene Art.

«Nein», sagt Mutti, «aber sie hat in die Luft geballert, damit sie die Enten in Ruhe lassen. Leider hat das nichts genutzt. Sie hat die Enten einfach nicht durchgebracht. Zu viele Feinde und Gefahren. Nach nur zwei Jahren hat sie das Experiment wieder aufgegeben. Aber sie hat alles aufgeschrieben und genau dokumentiert, wie schwer es Enten haben.»

«Keiner hat es leicht», sagt Walter.

«Nur wir», versuche ich die Stimmung aufzuhellen. Ich weise auf die Strahlen hin, die der Sonnengott heute schon für uns gebündelt hat, und darauf, wie liebevoll er unseren bevorstehenden Ausflug jetzt schon mit seinem luftigen Gold bekränzt. Wir werden mit der Zahnradbahn auf die Rigi fahren, einen der Luzerner Hausberge. Mutti wird absolut entzückt sein von der Aussicht und immer wieder den Kopf schütteln über den Blick hinunter auf den Vierwaldstättersee, obwohl das Wasser unter einer dichten Wolkendecke liegen und gar nicht zu sehen sein wird. Wir werden über allen Dingen stehen in der spätherbstmilden Sonne und uns so frei fühlen wie selten in unserem Leben. Tilly wird um uns herumhüpfen, Walter wird sich in einem der Bergrestaurants einen Milchkaffee gönnen und hinüberschauen auf das Echsenrückenprofil der Schweizer Alpen. Ich werde in Richtung Eiger und Matterhorn zeigen und Mutti und Walter werden nicken und noch ein wenig glücklicher sein als sonst. Bei der Talfahrt mit der

Zahnradbahn wird sich Mutti an Walter klammern, weil es so steil ist und Walter sich mit seinen langen Füßen so gut und sicher zwischen den Sitzen verspreizen kann. Walter wird Muttis Fels in der Brandung sein und zufrieden lächeln, obwohl das Kind im hinteren Bereich des Waggons, das seit dem Einstieg weint, immer noch lauter wird und sich gar nicht mehr beruhigen lässt. Aber plötzlich wird etwas geschehen, das wir weder vor noch nach diesem Moment jemals erlebt haben; der Zugsführer wird den Lautsprecher einschalten, mit dem er bis dahin nur die Stationen durchgesagt hat. Er wird anfangen zu singen: *We wish you a merry Christmas, we wish you a merry Christmas, we wish you a merry Christmas and a happy New Year...*

Nach und nach werden so gut wie alle Passagiere in das Lied einstimmen. Der ganze Waggon wird singen und das Kind wird zuhören und langsam aufhören zu weinen. Es wird spüren, dass nur ihm zu Ehren gesungen wird. Ihm alleine wird eine selige Weihnacht gewunschen werden und ein erfüllendes neues Jahr.

Zum Abschluss des Ausflugs werde ich Mutti in Luzern einen Schweizer-Berge-Kalender kaufen, damit sie die Rigi mit nach Hause nehmen kann. Sie wird sehr glücklich, aber noch nicht ganz zufrieden sein. Gerade weil der Kalender so großartig ist, wird sie noch einen zweiten brauchen. Einen für sich und den anderen für ihre englische Freundin, die sie seit ihrer Jugend vor fünfzig Jahren nicht mehr gesehen hat, mit der sie aber noch immer in Briefkontakt steht. Einmal im Jahr um die Weihnachtszeit senden die beiden einander ein ganz besonderes Kuvert. Darin enthalten sind immer kleine Kalender mit Fotografien der Landschaften, in denen sie leben. Mutti hat eine ganze Schachtel voller Kalender mit Fotografien von sterilen, zu Tode gepflegten englischen Gärten.

«Die wird ganz schön schauen, wenn sie die Schweizer Berge sieht», wird meine Mutter sagen und wieder einmal den Nagel genau auf den Kopf treffen.

«Was war das?», schreckt Walter auf und sieht sich im Raum um, als hätte eine der Zimmerecken das tiefe, dumpfe und langgezogene Geräusch abgesondert.

«Keine Sorge», antworte ich, «das war der junge Elch, der von der Haushälterfamile betreut wird. Der Hausherr arbeitet nämlich im Langenthaler Tierpark. Von dort nimmt er manchmal Tiere mit nach Hause. Der kleine Elch, den er gerade versorgt, hat Probleme beim Zahnen. Deshalb muss er persönlich betreut werden. Manchmal gibt er so traurige, kleine Schmerzenslaute von sich.»

«Der Elch oder der Hausherr?», fragt Walter hintergründig grinsend.

«Du nimmst uns auf den Arm, oder?», stellt Mutti fest.

«Nein», sage ich und erhebe mich, den Beleidigten mimend, von meinem Sessel, «wenn ihr wollt, gehen wir rauf und schauen uns den Elch an. Am Anfang habe ich das selber nicht glauben können, welche Tiere die Schweizer bei sich in der Wohnung halten.»

Meine Worte sind sehr nachdrücklich und versetzt mit der leicht verbitterten Ernsthaftigkeit eines Verhaltensforschers, der Laien ein Angebot gemacht hat, dessen Wert sie noch nicht erkannt haben.

Mutti wirkt unschlüssig. Wer an ihr Mitgefühl appelliert und von traurigen Tieren spricht, stößt sofort auf offene Ohren. Andererseits kennt sie mich und weiß, dass ich manchmal modulierend in die Realität eingreife. Mutti ist voller Bereitschaft, einem so offenen Land wie der Schweiz auch offen zu begegnen und sich alle interessanten Begebenheiten zu merken. Andererseits kommt ihr die Geschichte vom zahnenden Elch etwas zu schön vor, um wahr zu sein.

«Setz dich und horch!», befiehlt sie mir.

Ich setze mich wieder, seufze vernehmlich und spitze die Ohren. Das nächste Geräusch lässt nicht lange auf sich warten.

«Das klingt wirklich wie so ein Urvieh», sagt Walter nachdenklich. Manchmal schlägt er sich spontan auf meine Seite und tut so, als überzeugten ihn meine Worte. Insgeheim freut er sich aber noch viel mehr darüber, dass er mich mit diesem Verhalten verunsichern kann.

«Nur weil ihr zusammenhaltet», sagt meine Mutter plötzlich, «wird die Geschichte auch nicht glaubwürdiger.»

«So», sage ich eingeschnappt, «jetzt reicht es mir. Ich werde die Hausleute auffordern, dass sie uns den Elch zeigen.»

Ich stehe auf, öffne die Tür, gehe über den Gang und läute an der Glocke, die sich an der gläsernen Tür neben dem Stiegenaufgang befindet.

Es dauert keine drei Sekunden, bis am oberen Ende der Stiege Sarah auftaucht, weil sie immer als erste auftaucht.

«Hallo Sarah!», rufe ich zu ihr hinauf, während sie mich groß ansieht. «Könntest du uns bitte den Elch zeigen?»

Sofort läuft sie kommentarlos weg. In der Zwischenzeit sind Mutti und Walter aus der Wohnung gekommen und haben sich neben mich gestellt.

«Eigentlich hätte ich vorher mit euch wetten sollen», erkläre ich ihnen, während wir warten.

«Ich hab dir eh geglaubt», versichert mir Walter.

«Ja», bestätige ich ihm, «aber die Mutti ist noch immer skeptisch.»

Plötzlich tauchen am oberen Rand der Stiege zwei halbwegs imposante Geweihe auf. Sie gehören zu dem großen Stoff-Elch, mit dem Sarah manchmal im Stiegenhaus spielt. Sie richtet die Geweihschaufeln ordentlich aus und streicht ihm dann über das Kunststoff-Fell. Mit offenem Besitzerstolz blickt sie zu uns herunter.

«Wie heißt er denn?», rufe ich hinauf.

«Elchi», antwortet sie.

«Super Name für einen Elch», beteuere ich. «Und wie geht es ihm?»

«Gut.»

«Das hört man gerne», freue ich mich. «Danke, dass du uns Elchi gezeigt hast! Und einen schönen Tag noch!»

Wieder in der Wohnung schüttelt Walter seinen Kopf noch immer. Zwischendurch bebt sein Oberkörper vor lauter Lachen.

«Du bist schon eine Nummer!», sagt meiner Mutter zu mir und schüttelt ebenfalls den Kopf.

«Der Elch», erkläre ich den beiden, «den ihr jetzt mit eigenen Augen gesehen habt, hat seit seiner Geburt chronische Hufschmerzen und einen eigenen Übersetzer. Sarahs Bruder Reto kann mit seiner Posaune die Elchsprache nachmachen. Meistens übt er ein bis zwei Minuten, bevor er in die Schule geht. In dieser besonders magischen Zeit sind Körperwechsel möglich; dann werde ich selbst auch zum Elch. Plötzlich befinde ich mich in einer schwedischen Wald-und-Wiesen-Landschaft, kann mich aber nicht bewegen, weil ich mit einem Huf in einem Schlageisen stehe. Während Reto übt, bin ich völlig gebannt vom Zauber seiner Töne. Rühren kann ich mich erst wieder, wenn er aufhört zu spielen und Richtung Schule entschwindet.»

Sehr böse Fische

Ich habe Mutti, Walter und Tilly persönlich zum Bahnhof gebracht. Ihren Einstieg in den Waggon habe ich ebenso konzentriert beobachtet wie den Schaffner, der hinter ihnen die Tür geschlossen hat. Jetzt darf ich mit relativ hoher Wahrscheinlichkeit davon ausgehen, dass alle drei noch immer im Rail-Jet sitzen und zurück nach Linz fahren. Die Wahrscheinlichkeit, dass sie in ihrem Waggon auch sitzen bleiben, sinkt natürlich mit jedem zurückgelegten Kilometer. Auf die Länge der Strecke bezogen, schätze ich die Aussicht für eine normale Ankunft aller Beteiligten auf ungefähr vierzig Prozent. Wer schlussendlich übrig bleibt und tatsächlich in Linz aus dem Zug steigen wird, werde ich erst dann erfahren, wenn ich am Abend anrufe und Muttis Stimme hören sollte. Worauf ich mich erfahrungsgemäß nicht verlassen darf. Mental bin ich jetzt schon darauf eingestellt, dass nicht meine Mutter, sondern eine peruanische Medizinfrau abhebt und mir in gebrochenem Englisch mitteilt, dass sie und ihre dreizehnköpfige Familie Mutti, Walter und Tilly im Zug kennengelernt und spontan Handys und Wohnungen getauscht haben.

Während sich die drei ebenso diffus aus der Schweiz entfernen wie aus meinem Gedächtnis, radle ich an der Langete entlang flussaufwärts. Die langsam kühler werdenden Temperaturen empfinde ich noch immer als frisch und angenehm. Der Aargauer Winter hat keine Eile. Er schläft noch in den Bergen, und wenn er manchmal gähnt und einen kalten Hauch durch das Tal schickt, dann zücke ich meine Mütze.

Vor einer Viertelstunde hat mir eine Verkäuferin im hiesigen Sportgeschäft die schon etwas schlaffen Reifen des Villenvelos kostenlos aufgepumpt. Jetzt lässt es sich wieder leichter durch das ebene Tal steuern. Die Landschaft erinnert mich an das Auenland, die Heimat der Hobbits. Großzügig mäandernde Flussschlingen, das Wasser hurtig, aber nicht zu schnell, struppig verzwirbelte Weiden, weitläufige, trotz der späten Zeit noch immer sattgrüne Wiesen und ab und zu ein Bauernhaus mit Wirtschaftsgebäuden, deren Tore weit und auf eine vertrauensselige Weise offenstehen.

Laut der Sekretärin der Stiftung besaß Frau Eymann zu ihrer Zeit nicht nur das Fischrecht an der Langete, sondern auch eine eigene Fischerhütte, die jetzt noch irgendwo am Ufer steht. Diese Hütte, die zum Nachlass gehört, wird von Räten und Stipendiaten manchmal sogar als Grillplatz benutzt. «Natürlich nur im Sommer», fügte die Sekretärin zu meiner Enttäuschung an, wobei ich diese Enttäuschung nicht zeigte, sondern wie alle kleinen Wirkungstreffer unter der lustigen Maske begrub, die ich in solchen Momenten ganz automatisch aufsetze. Was fließendes Wasser und darin kreisende Fische für mich bedeuten und wie sich diese Bedeutung multiplizierte, stünde mir eine eigene Behausung an diesem Wasser zur Verfügung, könnte ich der Sekretärin nicht einmal dann mitteilen, wenn ich sie einen Tag lang zum Forellenfischen mitnähme. Der zarte Schleier einer unbedingten Kultiviertheit, der nicht nur über den Stiftungsräten liegt, sondern über allen Schweizern, die mir bisher begegnet sind, hat kein Loch, durch das man tief in die Gedärme eines klaffenden Fischbauches greifen kann. Einem Menschen, der ebenso heimlich wie regelmäßig Äschen und Forellen fängt, tötet, aufschlitzt, zerstückelt und in heißem Fett brutzelt, sehe ich nur dann in die Augen, wenn ich im Bad der Villa in den Spiegel schaue.

Auf einem Zettel habe ich mir die lautmalerischen Namen jener immer kleiner werdenden Dörfer notiert, die ich laut Sekretärin durchqueren muss, um zum verwaisten Relikt meiner Mentorin zu gelangen. Lotzwil. Madiswil. Kleindietwil. Hoppelwil. Den letzten Ortsnamen habe ich historisch-intuitiv ergänzt, weil ich ziemlich sicher bin, dass -wil eine uralte Schweizer Kurzform von *wildern* ist. Lotzwil heißt also: der Ort, an dem der Lotz gewildert hat. Seine Freundin Madis war auch dabei, ebenso wie der kleine Dieter, der Schmiere stand, wenn Lotz mit seiner Büchse auf die armen Hoppelhasen angelegt hat.

Falls das jemand aus der Kommission zur Erforschung alter Schweizer Flurnamen lesen sollte und beeindruckt ist von der Tiefe dieser Erkenntnis; als externer Berater für etymologische Sonderfälle bin ich jederzeit buchbar. Gegen eine entsprechende Gebühr schreibe ich Gutachten aller Art. Mein letztes habe ich – sogar unaufgefordert – für die Stadt Salzburg verfasst. Darin äußere ich den intuitiv begründeten Verdacht, dass es neben dem Stadtteil Anif auch die Bezirke Bnif und Cnif gegeben haben dürfte. Gegen freie Kost, Logis und ein paar Eintrittskarten für die Festspiele würde ich diese Orte suchen und sehr wahrscheinlich auch finden. Bis jetzt hat die Stadt auf dieses Angebot leider noch nicht reagiert.

Nach einer knappen halben Stunde Fahrt, in deren Verlauf sich auch die Bauernhäuser immer mehr ausgedünnt haben, bis sie schließlich ganz verschwunden sind, werde ich am rechten Rand des Flusses mit einem Anblick konfrontiert, der mich brutal aus meiner träumerischen Fahrt reißt. Schräg vor mir erscheint ein ungewöhnlich großes, kreisrundes, mit klarem Wasser gefülltes Becken, in dessen Mitte ein ebenfalls kreisrunder, mit schmalen Schlitzen versehener Betonklotz steht. Als verfallender Bunker in der Normandie könnte ich mir das massige Bauwerk wenigstens zeitgeschichtlich erklären, aber in diesem lieblichen Tal kommt mir ein derart klobiger Zementklumpen reichlich deplatziert vor.

Von der wuchtigen Mauer, die um das Becken herumführt, geht eine kleine Betonbrücke ab, die Bunker und Radweg miteinander verbindet. Der Eingang zu diesem Zementsteg ist mit einer hohen Gittertür und Stacheldrahtgarben gegen unerlaubtes Betreten geschützt. Ein paar Meter neben diesem Eingang steht eine alte Frau und wirft Brotstücke über ein Eisengeländer in das Becken. Ich rolle langsam an sie heran, wobei der feine Schotter des Überlandweges laut genug knirscht, um sie auf mich aufmerksam zu machen. Ebenso langsam wie unbekümmert wendet sie ihren Kopf und sieht mich an.

«Guten Tag», sage ich und nicke ihr zu.

Sie nickt zurück, rupft kleine Bröckchen aus einem Brotlaib und wirft sie über den Rand der Mauer. Um zu erkunden, wen sie da füttert, schiebe ich das Rad ganz an das Geländer heran. Auf dem Wasser, am Ende einer Luftlinie von ungefähr fünf Metern schräg unter uns, schwimmen zwei große, schöne Gänse in dem künstlichen Teich und schnäbeln nach den Brotstückchen.

«Sie kommen nicht an das Futter heran», erklärt mir die alte Dame. Ihre Stimme klingt ehrlich enttäuscht, beinahe ärgerlich. «Die Fische sind schneller und fressen ihnen alles weg. Das ist ausgesprochen unfair.»

Nachdem das Signalwort *Fische* gefallen ist, stellen meine Pupillen automatisch scharf, durchdringen die Wasseroberfläche und registrieren die kapitalen Regenbogenforellen, die wie wild gewordene Raketenwürmer durch die Wellen zischen. Sekundenbruchteile bevor die Gänse ihre langen Hälse niederbeugen, tauchen die Fischleiber aus der Tiefe. Grau gerändete, im Inneren milchig weiße, mit scharfen Sägezahnreihen gespickte Mäuler durchbrechen die Oberfläche und schnappen sich das Brot.

«Böse Fische!», schimpfe ich weniger nachdrücklich als vielmehr überwältigt von diesem Anblick und dem Horizont, der sich mit ihm öffnet. So fühlt sich eine Katze, die zufällig in eine Konferenz platzt, an der dutzende übergewichtige Mäuse teilnehmen.

«Da haben sie leider recht», bestätigt die alte Dame.

Statt unser Gespräch am Köcheln zu halten, begebe ich mich auf die Suche nach der verlorenen Spucke. Den Anblick der quirligen Stadtforellen im Fluss direkt neben Ueli Blatters Haus konnte ich noch irgendwie ertragen und schweren Herzens wegstecken. Es wäre reines Harakiri mitten in Langenthal zu fischen. Selbst in der schwärzesten Nacht, bei Stürmen mit himmelhohen Windhosen, bei dichtem Schneefall oder der Sintflut; irgendein Städter ist immer unterwegs und sieht plötzlich, wie du bis zu den Knien im Wasser stehst und gerade versuchst, an einer dünnen Schnur eine dicke Forelle aus dem Wasser zu ziehen. Entweder ruft er die Polizei sofort oder er erkennt dich und hebt sich die Denunziation für später auf, wie eine Spinne ihre Fliege, oder er setzt ein äußerst unangenehmes Gerücht aus oder alles zusammen. In jedem ausdenkbaren Fall stehst du da mit komplett heruntergelassenen Hosen. Und wer will das schon? Deswegen sind Stadtforellen im Normalfall auch so besonders dick. Sie befinden sich unter dem Schutz von zigtausend Bewohnern, die meistens gar nicht wissen, dass sie als unberechenbare, chaotische Fischschutzmasse ein natürliches Befischungsbollwerk bilden. Nicht einmal Canetti wusste von der Existenz einer *Fischschutzmasse*, obwohl er in *Masse und Macht* verschiedene Arten von Menschenmassen beschreibt und dafür letztendlich sogar den Nobelpreis bekommen hat.

Aber dort, wo die Flüsse nicht durch die Stadt fließen und sich die Zahl der herumwandelnden Nachteulen gegen Null verdünnt, mit einem Wort am Land, dort sind die Fische im Normalfall kleiner, scheuer und ausgedünnter. Die Kombination, vor der die Gänsedame und ich plötzlich stehen, viele große, einige davon sogar ausgesprochen kapitale, unbekümmerte Fische in einem Becken, das mindestens einen Kilometer vom nächsten Bauernhof entfernt ist, wird dem Begriff *Wunder* gerecht. Um der Versuchung zu widerstehen und ihren Anfängen zu wehren, sollte ich sofort eine Mischmaschine holen, gleich hier am Wegrand eine Kapelle errichten und dort intensiv für die nötige Kraft beten: Möge dieser glühende Kelch an mir vorbeigehen! Statt weiter an die Kapelle und ihre Ausschmückung zu denken, passiert natürlich etwas ganz anders: Der Fischotter in mir schlägt seine glänzenden schwarzen Augen auf.

«Da! Schon wieder», jammert die ältere Dame, «haben Sie das gesehen? Diese Fische sind sowas von aufdringlich.»

«Richtig», sage ich. «Das sind nicht nur böse, sondern sogar *sehr* böse Fische.»

Ich kann es gar nicht erwarten, Pergynti von der gesammelten Boshaftigkeit in diesem Becken zu erzählen. Pergynti verhält sich zu meinem anderen Fischerfreund Hartmut wie ein Waldbrand zu einem Lagerfeuer. Beide sind heiß auf Fische, aber während Hartmut relativ nahe an den Vorschriften angelt, ist Pergynti ein Dämon, der sämtliche Fische wie seine ihm zustehende Gefolgschaft behandelt. Und das Seltsame dabei: Es funktioniert. Wenn du mit Pergynti an einem Gewässer entlanggehst, zeigen sich plötzlich Fische knapp unter der Oberfläche, die noch nie jemand gesehen hat. So wie Fliegen, Ratten und Fledermäuse vermehrt erscheinen, wenn Dracula von Transsylvanien nach London reist, so kommen Karpfen, Hechte und Forellen aus ihren Steinverstecken, wenn Pergynti an einem beliebigen Flussufer auftaucht. Seine manische Sehnsucht verdichtet sich zu einer unsichtbaren Saugkraft, die ihn zum Herrn der Fische macht und alle Wassertiere in Unruhe und Bewegung versetzt.

Ich stehe nicht nur vor einem erstaunlich abgelegenen, geradezu verwaisten Becken voller sagenhaft schöner Regenbogenforellen, sondern auch vor der Frage, wie lange ich dieses Wissen für mich behalten kann, bevor der Fischotter in mir zum Telefon greift, Pergynti anruft und ihm alle Details brühwarm ins Ohr träufelt.

«Dabei», reißt mich die alte Dame aus meinen Überlegungen, «habe ich das Futter gar nicht für die Fische hergerichtet, sondern für die Gänse.»

Endlich erkenne ich ihr Problem in seiner ganzen Tiefe und versuche mich konstruktiv ins Geschehen einzubringen.

«Wissen Sie was», sage ich, «ich habe eine Idee.»

Sie wendet ihren Blick wieder in meine Richtung.

«Wir machen zwei verschiedene Fütterungsstellen», schlage ich vor. «Sie geben mir etwas von Ihrem Brot und ich gehe damit dort hinüber und locke die Fische hinter mir her. Und wenn die Fische weg sind, dann können Sie in aller Ruhe ihre Gänse füttern.»

Ein bislang neutral auf mir ruhender Blick fängt an zu leuchten.

«Das könnte funktionieren», sagt sie, «probieren wir es.»

«Schau dir das an!», sagt mein innerer Fischotter zu meinem inneren Pergynti und deutet hinunter auf die fleischigen, vor Lebenskraft strotzenden Forellen, die sich unbekümmert wie Zuchtschweine an meiner Brotkrümelspur entlangschmatzen, «die sind überhaupt nicht scheu. Eine solide Entnahme-Aktion würde höchstens ein paar Minuten dauern und kein Mensch würde wissen, dass wir überhaupt da waren!»

Ich seufze und versuche den Dialog in mir auszublenden. Nur für die nette alte Dame locke ich die Fische weg von den Gänsen, damit die in der Zwischenzeit endlich ihre Schnäbel und Mägen voll bekommen. Zurück am Ausgangspunkt werde ich wohlwollend empfangen.

«Das war eine sehr gute Idee von Ihnen», lobt mich meine Komplizin, während sie ihren leeren Brotsack zusammenfaltet.

«Woher kommen diese Gänse überhaupt?», frage ich, «die fühlen sich hier doch bestimmt nicht wohl, in einem derart seelenlosen Betonbecken.»

«Es geht nicht um ihr Wohlgefühl», schränkt die alte Frau ein. «Es geht um ihre Sicherheit. Auf dem Bauernhof, wo sie sonst leben, treibt ein Fuchs sein Unwesen. Zwei von ihren Kollegen hat er schon gefressen. Und vor lauter Angst, dass ihnen das Gleiche passiert, sind die beiden hierher geflüchtet. Jetzt muss sich jemand um sie kümmern.»

«Dann sind Sie also die Oberaargauer Gänsefütterungsbeauftragte?», versuche ich mich an einer Berufsbildfindung.

«Das klingt doch etwas zu hochtrabend», weist sie meinen unsichtbaren Ritterschlag zurück. «Aber von der Sache her haben Sie recht.»

«Wozu dient dieser Bunker überhaupt?», wechsle ich das Thema.

«Das wissen Sie nicht?»

«Nein», gebe ich zu. «Ich bin nicht von hier und habe nicht die geringste Ahnung.»

«Damit schützt sich Langenthal vor dem Hochwasser», sagt die Frau. «Wenn das Flusswasser bis zu einem bestimmten Punkt steigt, dann fließt es schon hier draußen über ein Rohrsystem ab und kann die weiter abwärts gelegenen Städte nicht mehr verwüsten. In dieser Gegend gibt es oft ganz furchtbare Überschwemmungen. Deshalb hat man Langenthal auch auf so hohen Trottoirs gebaut. Aber seit es dieses Überlaufbecken hier gibt, ist die Stadt in Sicherheit.»

«Im Gegensatz zu den Forellen», fische ich nach einer Basisinformation, «die werden sich wahrscheinlich vor den Fischern in Acht nehmen müssen.»

«Hier gibt es keine Fischer.»

«Warum nicht?»

«Ich glaube, weil die Strecke privat ist … jedenfalls habe ich hier noch nie einen Fischer gesehen.»

«Stimmt das», frage ich weiter, «dass ein großer Teil der Flüsse und Bäche in dieser Gegend früher einer gewissen Frau Lydia Eymann gehört hat?»

«Das kann man wohl sagen», bestätigt meine Gesprächspartnerin und sieht mit wachsender Skepsis in meine Richtung. «Woher kennen Sie diese Frau, wenn Sie nicht von hier sind?»

«Ich bin der Stipendiat im ehemaligen Stadthaus von Frau Eymann.»

«Ah, ich verstehe. Dieses Haus kenne ich gut. Meine Tochter hat dort als Kindergärtnerin gearbeitet.»

«Da sieht man wieder», gebe ich zu bedenken, «wie gut das war, dass Frau Eymann dieses Haus gebaut hat. Das kommt jetzt noch vielen Menschen zugute.»

«Das schon», gibt sie zu.

«Aber?», werde ich neugierig.

«Ich habe keine so guten Erinnerungen an die Frau Eymann.»

«Warum nicht?»

«Weil wir sie gefürchtet haben.»

«Wer?»

«Wir Kinder», erklärt die alte Dame. «Damals, als ich ein kleines Kind war, wohnte ich in der Nähe der Langete. Ich bin oft mit Freundinnen an den Fluss gegangen, um zu spielen. Aber meistens haben wir nicht lange gespielt, schon ist die grimmige Frau Eymann herangebraust auf ihrem großen Pferd und hat uns verscheucht. Das sind meine Fische und mein Fluss, hat sie geschrien, so lange und so wütend, bis wir auf und davon sind. Wir hatten wirklich Angst vor dieser Frau und ihrem großen Pferd.»

«Wie hat denn Frau Eymann ausgesehen?», nutze ich die Chance zur Befragung eines Menschen, der meiner Mäzenin noch selbst begegnet ist.

«Ich weiß es nicht mehr so richtig», sagt die alte Frau, «ich war damals noch sehr klein. Ich habe sie nie anders gesehen als hoch über mir auf diesem Ross mit den schnaubenden Nüstern. Und glauben Sie mir, dieser Anblick war nicht bloß ehrfurchtgebietend, das alles war ... furchteinflößend.»

JÄNNER

Das Rattern der Rollen

Rita und ich stehen am Langenthaler Bahnhof und warten auf die Ankunft des nächsten Zuges. In den Löchern, die wir in die Luft schauen, taucht Hella schon auf, obwohl sie noch gar nicht angekommen ist. In ihren fünfzig Lebensjahren hat sie eine Ausbildung zur Pianistin gemacht, meinen Freund Ingolf geheiratet, fantastische Stahlskulpturen erschaffen sowie Gemälde und Zeichnungen, die sich einen feuchten Kehricht um das Credo der Avantgarde kümmern, die seit Jahrzehnten den Tod der Malerei verkündet. Hellas Werk ist der Beweis dafür, dass die Malerei nie gestorben ist.

«Erinnerst du dich an die Stelle am Anfang von Ulysses?», fragt mich Hella in meiner Erinnerung, «das mit dem Kühlschrank? Ist das nicht zum Schreien? Das ist doch sowas von witzig, dass …»

Weiter kommt sie nicht, weil sie so lachen muss. Ich würde gerne mitlachen und tue das auch, obwohl ich mich beim besten Willen nicht mehr an die Stelle erinnern kann. Wenn ich Joyce lese oder zu lesen versuche, was ungefähr alle fünf Jahre vorkommt, dann fühle ich mich wie ein Rasenmäher, der anstelle von Grashalmen Steine mäht. Hellas ganz andere Wahrnehmung rüttelt mich immer auf. Joycemäßig ist sie durch eine Tür gegangen, von der ich nicht einmal weiß, ob ich sie jemals finden werde.

«Da», ruft Rita, «da kommt ihr Zug.»

Während sich die Lokomotive mit der unwiderstehlichen Gewalt eines Brachiosaurus in den Bahnhof schiebt, treten wir ein paar Schritte zurück und versuchen die Übersicht zu bewahren. Irgendwo in dem Tohuwabohu erscheint Hella leibhaftig vor uns in einer Türöffnung. Sofort kommt mein rechter Zeigefinger zu seinem Einsatz. Er zeigt auf den imposanten Rollkoffer, den sie vor sich herschiebt und der so ausgebeult ist, als hätte sich ein knorpelweicher Verbiegungskünstler hineingequetscht.

«Ist da dein Gatte Ingolf drinnen?»

«Nein, leider», lächelt sie, während ich meine Bereitschaft signalisiere, ihr wenn nötig beim Aussteigen aus dem Zug zu helfen, «da hab ich viel zu viele Klamotten drinnen, wie immer.»

Wie immer ist auch meine Mithilfe nicht nötig. Beim täglichen, stundenlangen Schweißen ihrer monumentalen Stahlplastiken hat Hella im Lauf der letzten Jahrzehnte so viel Kraft aufgebaut, dass sie mit dem Gewicht ihres Koffers unterfordert ist. Sie könnte auch die anderen Passagiere am Kragen packen und zusammen mit ihren Taschen aus dem Zug heben.

«Klamotten», wiederhole ich laut und fasziniert. Ich weiß nicht, wann ich dieses Wort zum letzten Mal verwendet habe, und frage mich plötzlich, ob ich es überhaupt schon einmal ausgesprochen habe. Das Wort stammt aus Hellas früher Jugend. Damals war sie Deutsche. Jetzt, in ihrer erweiterten Jugend, ist sie Großraumsalzburgerin, weil Ingolf dort in der Gegend sein Elternhaus hat, das sein Vater fast alleine baute, obwohl er nur einen Arm hatte. Wahrscheinlich denke ich auch deshalb an Ingolfs sagenhaften Vater, den Hebelmann, der mit einem Arm Baugruben ausheben und filigrane Bienenkastenkörbchen machen konnte, weil Hella, jetzt wo sie am Gehsteig steht, ihre imposanten Arme ausfährt, sich hinunterbeugt und Rita umarmt. André Heller hat sogar ein Lied für Hella geschrieben, obwohl er sie gar nicht gekannt hat: *Die Riesin aus Göte-*

borg. Achselhöhlen wie Antonius Kapellen. Beim Austausch der Backenküsschen verschwindet Rita in einer dieser Kapellen. Dann bin ich
dran. Ich fühle mich wie ein Murmeltier auf einer nächtlichen Lich-
tung. Ich stehe auf meinen Hinterläufen und starre wie hypnotisiert
hinauf zum Mond. Plötzlich wendet er sich mir zu, steigt vom Himmel und berührt mich zwei Mal sanft an den Wangen.

«Musstet ihr lange warten?», fragt der Erdtrabant, während er
wieder zurück in seine Umlaufbahn schwebt.

«Nö, kein Sekündchen. Wir sind soeben eingelofen», antwortet
Rita. Hella zu Ehren fängt sie schon an von österreichischem auf
deutsches Deutsch umzustellen. Wir sind diesbezüglich keine Spe-
zialisten, aber *Nö, guck mal, Tach, Tüte* und *ick sach mal* haben wir
jederzeit im Repertoire.

«Ingolf lässt euch ganz herzlich grüßen», sagt Hella. «Er wäre
so gerne mitgekommen, aber sein Chef hat ihm nicht freigegeben.»

«Böser Chef!», rufe ich einem imaginären Hund am Bahnsteig zu
und drohe ihm mit dem Zeigefinger, «sitz und gib den Ingolf her.»

Rita verdreht die Augen und erklärt Hella, dass ich, seit ich in der
Schweiz lebe, noch überdrehter bin als in Österreich.

«Der Chef kann auch nichts dafür», verteidigt ihn Hella, «ohne
Ingolf läuft die Bank nicht so rund. Er kennt jeden Kunden persön-
lich und hat voll den Überblick. Deshalb tritt er jetzt immer öfter als
Überbrücker an und schließt Personallücken.»

Rita und ich nicken synchron. Für die repressiven Arbeits-
umstände anderer findet sich in unserer Generation jederzeit eine
Doppelportion Verständnis. *Durchbeißen, hineinknien, anziehen, Gas
geben.* Solche Parolen regnen beständig aus den Wolken unserer Über-
Ichs und fühlen sich ganz normal an.

Während wir uns in Bewegung setzen, rühren Rita und Hella
den Gesprächsstoff an wie Miraculix den Zaubertrank. Mit Hellas
Rollkoffer im Schlepptau, den sie mir schließlich doch überlassen

hat, folge ich den beiden in meiner Nebenfunktion als Gouvernante, die immer mindestens ein halbes Auge auf die ihr Anvertrauten wirft. Zwischen Hella und Rita summen die Worte wie Bienen in der blühenden Kugel eines Kirschbaums. Wiedersehensfreude und eine instinktive Sehnsucht, die Gunst dieser Blütezeit unbedingt auszukosten, mischen sich zu einer herzlichen Dringlichkeit. Seit ihrem letzten Treffen haben sich so viele Themen aufgestaut, dass die beiden gar nicht wissen, welches sie zuerst in Angriff nehmen sollen.

Neben fidelem Staunen und stolzer Mitfreude produziere auch ich ein bemerkenswertes Geräusch: das Rattern der Rollkofferrollen über die Querrillen des Bahnsteigs. Gelobt sei der Tag, an dem die Rollkofferproduzenten die paramilitärische Aura ihrer Produkte erkennen und entschärfen, indem sie endlich Gummiräder an die Kofferbäuche klemmen.

Während mich die beiden bei dem langen Schrägaufstieg aus der Unterführung abhängen, beschwöre ich Ingolf, dessen Abwesenheit mich noch immer beschäftigt. Zu seinen vielen tollen Eigenschaften gehört auch eine grenzenlose Geduld, mit der er meine virtuelle Naivität «übersieht». Ingolf hat immer Zeit und nie. Er wägt minutiös ab, wem er eine Minute, eine Stunde oder gar einen ganzen Tag seiner Lebenszeit schenkt. Genau wie seine Frau Hella, Rita und ich gehört er zu einer Generation, die es *schon wesentlich besser* hatte. Unsere Eltern waren die Puffer, die letzten Kriegsabfederer, die mit Schürzen und Schaufeln die zerbombten Mauertrümmer sammelten und in neue Häuser und Siedlungen verwandelten. Zwischen diesen Menschen, die vierzehn Stunden pro Tag Mörtel anrührten oder aus einfachen Donaufischen erstaunlich schmackhafte Gerichte zauberten, gab es unglaublich große, freie Räume, in denen wir Kinder uns versammelten und *Wer fürchtet sich vorm Schwarzen Mann* spielen konnten, ohne dass uns jemand dabei einschränkte, indem er auf die Gefahren von Berührungsspielen oder politisch inkorrekten Benennungen hinwies. Durchweht wurden diese endlosen Freiräume vom Willen zum Aufbau, der Ingolf und seine Generation bis heute prägt. Hella und er haben keine Kinder. Aber wenn sie welche hätten, dann würden sie ihnen sagen: Ihr sollt es einmal gleich gut haben wie wir. Ihr sollt, so wie wir, nicht mehr ausschließlich arbeiten, sondern auch ein Instrument lernen, ins Theater gehen, Bücher lesen und als Künstler tätig sein. Niemals aber werden wir euch fragen, ob ihr Lust habt, den Müll hinauszutragen. Ihr dürft ihn hinaustragen. Als unsere Kinder dürft ihr nach Maßgabe eurer körperlichen Möglichkeiten euren Beitrag leisten zum Gelingen der sozialen Symphonie, so wie wir selbst das lebenslang durften. Dass solche Kinder, die es einmal *gleich gut* haben sollten, immer Mischwesen gewesen wären aus fünfzig Prozent Rechten und fünfzig Prozent Pflichten, aus fünfzig Prozent Ego- und fünfzig Prozent Altruismus, aus fünfzig Prozent Yin und fünfzig Prozent Yang, macht sie zu doppelt mysteriösen Wesen, zum Konjunktiv des Konjunktivs. Diese Gespenster stehen in der Landschaft des kollektiven Unterbewusstseins wie nächtens erloschene Leuchttürme. Ihre potentielle Einsamkeit ist einer der Gründe, warum Hella und Ingolf – ebenso wie Rita und ich – darauf verzichtet haben, diese Wesen zu zeugen und in eine sich verdunkelnde Welt zu stellen. Vielleicht, überlege ich hoffnungsfroh, während ich zwanzig Meter hinter Hella und Rita stumm Richtung Villa gehe, sitzt Ingolf doch als Überraschungsgast in diesem Koffer und denkt, so wie ich, an unser letztes Gespräch im September, kurz vor meiner Abreise.

«In absehbarer Zeit», prognostizierte er mir damals, «wirst du deine Bücher nicht mehr selbst schreiben müssen.»

«Du meinst, weil ich dann mit dem Rollator durchs Altersheim zuckle», ergänzte ich seine Dystopie.

«Nein», wischte er mein Bild zur Seite, «auch Künstler werden bald schon komplett ersetzbar sein. Genauso wie Fließbandarbeiter und der Rest der Menschheit. Früher hat man an die Individualität geglaubt.

Und Romantiker wie du glauben sogar heute noch an sie. Aber mittlerweile gibt es Programme, die neue Bach- und Mozart-Konzerte komponieren. Man braucht die Computer nur mit den alten Noten füttern. Dann filtern sie die Logik aus den Partituren und schreiben beliebig viele neue Mozart-Violinsonaten und Bach-Kantaten. Gegen die Möglichkeiten von Super-Computern ist jede menschliche Intuition machtlos. Demnächst werden Elvis, Sinatra, Lennon, Cash und die Callas wieder neue Lieder einspielen. Die Computer nehmen einfach ihre aufgezeichneten Stimmen und setzen sie frisch zusammen. Es wird auch wieder neue Romane von Thomas Mann geben oder eine neue Odyssee – was immer du willst. Niemand wird mehr einen Unterschied zum Original erkennen. Alles nur mehr eine Frage der Zeit und des Futters, das man den Rechnern gibt.»

«Du redest von Computern wie von Lebewesen.»

«Sind sie teilweise auch schon.»

«Gruselig», würgte ich heraus.

«Du kannst es aber auch als Erleichterung betrachten», legte mir Ingolf nahe. «Stell dir vor, du hast wirklich keine Kraft mehr, ein neues Buch zu schreiben. Was machst du dann?»

«Ich lalle», antwortete ich.

«Oder, noch besser», ergänzte Ingolf, «du schleppst dich zu deiner Rechenkiste, drückst ein paar Knöpfchen und gibst ihr ein, dass sie deinen neuen Roman schreibt. An deiner Stelle. Dafür braucht sie dann eine schlappe Minute.»

«Ich brauche drei bis fünf Jahre für einen Roman.»

«Eben», sagte Ingolf, «das nennt sich Effizienzsteigerung.»

«Das nennt sich Teufelspakt», variierte ich seine Zuschreibung. «Außerdem hat der Computer nicht meine Erfahrung. Er kann nur aus den vorhandenen Texten extrapolieren, aber nicht aus dem Bewusstseinsmeer, aus dem sie stammen.»

«Er braucht dein Bewusstsein auch gar nicht», sagte Ingolf. «Er macht es nämlich genau umgekehrt. Er nimmt deine verschriftlichten Essenzen und stellt damit dein Bewusstsein wieder her.»

«Aber, wenn ein x-beliebiger Computer mein Bewusstsein herstellen kann», sagte ich, «dann kann dieses Bewusstsein ja gar nicht so einzigartig sein, wie Frau Weber immer gesagt hat.»

«Wer ist Frau Weber?», fragte Ingolf.

«Meine erste Kindergartentante», antwortete ich. «Damals durfte man noch Tante sagen. Jedenfalls wurde sie nicht müde uns zu erklären, wie einzigartig jeder von uns ist. Sie hat es uns sogar vorgesungen und sich dabei selbst mit der Gitarre begleitet. *Rukedigi, rukedigu – niemand ist so wunderbar wie du.* Und jetzt kommst du und sagst mir, dass wir gar nicht so wunderbar sind und jeder dahergelaufene Computer unsere Romane schreiben kann.»

«Ja, das ist der Jammer mit der Vernunft», resümierte Ingolf, «wer sich mit ihr ins Bett legt, wacht als eine ihrer Fußnoten auf. Für einen Computer wird es bald egal sein, ob er das Bewusstsein von einem Menschen, einer Maus oder von Moos analysiert und wiederherstellt. Für ihn ist alles gleich.»

«Das übersteigt mein Vorstellungsvermögen», gab ich zu. «Ich kann mir unmöglich vorstellen, dass ein Computer eruieren kann, was ich als Siebenjähriger mit meiner damaligen besten Freundin Silvia gemacht habe.»

Ingolf sah mich stumm und herausfordernd an, bevor ich fortfuhr.

«Ich habe das nirgends aufgeschrieben und werde mich auch hüten, das jemals zu tun. Aber gerade dieser Moment, wie wir uns im Hochsommer nackt in einem schwülen kleinen Plastikzelt vor dem Haus meiner Eltern befinden, sie liegend, ich vor ihr kniend mit meiner Plastikschere und meinem Plastikstethoskop, und wie ich extrem umständlich einen Kaiserschnitt an ihr vorgenommen habe, um ein imaginäres Zwillingspaar aus ihr herauszuoperieren und die unsichtbare, aber total blutige Nabelschnur abgeschnitten habe, genau dieser Moment hat mich und mein Schreiben geprägt, heimlich und unheimlich, wie so viele andere seiner Art, die ich vergessen oder bewusst nicht verschriftlicht habe. Aus all diesen unermesslichen Quellen, von denen mir die meisten selbst nicht mehr unmittelbar zugänglich sind, speist sich der Hauptfluss meiner Weltwahrnehmung, meine unverwechselbare Art zu schreiben und zu denken. Und das soll eine bis in alle Ewigkeit auf o und 1 reduzierte Maschine kompensieren können?»

«Ja, leider», sagte Ingolf, «auch wenn wir beide uns das nicht vorstellen wollen. Aber die globale Rechenleistung wird bald so gigantisch sein, dass sie auch in die letzten Reservate des menschlichen Geistes vordringt und ihn in einer Weise analysiert, durchdringt und erobert, die es unnötig machen wird, dass der Mensch seinen sogenannten Geist noch selbst zum Einsatz bringt. Der Computer wird alle unsere Fragen lösen, bevor wir sie gestellt haben. Die nächsten Menschen-Generationen werden gar nicht mehr auf die Idee kommen, überhaupt Fragen zu stellen. Sie werden in einer fraglosen Zeit auf die Welt kommen. Ihr Leben wird vorprogrammiert sein und fraglos ausgeführt werden.»

«Hoffentlich werden wir dann nicht wiedergeboren.»

«Ich glaube nicht, dass wir darüber entscheiden.»

«Wenn ich keine Wahl hätte», sagte ich, «und wirklich noch einmal antreten müsste, dann nur in einem Schongebiet. Zum Beispiel als Hausstaubmilbe in einem Bücherregal.»

«Es wird keine Bücher mehr geben», dekonstruierte Ingolf auch diese Vorstellung.

«Dann als Flussperlmuschel in einem Wiesenbach.»

«Vergiss es», seufzte Ingolf. «Bäche und Flüsse werden nur noch durch Rohre fließen. Das macht sie kontrollierbar und den Boden über ihnen betonierbar.»

«Ich fühle mich auch betoniert», sagte ich, «wenn ich mir vorstelle, dass mein Laptop meine Romane alleine schreibt. Dann spielt es keine Rolle mehr, wenn ich tot bin. Solange mein Verleger niemandem etwas erzählt, hält mich das Publikum auch noch hundertzwanzig Jahre nach meiner Geburt für quietschlebendig, weil immer wieder neue Texte von mir erscheinen.»

«Bei Malern geschieht das ständig», sagte Ingolf. «Von manchen tauchen regelmäßig neue Werke auf, obwohl sie schon längst gestorben sind.»

«Bei Schriftstellern bis zu einem gewissen Grad auch», gab ich zu bedenken. «Denk an Stig Larsson. Seine Bücher wurden einfach von einem anderen Schriftsteller weitergeschrieben, der damit auch noch Erfolg hatte. Das wundert mich am meisten. Dass man einfach einen Meister kopiert und mit dem Ergebnis reüssiert. Als Epigone sollte man eigentlich einen Tritt in den Hintern bekommen.»

«Vielleicht solltest du auch Goethe weiterschreiben?», schlug Ingolf mir vor.

«Ja, Faust 3», willigte ich gleich ein. «Da steh ich nun, ich armer Autor, und bin hilfloser als je zuvor. Hab Flöte, Geige und leider auch Triangel studiert, mit heißem Bemühn, nun glühn meine Fingerkuppen und Synapsen, was bleibt mir denn, außer hecheln und japsen …»

«Das fängt schon gut an», bestärkte mich Ingolf. Bestärkung ist überhaupt sein Stichwort. Obwohl er selbst seit Jahrzehnten an einer mühsamen, sich ständig verschlechternden Muskelkrankheit leidet, kann man alles von ihm haben und bekommt sogar das, von dem man gar nicht wusste, dass man es braucht. Ingolf ist technisch immer am allerletzten Stand und zaubert mit Licht und Ton und Film, als wäre er ein Einmannhollywoodstudio. Allerdings hält er sich immer im Hintergrund und richtet den Spot auf seine Frau Hella oder seine Freunde. Sein zentralster Satz, mit dem er schon vor Jahren

seine Existenz unvergleichlich auf den Punkt gebracht hat, lautet:
«Fad bin ich selber!»

Damit hatte er damals meine Frage beantwortet, warum er einen
derart aktiven Vulkan wie Hella geheiratet hat.

Kodex Hager

«Wow!», ruft Hella ehrlich begeistert, «das ist ja mal ne tolle Wohnung.»

Wir stehen im nicht enden wollenden Hauptraum der Villa, und
blicken uns um.

«Ja», bestätige ich, «ich fühle mich auch noch immer wie in einer
Bahnhofshalle mit Küchenzeile, Wohnlandschaft und Bibliothek.»

«Stammen die vielen Bücher noch von deiner Mentorin?», fragt
Hella und tritt an eines der vier großen Regale heran.

Ich bejahe und weise zerknirscht darauf hin, dass es sich bei dem
aktuellen, noch immer beeindruckenden Bestand, leider um ein letztes Rudiment handelt.

«Diese Bibliothek wurde schon mehrmals geplündert», fahre ich
fort. «Der erste Räuber war ein Antiquar, der nach Frau Eymanns
Tod den Wert der Bücher schätzen sollte. Statt sich auf eine Expertise
zu beschränken, hat er sich gleich einmal die Prachtausgabe einer
Kunstzeitschriftensammlung unter den Nagel gerissen. In den Hef-
ten waren Originallithografien von Chagall, Picasso und Matisse.»

«Woher weißt du das?»

«Das hat mir ein ungestümer Maler und Kunstprofessor aus Langenthal erzählt, mit dem ich bei einem Jazz-Konzert ins Gespräch gekommen bin. Er war dem Antiquar noch immer richtig böse, obwohl
der Diebstahl schon Jahrzehnte zurückliegt.»

«Und wie war er als Maler?»

«Keine Ahnung. Er hat mich zwar in sein Atelier eingeladen, wie alle Künstler hier, aber ich hab es noch nicht geschafft, ihn zu besuchen.»

«Das heißt», folgert Hella, «der Austausch zwischen den Kunstschaffenden funktioniert prinzipiell?»

«Aber wie», bestätige ich. «Nach meiner Antrittslesung hatte ich sofort noch eineinhalb weitere Lesungen.»

«Was heißt eineinhalb?»

«Eine in der hiesigen Bibliothek und keine bei den Langenthaler Senioren. Deren Obmann hat mich spontan und herzlich eingeladen, bei ihm und den Seinen aufzutreten. Er hat meine erste Lesung besucht und war nachher richtig begeistert. Aber später konnte er die anderen Senioren nicht mit seiner Euphorie anstecken. Das war ihm dann furchtbar peinlich.»

«Lesungen haben leider generell die Aura von halbseitigen Lähmungen», packt Hella eine griffige Metapher aus. «Ich verstehe, wenn Senioren da von Haus aus skeptisch sind. Da geht's um die kostbare Lebenszeit. Die Oldies konnten nicht wissen, dass du ein literarischer Einmannzirkus bist.»

«Momentan bin ich ein Eimannzirkus», variiere ich ihre Zuschreibung, «und froh, dass du da bist und die Dinge beim Namen nennst. Ich hab deine Kraft schon gespürt, bevor du aus dem Zug gestiegen bist.»

«Mampf ist bereit!», ruft Rita, die sich gleich bei unserer Ankunft Richtung Küchenblock abgeseilt hat und das Essen fertigkochte, das wir vor Hellas Ankunft schon vorbereitet hatten.

«Was gibt es denn Leckeres?», fragt Hella und wischt in ihren Socken von den Bücherregalen hinüber zur Küchenzeile, wo Rita wie ein versierter Schlagzeuger auf mehreren Topftrommeln gleichzeitig spielt.

«Frischen Fisch», antwortet Rita.

«Selbst gefangen?», fragt Hella.

«Aber hallo», äußert sich Rita kryptisch. Ihr Zeigefinger macht Nähnadelbewegungen, die auf das Backrohr zielen. Hella hockt sich nieder und schaut konzentriert durch das hitzebeständige Glas.

«Das gibt's ja nicht», staunt sie plötzlich, «ist das ein Fisch?»

«Ja», sagt Rita.

«Aber der ist ja riesig!», bemisst Hella spontan die Dimension. «Wo ist der denn her? Der sieht aus wie aus dem Meer? Was ist das für ein Tier?»

«Eine Regenbogenforelle», deklariert Rita.

«Was?», ruft Hella, «ich hab gar nicht gewusst, dass die so groß werden können. Die passt ja gar nicht richtig ins Rohr.»

«Ja», bestätigt Rita, «eigentlich ist das ein Vierpersonenfisch. Aber ich glaube, wir drei schaffen das auch.»

«Und woher stammt diese Monsterforelle?», dringt Hella frage-technisch tiefer ins Herz der Anlage vor. Sie fragt deshalb, weil sie mich kennt und aus alter Erfahrung weiß, dass sich viele unserer Fischmahlzeiten Quellen verdanken, die nicht im nächsten Super-markt entspringen. Einmal waren wir für zwei Wochen gemeinsam in einem Künstlerhaus an der österreich-bayerischen Grenze unterge-bracht, um dort an unseren aktuellen Projekten zu arbeiten. Damals trug die Mattig, ein Fluss in der Umgebung dieses Hauses, auch zur Erweiterung unseres Speiseplans bei.

«Zur Provenienz der Fische darf ich keine Auskunft geben», hält sich Rita bedeckt, «das musst du diesen Herrn dort fragen.»

Der steife Kochlöffel, mit dem sie gerade noch den Reis abge-schmeckt hat, dreht sich hart und unerbittlich in meine Richtung.

«Gib lieber gleich alles zu», fordert mich Hella auf, während sie sich erhebt und mich ins Visier nimmt, «ich bekomm' es ja doch noch raus.»

«Ich war jung und brauchte den Fisch», scherze ich vergeblich, weil ich weiß, dass sich Hella niemals mit der Unschärfe dieser Antwort zufriedengeben wird. «Es gibt hier in der Schweiz erstaunlich viele schöne Flüsse. Die Emme, die Aare, die Langete …»

«Du sprichst es schon wieder falsch aus», unterbricht mich Rita. «Die Schweizer betonen die erste Silbe. Laaangete … wenn du Langeeete so aussprichst wie Trompeeete, dann sind sie wie vom Donner gerührt. Sie lachen dich zwar nicht aus, weil sie höflich und dezent sind, aber du merkst schon, dass sie echt betroffen sind – eine falsche Betonung und ihr Weltbild wackelt.»

«Das stimmt», bestätige ich Ritas Einwand, «wenn du Langete aussprichst, dann musst du es so betonen wie *Rammböcke*. Mit der ersten Silbe rammst du das Trommelfell und mit der zweiten und dritten entspannst du es wieder. **Ramm**-böcke und **Lann**-gete.»

«Und aus dieser **Lann**-gete stammt dieser Fisch?», fragt Hella ebenso richtig betont wie unverblümt.

«Es bestehen hier viele Zusammenhänge», winde ich mich. «Langenthal ist ein sagenhaft vielschichtiger Ort, so wie eine von diesen russischen Schachtelpuppen. Am Anfang siehst du nur eine unauffällige Kleinstadt, in der zäh und unermüdlich gearbeitet wird. Aber kaum bist du etwas länger hier und schaust unter diese erste Hülle, entdeckst du eine erstaunlich produktive Künstlerkolonie. Auf dieser Ebene korrespondiert Langenthal mit isländischen Städten; man kann es kaum glauben, wie hoch die Künstlerdichte hier ist im Verhältnis zur Einwohnerzahl.»

«Da stimmt schon», bestätigt Rita, «aber genau deshalb lernst du hier immer nur die falschen Leute kennen.»

«Die falschen Leute?», wiederhole ich. «Wie meinst du das?»

«Die Menschen, die du kennenlernst», sagt sie, «sind nicht repräsentativ für die Schweiz. Du lebst hier in einer idealen Blase. Du kommst nur mit privilegierten Schweizern zusammen. Das verzerrt deine Wahrnehmung. Es gibt auch ganz andere Schweizer.»

«Welche denn?», will Hella wissen.

«Solche», antwortet Rita, «wie wir sie in Zürich erlebt haben. Da waren wir vor kurzem um die Mittagszeit in einem Restaurant. Kommen zwei total gestylte Jungschweizerinnen herein und fallen am Nebentisch ein. Ausgesehen haben sie wie Topmodels, aber verhalten haben sie sich wie zwei Hühner, die anstelle von Grütze Ecstasy eingeworfen haben. Und sie haben auch so gerochen, als hätten sie gerade irgendwelche chemisch hergestellten Aufputschmittel genommen. Statt einfach zu lachen, haben sie ständig Schreikrämpfe bekommen, weil alles so wahnsinnig lustig war. Und den Kellner haben sie nie angesehen, sondern immer irgendwie weggewunken, als wäre er eine Schmeißfliege, die unerlaubt in ihrem Blickfeld herumschwebt.»

«Klingt auch nach einem interessanten Menschenschlag», bestätigt Hella, «warum beschreibst du nicht solche Leute?»

«Weil das andere Autoren schon bis zum Abwinken getan haben», antworte ich. «Zum Beispiel Martin Suter in seinen Business-Class-Reportagen. Wenn du die liest, bekommst du einen klaren Eindruck von den trüben Jagdgründen, in denen sich die Geldmenschen gegenseitig skalpieren. Die Lektüre ist da und dort ganz spaßig, aber insgesamt doch eher traurig.»

«Dann erzähl doch du etwas Unterhaltsames», fordert Hella, «zum Beispiel, woher diese Forelle stammt. Bis jetzt habt ihr euch erfolgreich um die Antwort gedrückt.»

«Aus dem erweiterten Umland», sagt Rita und blickt in meine Richtung, «oder?»

Ich nicke zaghaft.

«Was soll dieses verkrampfte Nicken?», wendet sich Hella jetzt direkt an mich. «Du bist ja sonst auch nicht so schweigsam. Hattest du keine Lizenz, um in diesem Umland auf Fischjagd zu gehen?»

«Doch», antworte ich. «Ich habe mir eine Tageskarte für die Aare gekauft. Achtundzwanzig Franken habe ich dafür im hiesigen Fischergeschäft entrichtet.»

«Dann ist ja alles in Ordnung.»

«Vielleicht nicht absolut alles, aber relativ viel», schränke ich ein.

«Wieso?»

«Weil er», antwortet Rita an meiner Stelle, «immer Probleme mit der Erkennung von Reviergrenzen hat. Das war schon in Island so und ist eigentlich überall so, wo wir hinkommen. Er kauft sich eine Fischereierlaubnis für ein bestimmtes Gebiet, sucht es auch, findet dabei aber ein ganz anderes, in dem sich unter Umständen mehr Fische aufhalten, als in dem Bereich, für den er gezahlt hat.»

«Das erinnert mich ans Straßenbahnfahren», sagt Hella, «wenn du einen Kurzstreckenfahrschein kaufst und versehentlich ein, zwei Stationen weiterfährst. Da musst du auch keine Strafe zahlen, wenn du erwischt wirst.»

«Warum nicht?», fragt Rita.

«Weil», antwortet Hella, «du Zahlungswilligkeit gezeigt hast. Das mache ich manchmal, wenn ich in Salzburg Straßenbahn fahre. Ich kaufe einen Kurzstreckenfahrschein und fahre, soweit ich will. Wenn dann ein Kontrolleur kommt, kann er mich nur abmahnen und auf mein Versehen aufmerksam machen. Moralisch stehst du in dem Moment beinahe integer da, jedenfalls weitaus besser als ein Schwarzfahrer, der von Haus aus gar nichts zahlt. Insofern verdankt sich dieser Fisch hier, soweit ich das bis jetzt überblicke, einem durchaus moralischen Verhalten. Du warst ja zahlungswillig, hast aber nur ein wenig die Übersicht verloren.»

«Hella», rufe ich pathetisch, schiebe den Sessel zurück und stehe auf, «ich verneige mich vor deiner Ethik. Die ist universal und rechtfertigt sämtliche fischereilichen Handlungen. In der Nikomachischen Ethik von Aristoteles habe ich mich nicht wirklich verstanden gefühlt. Aber im Kodex Hager, so werde ich ab jetzt dir und Ingolf zu Ehren eure spezielle Ethik nennen, ist auch Platz für Verfemte wie mich. Bei euch finde ich mich nicht nur wieder, ich fühle mich geradezu geborgen. Vielen herzlichen Dank.»

Mein Kopf und mein Oberkörper beugen sich ehrerbietig und tief in Hellas Richtung.

«Bitte sehr», antwortet sie und deutet ebenfalls eine kleine Verbeugung an, «von mir erfährt keiner was.»

«Das will ich dir auch geraten haben», ergänzt Rita gespielt streng, «Mitesser machen sich immer mitschuldig, wenn sie Beute verspeisen.»

Die Lackrocknymphe

«… und den ganzen *Faust* haben sie auch gelesen, ebenso *Nathan der Weise* und *Homo Faber*», beendet Frau Professor Regener die Aufzählung der Werke, die sie mit ihrer Matura-Klasse durchgearbeitet hat. Sie reist beruflich von Bern nach Zürich, macht aber in Langenthal einen Zwischenstopp, wo wir uns im Bahnhofscafé gegenübersitzen. Sie hat sich eine Stunde Zeit genommen, um mich auf das bevorstehende Treffen mit ihren Schülern einzustimmen. Bei meiner letzten Lesung hat sie mich gefragt, ob ich mir vorstellen könnte, ihrer Klasse etwas aus dem Leben eines Schreibenden zu erzählen.

Nicht nur der Herr ist ein Hirte, denke ich, während das Echo der großen, ehrfurchtgebietenden Buchkunstwerke in mir nachklingt, sondern auch diese Frau, die seit vielen Jahren in der Neuen Mittelschule von Bern Deutsch unterrichtet. Sie weidet ihre Herden auf den fruchtbarsten Hochebenen der Weltliteratur.

Vertauscht man in *fruchtbar* zwei Buchstaben kommt *furchtbar* heraus und damit des Pudels Kern. Auch das charakterisiert literarische Meilensteine: ihre Maßlosigkeit im Verlangen nach immer noch mehr Aufmerksamkeit. Die Lektüre mancher dieser Werke war so üppig für mich, als hätte ich kiloschwere Klumpen ranziger, fahlgelber Butter in mich hineingeschaufelt. Noch habe ich bei weitem nicht alle diese Klumpen verschlungen. *Krieg und Frieden* fehlt mir noch, ebenso wie *Die Strudelhofstiege* und *David Copperfield*. Wenn ich daran denke, wird mir mulmig zumute. Bücher in dieser nach oben offenen Gewichtsklasse sollte man in seiner Jugend lesen, solange man noch genug Kraft hat, sie stundenlang in Händen zu halten. In meinem Alter und der damit verbundenen nachlassenden Knochendichte, bräuchte man schon eine spezielle Buchhaltevorrichtung, damit einem beim Lesen nicht das Handgelenk bricht. Ich denke da an eine Art kleinen Belagerungsturm mit extra Stützrädern, der sich sowohl durch das Bett wie auch an der Badewanne entlang schieben lässt.

«Sie können der Klasse auch Ihre Meinung zu diesen Werken darlegen», schlägt mir Frau Regener vor, «das würde die bereits gewonnenen Perspektiven noch einmal erweitern.»

«Das stimmt», gebe ich zu und werde sofort besorgt. Wie lange ist es her, dass ich den *Faust* gelesen und im Theater gesehen habe? Und was könnte ich jetzt aus dem Stegreif darüber sagen? Vielleicht, dass meine beiden Katzen Mephisto und Gretchen heißen und ich sie furchtbar vermisse in meinem Schweizer Exil?

Ich glaube nicht, dass der *Faust* schon auf seine Bezüge zu Haustieren untersucht wurde. Dabei bestehen diese Bezüge. Gretchen, meine Katze, sucht sich äußerst selektiv aus, wem sie ihre Hingabe gewährt. Sie streicheln zu dürfen, ist vor allem ein Akt der Gnade, dessen Gewährung sich der *richtigen* Massagetechnik verdankt. Gretchen braucht kleine, liebevolle Drücker rund um ihre unglaublich weichen Ohren. Das fördert die Durchblutung und hilft ihr dabei, das Fiepen der Mäuse besser zu hören, wenn sie durch die nächtliche Wiese streift. Beim Streicheln ihres Rückens beginnt man am besten schon in der Mitte des Hinterkopfs. Von dort arbeitet man sich mit sorgsam gekrümmten Knöcheln bis zum Steiß. Fährt Gretchen dabei die Krallen wohlig aus, ist die Streichelintensität genau richtig. Besondere Vorsicht im Bereich der Wirbelsäule, immer schön neben dem Rückgrat streicheln. Im Bauchbereich kreisende, möglichst sanfte und verdauungsfördernde Fingerspitzenbewegungen, die den inneren Organen bei der Entschlackung und Regeneration helfen. Lockern und lösen der Faszien, bis Leber und Milz ins Rollen geraten wie kleine Medizinbälle. In ihrer Hingabe an solche Genüsse gleicht unsere Katze Gretchen einem Menschen und darf es sein. Auch Goethes Gretchen wäre einem solchen Programm vermutlich nicht abgeneigt. Hier ließe sich auch der Titel eines etwaigen Essays verorten: *Querbezüge zwischen den Schnurren von Goethes Gretchen und dem Schnurren Gretchens, der Katze.*

«Die meisten Schüler haben schon gute Erfahrungen mit dem Schreiben von Erzählungen», sagt Frau Regener. «Einer hat sogar schon einen historischen Roman geschrieben und eine andere einen Internetroman.»

Der Ton, mit dem die Professorin von ihren Schülern spricht, ist voller Zutrauen und Zuversicht. «Ich habe Ihnen diese Fotos mitgebracht», sagt sie und legt mir zwei Din-A4-Zettel mit den Gesichtern der ihr anvertrauten, jungen Menschen vor.

«Das ist nett», sage ich spontan und bereue es sofort. Das Wort «nett» ist so nichtssagend wie ein gestern verblasster Kondensstreifen. Gleichzeitig ist es auch ein Indikator für meine Verblüffung. Der Anspruch, der aus diesen Porträts aufsteigt, überwältigt mich. Soviel geballte Unsterblichkeit, soviel Euphorie und Sehnsucht danach, das Richtige zu tun, sich hier und jetzt in diese Welt einzubringen. Am liebsten würde ich jedem einzelnen dieser jungen Menschen sofort sein *ideales* Buch überreichen. Dieses eine Buch, das dir genau jetzt hilft, gibt es immer. Es hat die Form eines Rettungsfloßes und dümpelt in Armgriffweite neben dir auf dem Ozean. Aber weil du als Zudirkommender deine Hände zum Schwimmen brauchst, kannst du nicht selbst danach greifen. Du brauchst Lehrer, die dich hinaufziehen auf das Floß. Als ich sechzehn war, hat mir mein damaliger Deutsch-Professor ein unscheinbares, gelbes Reclam-Büchlein zugemutet: Dostojewskis *Großinquisitor*. Auf jeder Seite habe ich gespürt, dass mich diese Literatur doppelt retten wird: vor der Welt und für die Welt.

Später, bei meinem Treffen mit der Schweizer Maturaklasse, werde ich diesen jungen Menschen in ihrem Klassenraum gegenübersitzen und dreiundzwanzig Fragen beantworten, die sie im Vorfeld unserer Begegnung ausgearbeitet haben.

«Gibt es auch Bücher», wird mich eine ebenso kluge wie hübsche Maturantin fragen, «die Sie uns ausdrücklich nicht empfehlen würden?»

Sie wird einen extrem kurzen, schwarzen Lackrock tragen und schwarze Netzstrümpfe, die ihren Nymphenkörper so eng umschließen, als hätte Poseidon persönlich sein Netz nach ihr ausgeworfen. Sie stammt aus einer namenlosen Meeresuntiefe und ist so wild und launenhaft, dass sogar Griechische Götter auf der Hut sein müssen, wenn sie ihr begegnen. Sie wird mir im Klassenzimmer unmittelbar gegenübersitzen und mir Schweißperlen auf die Stirn jagen. Sie wird wie zufällig unter ihrem Tisch, der direkt vor mir steht, in einem Abstand von nicht einmal drei Metern, ihre Schenkel langsam öffnen. Diese leicht schlingernden, betont spielerischen Bewegungen ihrer Beine, die sich wie die Fangarme einer Tiefseekrakin in meine Richtung räkeln, werde ich nur aus den Augenwinkeln wahrnehmen, weil ich mich darauf konzentrieren muss, ihr möglichst ununterbrochen auf eine *pädagogische Weise* in die Augen zu sehen.

«Sie wissen wahrscheinlich alle», werde ich die Flucht nach

vorne antreten, «dass das Erscheinen von Goethes *Werther* einen Anstieg der Selbstmordrate besonders unter jungen Männern zur Folge hatte. Jede Äußerung Dritter kann Tendenzen, die in uns angelegt sind, verstärken und genau dieses Zünglein an der Waage sein, das aus einer Idee eine Handlung macht. Und wenn Sie das immer zu kurze, sagenhaft schöne Leben in all seinen Erscheinungsformen so maßlos lieben wie ich, dann verfluchen Sie Goethe heute noch dafür, dass er mit seinem *Werther* so und so viele junge Menschen in den Selbstmord getrieben hat. Er hat übrigens weitergelebt und vom Verkauf des *Werther* nicht nur gut gelebt, sondern auch das Renommee genießen können, das ihm dieses Werk und seine Wirksamkeit gebracht haben. Der Werther ist eine der egozentrischsten und also bösartigsten Figuren, die jemals in der Literaturgeschichte erschienen sind. Verglichen mit diesem maßlosen Egomanen ist Goethes Mephisto ein völlig harmloser Dandy, der übrigens sogar vor manchen Wünschen und Derbheiten Fausts erschrickt und sich dagegen verwahrt, indem er sagt: ‹Bin ich Hans Liederlich?› Nein, ist er nicht. Goethes Mephisto ist eine Art entschärfter 68er, ein Reserve-Oscar-Wilde, ein weichgespülter Ästhet, der auf Teufel macht, aber dann, wenn es darauf ankommt, seinen schwefelgelben Schwanz einzieht. Dagegen ist der Werther ein ganz anderes Kaliber, nämlich der Inbegriff des unversöhnlichen Egoisten. Wenn sich diese eine verheiratete Frau nicht jetzt und sofort mit ihm paart, dann löscht er seine Existenz aus. Dieses einzigartige Leben noch vor seiner Blüte selbst zu zerstören, halte ich für eines der verwerflichsten und traurigsten Verbrechen überhaupt. Angestachelt von einem notgeilen Greis wie Goethe jagen sich junge Männer Kugeln in ihre heißen Köpfe, während sein Nimbus sakrale Dimensionen annimmt und die von ihm verursachten Selbstmorde als Kollateralschäden zu Fußnoten schrumpfen.»

«Haben Sie dieses Goethebild selbst kreiert», wird mich ein Schüler aus der zweiten Reihe fragen, «oder entstammt diese Sicht einer anderen Quelle?»

«Diese Sicht verdankt sich ausschließlich meiner ganz persönlichen Goethelektüre», werde ich antworten.

«Kann es nicht auch genau umgekehrt sein?», wird die Nymphe mehr feststellen als fragen. «Womöglich sind wir hier auf diesem Planeten in einer Strafkolonie. Wir sind Gefangene, die sich gegenseitig massakrieren sollen und das auch ununterbrochen tun.»

«Wir sind die freiesten Menschen, die es je gegeben hat», werde ich sagen. «Wir dürfen jetzt gerade hier sein und mit der größtmöglichen Intensität miteinander reden. Wir müssen keine Wurzeln ausgraben und in kein Bergwerk kriechen, um diesen Tag zu überstehen. Wir dürfen uns einander zuneigen, wir können sagenhafte Einklänge erleben und ein paar der unendlichen Möglichkeiten nutzen, die wir nur hier und jetzt haben.»

«Das überzeugt mich nicht», wird die Nymphe klar und laut feststellen. «Können Sie uns nicht ein paar handfestere Lebensmöglichkeiten nennen, außer herumlabern? Ich meine, reden ist ja schön und gut, aber auf die Dauer auch langweilig. Es ist doch arrogant zu behaupten, jetzt sage ich euch, wo es langgeht, was ihr lesen sollt und was nicht.»

«Verglichen mit einer Ikone wie Goethe bin ich natürlich ein Niemand», gestehe ich, «ein bedeutungsloser Hanswurst. Aber das halte ich aus. Und ich halte es auch aus, wenn mir der Zeitgeist Arroganz und moralinsaures Geschwätz unterstellt. Im Grunde sind das Komplimente, die mir zeigen, dass ich in einer Essenz wühle. Das einzige, was ich nicht aushalten würde, wäre, hier hinauszugehen und Ihnen nicht so ehrlich wie mir möglich geantwortet zu haben. Übrigens stehe ich selbst natürlich auch unter der Knute des Diktators. Ich habe ein Auto und besitze mindestens zwanzigtausend andere Gegenstände, die ich, genau genommen, nicht wirklich brauche, die ich aber im Lauf meines Lebens angesammelt habe, weil es dem Zeitgeist gelungen ist, sie mir als begehrenswert darzustellen. Dass ich unter seiner Macht leide und mir einbilde, da und dort seine Methode zu durchschauen, heißt natürlich nicht, dass ich ihm flächendeckend Widerstand leisten könnte. Nur wenn ich fischen gehe oder Feuerflöße baue, habe ich das Gefühl, dem Diktator ins Gesicht zu spucken und ihm echten Widerstand zu leisten.»

«Feuerflöße?», wird die Nymphe interessiert wiederholen.

«Ja. Bauen Sie welche», werde ich ihr vorschlagen. «Gehen Sie zusammen mit Ihren Freunden zum nächsten Flohmarkt hier in Bern. Es gibt dort einen Händler, der verkauft günstig gebrauchte Neopren-Anzüge. Kaufen Sie sich solche Anzüge, schlüpfen Sie hinein und gehen Sie damit an die Aare. Dort bauen Sie mit dem trockenen Schwemmholz ein Floß. Auf das Floß legen Sie weiteres Holz und entzünden es. Und dann schwimmen Sie alle mit diesem Feuerfloß in Ihrer Mitte durch die Stadt. Auf den Brücken werden fassungslose Menschen stehen, ihre Köpfe schütteln und Sie fotografieren. Winken Sie zurück und ernten Sie die Fassungslosigkeit wie reifes Getreide. Wälzen Sie sich im Wasser und im Flackern der Flammen. Spüren Sie den Sog, die Hitze und das maßlose Da-sein-Dürfen in unserem Paradies. Und seien Sie versichert, dass sich solche Momente nicht nur in Ihre Seele und Ihre Hirnrinde einschreiben, sondern auch in die Geschichte dieser Stadt und dieses Landes. Die Feuerschwimmer von Bern. Das wäre nicht nur ein toller Titel für einen Roman, das wäre auch ein spektakuläres Kapitel in der Stadthistorie.»

«Klingt nach praktischer Erfahrung», wird die Nymphe festhalten, «haben Sie die?»

«Ja», werde ich bestätigen, «ich bin ein alter Feuerfloßbauer. Und glauben Sie mir, wenn Wasser brennen würde, dann stünden jetzt die Ozeane in Flammen.»

Kurzes Schweigen. Das Bild der lichterlohen Meere wird beruhigend und beunruhigend wirken.

«Wie sind Sie überhaupt auf so eine Idee gekommen?», wird jemand aus der letzten Reihe fragen.

«Ich habe davon gelesen, in Romanen, die unser kurzes Leben fanatisch feiern.»

«Welche sind das?»

«*Des Sommers ganze Fülle*», werde ich antworten, «von Laurie Lee. *Die Grasharfe* von Truman Capote. *Nils Holgersson* von Selma Lagerlöf. *Wolf Solent* von John Cowper Powys. *Fluss ohne Ufer* von Hans Henny Jahnn. Alles von Dostojewski und *Die Kinder der Finsternis* von Wolf von Niebelschütz. Und noch dutzende andere Romane, von denen ich Ihnen eine Liste zusammengestellt und Ihrer Lehrerin gegeben habe. Wer diese Liste möchte, dem wird Frau Professor Regener eine Kopie machen.»

«Das habe ich schon getan», wird Frau Regener ergänzen. «Sie sind alle aufgerufen, sich nach der Unterrichtseinheit hier zu bedienen.»

«Diese Bücher», werde ich ergänzen, «sind Wunder, weil sie voller Wunder sind.»

«Erleben Sie hier und jetzt auch gerade ein Wunder?», wird die Nymphe erneut versuchen, mich herauszufordern.

«Ja, unbedingt», werde ich antworten, «dass man anstelle von Stützstrümpfen noch Netzstrümpfe tragen kann, empfinde ich als Wunder, dessen Bedeutung man leicht unterschätzen könnte.»

«Für uns ist das alles Gewohnheit und irgendwie total langweilig», wird die Nymphe erklären.

«Dann kommen Sie bitte nach dieser Stunde mit mir in die Besenkammer», werde ich nicht zu ihr sagen, es aber denken und mir dabei vorstellen, nicht verheiratet und dreißig Jahre jünger zu sein.

Gegenwartsgunst

SCHAULAGER. So heißt das Museum in Basel, vor dem Hella, Rita und ich endlich aus der Straßenbahn poltern. Der Waggon, der uns vom Bahnhof hierher gebracht hat, war eindeutig zu eng für unsere unkontrolliert anschwellende Vorfreude, die sich in geschlossenen Räumen zu Lachgas verdichtet. Schon ein wenig zu viel davon verzerrt die Wahrnehmung ganz erheblich. Kein Wunder, dass mich beim Anblick des Museumseingangs sofort eine seltsame Eingebung überkommt. Ich laufe voraus, mit ein paar geißbockartigen Zwischenhopsern, überquere die Straße und postiere mich neben der linken Schiebetorseite. Meine weit ausgestreckten Arme erreichen gerade noch die Leuchtbuchstaben SC und ULA, die ich mit Kappe, Jacke und Handflächen abdecke.

«Schnell, Hella, schnell!», rufe ich, «Mach ein Foto für den Ingolf!»

HAGER!! Ingolf HAGER!! ... SCHAULAGER minus SC und UL ergibt . . HA . . GER. Ingolfs Nachname. Während ich ächze, sehe ich Ingolf schon schmunzeln. Sein zu erwartender Frohsinn gibt mir die nötige Widerstandskraft, um den irritierten Blicken Paroli zu bieten, die mir die anderen Menschen zuwerfen, die ins Museum strömen. Immerhin transportieren diese Blicke keine Vorwürfe. Sie fragen sich nur, aus welcher Anstalt der Knilch entlaufen ist, der da auf Zehenspitzen stehend an den Buchstaben hängt. Manche Besucher scheinen es auch für möglich zu halten, dass ich die Schwundstufe eines Verpackungskünstlers bin, nämlich ein Verdeckungskünstler. Diese Spekulanten wissen nicht, wie recht sie haben.

Meine erste große Verdeckungsaktion hat in Wien stattgefunden. Damals stellte ich mich im Eingangsbereich der ALBERTINA so vor den Schriftzug, dass das TI und das A verschwanden und ALBER N übrigblieb. Nicht wenige Worte tragen ihre Seele auf der Zunge.

Man muss sie nur um bestimmte Buchstaben erleichtern, diese umstellen oder einfach das ganze Wort richtiger betonen. Seit ich Auto fahre, sage ich nicht Diesel, sondern DIE ESEL zu dem Kraftstoff, den ich tanke. Leider hat sich diese, wie ich finde, ehrlichere Bezeichnung im allgemeinen Sprachgebrauch noch nicht durchgesetzt. Es steht sogar zu befürchten, dass der *Die Esel* überhaupt wieder in der Versenkung des Stickstaubzeitalters versinkt, bevor sein eigentlicher Name bekannt wird.

«Was wird das denn?», fragt mich plötzlich ein strenger Herr, der stehen geblieben ist und mich von der Seite mustert.

«Wir machen ein lustiges Foto für einen Freund», antworte ich. Ist man für andere doof, erhöht sich die Widerstandkraft exponentiell. Ermahnungen Dritter lassen sich wesentlich leichter wegstecken, sogar mit einer gewissen Würde.

«Wir sind auch gleich fertig», steht mir Rita vollmundig bei, lehnt sich schützend an meinen Rücken und schneidet unbekümmert von den strengen Blicken künstlerisch wertvolle Grimassen.

«Ich liebe dich», flüstere ich nur für sie.

«Das will ich doch hoffen», flüstert sie zurück.

Mit diesem Doppelschlag hat der Mann nicht gerechnet. Er bringt gerade noch ein paar entrüstete Kopfschüttler zuwege, bevor er grummelnd Richtung Eingang abgeht.

Hella lacht, knipst, spornt uns an und gibt gleich die nächste Parole aus.

«Und jetzt noch eine Aufstellung vor dem Spiegel!»

«Ey, ey, Käptn», rufen wir und salutieren. Die Wand rechts vom Eingang besteht aus lauter Spiegelflächen. Der nächste volle Fressnapf für unsere Klamauk Truppe. Rita nimmt eine halbwegs stabile Charly-Chaplin-Pose ein. Ich hänge mich über ihr linkes Bein und öffne mit einem breiten Grinser unsichtbare Vorhänge, wie John Travolta in *Pulp Fiction*. Hella tritt als schwarzer Turm aus einem lebensgroßen Schachspiel, lehnt sich an uns und knipst ein Selfie nach dem anderen.

Plötzlich zeichnet Rita Handflächenkreise in die Luft und singt: «Schalalalala. Schau, Hager, schau! Das ist der Super-Schaulager-Schlager ohne Au. Wow!»

Dann macht sie einen Ausfallsschritt wie eine Skispringerin, worauf unser menschlicher Turm bedenklich wackelt und sich schließlich auflöst.

«Um Punkt zehn Uhr beginnen die Ausstellungsführungen», weiht uns eine hoch motivierte Kassenfrau in den Hausbrauch ein. Mit der Schnabelhackgeschwindigkeit eines Bartgeiers, der eine unvorsichtige Maus aus ihrem Loch pflückt, rupft sie mir meinen Zehnfrankenschein aus der Hand.

«Wollen Sie vielleicht bei einer der Führungen mitgehen?»

«Kennen Sie Hägar, den Schrecklichen?», frage ich zurück.

«Ja, das tue ich», antwortet die Frau überhaupt nicht überrascht, sondern eher amüsiert, «was ist mit ihm?»

«Wenn Sie Hägar danach fragen, ob er noch ein Dessert möchte», sage ich, «dann hätten Sie ungefähr die gleiche Jaheit, mit der wir hier und heute ihre schöne Frage bejahen.»

«Das ist ja wunderbar», freut sie sich.

«Wir sind extra aus Norddeutschland hierhergefahren», legt Hella noch eins drauf.

«… und aus Österreich», ergänzt Rita.

«Sie stehen hier vor einem internationalen Gipfeltreffen», fasse ich zusammen.

«… was uns ausgesprochen erfreut», ergänzt die Frau. «Leider vergeben wir keine Boni für Ihre weite Anreise, aber ich heiße Sie alle herzlich willkommen.»

Sie händigt uns Eintrittskarten aus und Ansteckplaketten aus

Metall, die wie winzige, mit dem Schaulagerlogo bemalte Muscheln aussehen.

«Was für ein Glück», stellt Hella völlig richtig fest, als wir in den gigantischen Hauptraum vordringen, «wir sind zur richtigen Zeit am richtigen Ort.»

Wie richtig der Ort für uns ist, dämmert uns aber erst, als wir an dem hölzernen Geländer im Erdgeschoß lehnen, wo sich unser Erstaunen entfalten kann.

«Das ist ja gigantisch», sagt Rita und sucht wie Hella und ich nach Orientierung in dem neuen Raumgefüge. Wir stehen in der Weite einer vieleckigen, weißgetünchten Kathedrale, die so ungewöhnlich hoch und nach allen Richtungen endlos ist, dass wir es kaum wagen, die Köpfe in den Nacken zu legen. Es riecht nach Selbstentlarvung und den Spuren einer Ahnung davon, wie selten wir den Kopf zu Gott erheben.

«Wo gibt's denn sowas?», fragt Hella rhetorisch, «so unglaublich viel weiße Wand.»

Und weil sie die große Berserkerin der Ästhetik ist, immer ausgerüstet mit Krummschwert, Tomahawk und Doppeldolch der schneidigsten Kunstbegriffe, gibt sie sich auch gleich selbst die Antwort.

«Die architektonische Dynamik verdankt sich eindeutig dieser sensationellen Schräge. Das ist so kolossal kühn … und dann dieser enorme Platz. Schaut euch diese Raumhöhen in den Stockwerken an. Da wird einem ja schwindlig. Das ist Zukunft. So musst du mit Kunst umgehen. Soviel Raum musst du ihr geben. Da entstehen völlig neue Wertigkeiten.»

Mit Hella ins Museum ist wie mit Cassius Clay zum Boxkampf. Keiner von den beiden kann auch nur eine Sekunde ruhig im Publikum sitzen. Hella greift sofort ein, und sei es nur als Schattenboxerin. Das muss nicht immer nur gut sein. Gestern Nachmittag hat sie mir auf die Schnelle meinen guten alten Chagall k.o. geschlagen.

«Chagall ist mir zu süßlich und zu plump», erklärte sie mir während unseres Besuches in der Zürcher Liebfrauenkirche.

«Aber er erzählt als einer der ganz wenigen Künstler Geschichten vom gelingenden Leben», hielt ich dagegen, «und von den Engeln am Dach, die dich und dein Häuschen bewachen.»

«Ja, als Märchenonkel ist er leidlich akzeptabel», gab Hella gelangweilt zu, «aber schau dir einmal seine sogenannten Pferde an. Die sind so klumpig und schludrig gemalt, dass du nie weißt, ob das nicht in Wahrheit amputierte Beinstümpfe sind.»

Mit den sogenannten *alten Meistern* hat Hella nicht rasend viel Geduld. Kein Wunder, wenn man ihre Zeichnungen kennt. Bei ihr hat jeder Strich so viel Dynamik, als hätte sie ihn nicht mit dem Kohlestift gezogen, sondern mit einer graphitgetränkten Säbelklinge ins Papier geschlagen, mit einer Vehemenz, als hätte sie sich mit Darth Vader duelliert. Hellas Striche sind auch keine Hilfskellner, die dienstbeflissen Umrisse von Bierdeckeln, Gesichtern oder Gebäuden andeuten. Ihre Striche haben einen Selbstwert und eine Eigendynamik, als wären sie die Buchstaben eines geheimnisvollen, ihrer Seele immanenten Alphabets. Damit holt sie Geschichten aus der Versenkung, die weniger von den Beziehungen der Menschen untereinander handeln als von ihren inneren Zuständen.

«Sie kommen bitte zu mir», fordert uns plötzlich eine schwarzhaarige Mittfünfzigerin auf, deren Bluse von einem Kärtchen bebaumelt wird, das sie als Kunstvermittlerin ausweist.

«Mein Name ist Schüpp», sagt sie, während wir uns zusammen mit ungefähr fünfundzwanzig anderen Museumsbesuchern im Halbkreis um sie anordnen und dabei unsere tragbaren Museumshocker ausklappen. Hinter Frau Schüpp hängen vier Porträts einer älteren Frau an der Wand, die alle so aussehen, als hätten ein paar rührige Hauptschüler versucht Andy Warhols Siebdrucktechnik an ihrer Oma auszuprobieren.

«Die vier Porträts, die sie hier sehen», beginnt Frau Schüpp, «stammen von Andy Warhol.»

Siehst du, sage ich zu mir, der Mann hat sich nicht einmal selbst imitieren können. Für mich ist er ein knallrotes Tuch, der Inbegriff der zufällig und dank idealer Umstände berühmt gewordenen Ikone. Manchmal höre ich ihn noch aus dem Grab darüber lachen, wie überdurchschnittlich viel Aufmerksamkeit seinen sogenannten Werken noch immer zuteil wird. So viele Künstler, Hella miteingeschlossen, waren und sind technisch tausend Mal besser, ausdrucksstärker und visionärer als Warhol. Er hat hauptsächlich sein sagenhaftes Glück ausgenutzt und den richtigen Leuten zur richtigen Zeit als erster mit dem damals neuen Stilmittel des Siebdruckes porträtmäßig den Bauch gepinselt. Das war alles, sieht man von den Konservendosen ab, die er dankenswerter Weise ins Museum gestellt hat.

«Als Warhol richtig berühmt war», fährt Frau Schüpp fort, «hat ihn die Stiftung angefragt, ob er eine Porträtserie der Stifterin, Frau Hoffmann, machen würde. Und wie Sie sehen, hat er *ja* gesagt.»

Danke, Andy, bedanke ich mich zum zweiten Mal bei ihm. Und weil ich schon dabei bin, bedanke ich mich bei der Gelegenheit auch noch für seinen mir unvergesslichsten Satz: «Ich bin das Loch in der Schallplatte, um das sich alles dreht.»

Mehr Selbsterkenntnis lässt sich in so wenigen Worten kaum noch unterbringen. Während meine Gedanken tatsächlich wie ein altes, knisterndes Lied um den guten alten Plattenloch-Andy kreisen, lässt Frau Schüpp auch einen Namen fallen: Hoffmann la Roche. Jemand in meiner Nähe flüstert «Pharmakonzern». Sogar mir sagen diese Worte langsam, dass wir uns hier in Geld-Dimensionen bewegen, die mit dem Himalayamassiv korrespondieren. Der Bau dieses gigantischen Museums war nur möglich dank der finanziellen Zuwendung der Stifterfamilie, die neben ihrer Liebe zur Kunst viel mitgemacht hat. Frau Hoffmanns Mann, der Konzernerbe, starb mit

Mitte dreißig bei einem tragischen Verkehrsunfall. Wie der Sohn der bekannten Linzer Möbelfirmabesitzer, fällt mir ein, der sich am Pöstlingberg diese Prachtvilla bauen ließ, aber kurz vor dem Einzug mit seinem Sportwagen unter einen Laster geriet. So schnell, diese schnellen Menschen, wie Hellas Striche. Sie hinterlassen eine kurze Kerbe und schon verlieren sie sich wieder in der Unendlichkeit. Aber die Kerbe bleibt und verläuft mitten durch das Herz ihrer Mütter. Frau Eymann war keine Mutter, aber auch eine Stifterin, denke ich dankbar an meine Patronin. Sie hat sich ihr strenges Porträt, das jetzt in der Villa hängt, selbst gezeichnet. Dabei war sie ehrlicher als Andy Warhol mit Frau Hoffmann, deren Gefühle auf keinem der vier Porträts zum Ausdruck kommen.

«Wenn ich Sie weiterbitten dürfte in den nächsten Raum», sagt Frau Schüpp.

«Was sehen Sie hier?», fragt sie uns vor einem wuchtigen expressionistischen Ölgemälde.

«Einen Regenbogen», antwortet eine ältere Dame vorsichtig.

«Sehr gut», sagt Frau Schüpp, «und was noch?»

«Einen bösen Riesen, der davor schwebt», antwortet eine andere.

«Das ist interessant – woran erkennen Sie, dass der Mann böse ist?», möchte Frau Schüpp wissen.

«Weil er alles zermalmt», gibt die Frau aus dem Publikum zu bedenken, «die Blumen, den Regenbogen und die Tiere.»

«Aber haben Sie seine Augen gesehen?», fragt Frau Schüpp weiter, «diese Augen sind nicht nur erschrocken, sie sind geradezu entsetzt über das Geschehen. Womöglich wird sich diese Figur gerade der Rolle bewusst, die sie spielt und die sie in Wahrheit gar nicht spielen möchte. Der belgische Expressionismus, von dem dieses Bild ein Hauptwerk ist, arbeitet sehr stark mit Gegensätzen und der Psychologie seiner Figuren. Im berühmteren deutschen Expressionismus ist diese Innenschau der Figuren weniger stark ausgeprägt.»

Wie wahr, bestätige ich und denke automatisch an Max Beckmann. Dominant wie kein anderer Maler hat er diese umwälzende Epoche in mir besetzt. Ich bin eine Welt in seiner Welt. In mir wiederholen sich die fremden Geschichten meines Planeten, chaotisch und rätselhaft. Wir sind Seelenkörpersammelstellen, bodenlose Vasen, die ständig die gleichen Fragen stellen: Wie groß ist unser Mitspracherecht, wenn wir befüllt werden mit Blumen und Disteln? Beckmann habe ich mir immer als Maler vorgestellt, der keinen Pinsel verwendet. Er war ein Berserker, der seine Figuren mit Kettensägen in die Leinwand schneidet. Seine archaische Kraft ist eine fluoreszierende Schicht, die mich befeuert und stärkt, während ich durch sie hindurchtauche. Auf der anderen Seite frage ich mich, wie Frau Schüpp weiter argumentieren wird.

«Im deutschen Expressionismus», setzt sie neu an, «geht es eher um die Aktion der Figuren, deren Blick oft wie eine hermetische Wand erscheint. Aber die Augen dieses Mannes, die ich Sie bitte, sich aus der Nähe anzuschauen, die blicken in den eigenen Abgrund. Das ersuche ich Sie als eine mögliche Interpretation im Hinterkopf zu behalten.»

Mit dieser Forderung erobert Frau Schüpp mein Herz endgültig. Gleichzeitig beschwören Ihre Erklärungen den Fremden in mir, diese grauenerregende Gestalt, die mir ununterbrochen Feindbilder liefert. Wer in mir hält dagegen? Welche Figur liefert Freundbilder? Plötzlich tut mir Andy Warhol leid. Was hätte er denn machen sollen? Hätte er den anderen sagen sollen, passt auf, ihr verehrt den Falschen – ich kann gar nicht zeichnen?! Was würde ich denn tun, käme jemand auf mich zu und böte mir hunderttausend Euro für ein hingeschludertes Machwerk?

«Was sehen Sie hier?», fragt uns Frau Schüpp im nächsten Raum.

Großes, erwartungsoffenes Schweigen und intensives, gemeinsames Nachdenken. Das Bild von Max Ernst ist viel weniger greifbar als der expressive Riese im vorigen Raum. An dieser Wand haben wir verschwommene, ausgefranste Figuren vor uns, sich drehende Fetzen, die einander durchdringen, wie die Stofftentakel eines Wischmops im Schmutzwassereimer, wenige Konturen, wirbelnde Spreu.

«Bewegung», lässt sich eine tapfere Stimme vernehmen.

«Sehr gut», quittiert Frau Schüpp diese Wortmeldung, «was noch?»

«Flügelartige Wesen», wird jemand aus der Gruppe konkreter.

«Wunderbar», lobt unsere Vermittlerin, «da haben wir schon wesentliche Elemente für die Bildinterpretation beisammen. In einem seiner Briefe schreibt Max Ernst, dass er sich von allen Tieren am meisten mit den Vögeln verbunden fühlt. Er hat das Gefühl gehabt, dass seine Seele ein Vogelschwarm ist, den er immer wieder befreien musste, indem er ihn gewissermaßen auf die Leinwand hinausgemalt hat.»

Frau Schüpp, sage ich mir, Sie sind die Beste. Wenn ich gewusst hätte, wie groß die Reise wird, auf die Sie uns mitnehmen, dann hätte ich mich wärmer angezogen.

Im dritten Raum, in dem wir erneut unser kleines Feldlager beziehen, steht eine Arbeit von Jean Tinguely. Auf einem altarartigen Tisch reihen sich drei wundersame Maschinen aneinander, in deren eisernen Extremitäten bunte Federn stecken. Als sie ihn sieht, steigt Rita sofort auf den dicken, roten Einschaltknopf am Boden und löst damit einen Höllenlärm aus. Alle drei Maschinen verwandeln sich in Figuren aus der Muppet-Show und tun das, was sie am besten können: tanzen, herumrattern und sich schütteln.

Frau Schüpp würdigt die Maschine keines Blickes, sondern bittet uns, unsere Aufmerksamkeit auf ein verhältnismäßig kleines, in einer Vitrine ausgestelltes Kunstobjekt zu richten.

«Was sehen Sie hier?», fragt sie mitten in den Lärm der Tinguely-Maschine, der sie überhaupt nicht zu stören scheint. Sie ist derart vertraut mit den Geräuschen, die ihr Museum erzeugt, dass es ihr gelingt, auch unsere Konzentration wieder auf das ausgewählte Objekt zu lenken, weg von dem Zirkus der stählernen Puppen, deren effektvolle Show sich relativ bald wiederholt und sich als Effekthascherei herausstellt, ohne große Substanz, aber mit viel Pathos und noch mehr Geschepper.

«Zerschreddertes Papier», sagt jemand aus dem Publikum.

«Gut», sagt Frau Schüpp.

«Ist das … alte Schokolade?», wagt jemand anderer kaum auszusprechen.

«Sehr gut», bestätigt unsere Mentorin die Entdeckung anerkennend, «Sie haben das ganz richtig erkannt. Dieser Künstler spielt mit der Vergänglichkeit. Wir sind es ja gewohnt, dass Skulpturen aus dauerhaftem Material sind. Marmor, Bronze oder Eisen überdauern Jahre und Jahrzehnte ohne nennenswerte Veränderung. Diese Schokoladeschreibmaschine dagegen verändert sich seit Beginn dieser Ausstellung. Obwohl der Raum ideal temperiert ist und auch die Luftfeuchtigkeit ständig kontrolliert wird, ist diese kleine Skulptur weniger geworden, schiefer und vor allem dunkler und poröser. Wenn man sie jede Woche ein paar Mal besucht, so wie ich das tue, ist man immer gespannt darauf, was in der Zwischenzeit passiert ist.»

«Verwesung life», sagt jemand aus dem Publikum spontan. Ein paar Lacher springen nicht richtig an, wie fehlschlagende Kaltstartversuche. Die plötzliche Erinnerung an den Tod bremst den Schwung unserer Gruppe für eine Nanosekunde. Gleich danach ist er wieder da, frisch und prächtig, unser Wille zur Enträtselung. Gegenwartskunst ist immer vergangen, wenn du endlich davorstehst. Nur unsere Versuche, den Objekten Geschichten abzuringen, haben etwas Gegenwärtiges. Uns geht es gut. Wir sind zusammen. Keiner von uns steht alleine im kalten Regen einer Waldnacht. Wir sind keine Schmetterlinge, die nach einer Kollision mit einem Auto verletzt im Straßengraben liegen und sich, während sie sterben, auf eine unvorstellbare Art fragen, warum das geschieht, was geschieht. Niemand von uns wankt durch das graue Labyrinth eines Alltags. Wir dürfen bunte Zuversicht betrachten, einer Schamanin Löcher in den Bauch fragen, über die Unendlichkeit fremder Vorstellung staunen und die widerborstigen Felle unlösbarer Rätsel ausgiebig streicheln.

«Ist dir diese unglaubliche Dichte an Museumswärtern schon aufgefallen?», flüstert mir Hella zu.

«Allerdings», antworte ich, «da hat jeder Raum eine eigene Eingreiftruppe.»

«Fast schon wie in der Psychiatrie», spekuliert Hella weiter.

«Manche von diesen Werken kannst du auch nur dort produzieren», ergänzt Rita.

Zum Beispiel die Installation im nächsten Raum. Frau Schüpp führt uns zu einer Wand, in die knapp über dem Boden ein Kamin eingelassen ist. Hinter aufgebogenen Kerkerstäben, die vor Zeiten die Kaminöffnung verschlossen haben, liegen Kinderfüße in künstlichen Flammen.

«Was sehen Sie hier?», fragt Frau Schüpp.

«Einen sehr bösen Weihnachtsmann», antwortet einer der wenigen Männer in der Gruppe.

«Wie kommen Sie darauf?»

«Naja», windet sich der Mann, «er hat die Kinder, die er eigentlich beschenken sollte, ins Feuer geworfen und ist dann wieder im Schornstein verschwunden, in dieser Höhle, die hinausführt in den Himmel. Dort reitet er über die Wolken und niemand kann ihn zur Verantwortung ziehen.»

«Interessant», sagt Frau Schupp, «und wie erklären Sie sich die verbogenen Kerkerstäbe?»

«Zeichen der Gewalt», antwortet eine Frau, «da ist jemand in die Welt der Kinder eingebrochen.»

«Oder ausgebrochen», spekuliert wieder eine andere.

In diesem Moment dringt ein seltsamer, langgezogener Heulton durch das ganze Museum.

«Keine Sorge», beruhigt uns Frau Schüpp sofort. «Das ist kein Feueralarm. Sie sind nicht in Gefahr. Bleiben Sie bitte einfach ganz ruhig stehen und warten Sie, bis ich wieder zurück bin.»

«Wo gehen Sie denn hin?», möchte eine beunruhigte Pensionistin wissen und nimmt damit uns allen das Wort aus dem Mund.

«Meine Kollegen und ich, wir müssen nur kurz den Riesen zurückbringen», antwortet Frau Schüpp. «Manchmal, wenn seine Furcht zu groß wird, verlässt er seine Realität und versucht, sich bei uns vor sich selbst zu verstecken. Meistens kauert er hinter einer der Skulpturen und zittert. Dann muss man ihm gut zureden und ihn wieder zurückbringen in sein Bild. Das ist ein Routinevorgang, den wir hier immer wieder erleben, auch bei anderen Gemälden. Es besteht also überhaupt kein Grund zur Sorge. Abgesehen davon: Sollte der Riese wirklich hier bei Ihnen vorbeikommen, dann reden Sie ihm gut zu; er wird sich vor Ihnen fürchten.»

«Warum?», fragt jemand aus der Gruppe.

«Weil er so klein ist», antwortet Frau Schüpp. «Alles in allem hat er eine Körpergröße von knapp unter vierzig Zentimetern.»

«Aber dann ist er gar kein Riese», stellt jemand erstaunt fest.

«Doch», sagt Frau Schüpp, «in seiner Welt schon. Und deshalb müssen wir ihn wieder dahin zurückbringen. Sie entschuldigen mich.»

FEBRUAR

Gesang für einen fröhlichen Weltuntergang

Einen Tag nachdem uns Hella wieder verlassen hat, steigen Rita und ich über die steile Treppe ins Dachgeschoß der Villa. Philippa hat uns zu Kaffee und Kuchen eingeladen. Begrüßt werden wir von zwei sehr dünnen Füßen, die kreuz und quer durch die Luft zappeln.

«Das ist Sarah», erkläre ich Rita, obwohl sie es schon längst weiß. Ich rede extra laut, damit garantiert alle Bewohner des Dachgeschosses das zentrale Wort vernehmen. «Sie ist Kunstturnerin!»

Sarah grinst und schlägt noch einen Purzelbaum extra.

«Setzt euch!», poltert ihre Mutter und weist uns zwei ganz bestimmte Plätze zu. Der Tisch steht direkt neben der Treppe in einem Vorraum zur Wohnung und bietet acht Personen Platz.

«Zuerst nehmen wir einen Apéro», stellt Philippa fest, «und dann musst du mir mal was erklären.»

«Gerne», erwidere ich, «solange es sich nicht um die allgemeine Relativitätstheorie handelt.»

Pavel lächelt höflich. Philippa übergeht meinen Scherzversuch.

«Pass auf! Dein Text über uns, speziell über mich, dieses Kapitel *Die süße Maus ...*»

Sie macht, was überhaupt nicht zu ihr passt, eine Kunstpause, in der nur noch der Trommelwirbel fehlt.

«Diesen Text habe ich schon so oft gelesen», fährt sie endlich fort, «dass ich ihn beinahe auswendig kann.»

Wieder lässt sie These und Antithese ohne Synthese im Raum stehen. Warum kann sie den Text auswendig? Möchte sie bei einem Poesie-Wettbewerb mitmachen? Will sie die Rechte für das besagte Kapitel?

«Aber ich frage mich noch immer», sagt Philippa, «ob das wirklich ich bin, diese Frau, die du da beschreibst. Hab ich das wirklich alles genau so formuliert, wie du das aufgeschrieben hast?»

Sie legt den Kopf leicht schief und sieht mich eindringlich an.

«Literarische Genauigkeit ist immer relativ», winde ich mich.

«Genau ist also ungenau», schaltet sich Pavel zum ersten Mal hellhörig in das Gespräch ein.

«In dem Fall auf jeden Fall», bestätige ich seinen Einwand. «Ich kann mir keine Dialoge wortgetreu merken. Aber zentrale Punkte und einzelne Worte bleiben mir in Erinnerung. Besonders, wenn sie mich überraschen. Und damals, bei unserem ersten Gespräch, hast du mich immer wieder überrascht.»

«Womit?»

«Mit der Klarheit deiner Ansagen. Roter Stromschieber. Velo. Kehrichtsack. Anbrennunfall. Daran gab es nichts zu rütteln.»

«Das sind doch keine besonderen Worte», stellt Philippa fest.

«Oh doch, für mich schon.»

«Warum?»

«Roter Stromschieber», wiederhole ich, «könnte die Fortsetzung von dem Roman *Roter Drache* sein. *Der Rote Husar, die Rote Sonja* und *der Rote Tod*, das alles schwingt dabei für mich mit. Und Velo war überhaupt ein Zauberwort … apropos Zauber. Da habe ich auch noch eine mir wichtige Frage: Wenn ihr unten im Vorraum an dem Selbstporträt von Frau Eymann vorbeigeht; seht ihr dann diesen unglaublich strengen, fordernden Blick noch oder könnt ihr dieses Begutachtet-Werden ausblenden?»

«So einen Blick kannst du nicht einfach ausblenden», sagt Philippa. «Immer, wenn ich daran vorbeigehe, sehe ich sie an und denke mir: du Mannweib. Diese Frau war auch ein Mann. Jetzt aber zurück zu deinem Text. Da sind wir noch nicht fertig. Du schuldest mir noch eine Erklärung. Habe ich wirklich *die süße Maus* gesagt, als ich über Sarah gesprochen habe?»

«Definitiv.»

Sie blickt hinüber zu Pavel, der kurz auf eine Könnte-sein-Weise nickt.

«Also gestern», fährt Philippa wieder an uns gewandt fort, «waren meine Eltern da. Wir haben Pavels Geburtstag gefeiert. Übrigens müssen wir uns da noch entschuldigen für den Lärm, den wir gemacht haben.»

«Nicht nötig», sagt Rita, «danke noch einmal, dass wir an der Geburtstagstorte teilhaben durften.»

«Ja, gerne», meint Philippa, «aber es war halt sehr laut. Na, jedenfalls habe ich meine Mutter zur Seite genommen und ihr die Zettel mit deinem Text vorgelesen. Und wisst ihr, was sie danach gesagt hat?»

«Nein», geben wir beide zu.

«Sie hat gesagt: ‹Ja, Philippa, das bist genau du.› Könnt ihr euch das vorstellen?»

«Ja», sagt Rita, «warum nicht? Du kommst doch gut weg dabei.»

«Findest du?», fragt Philippa zurück. «Na, jedenfalls beschäftigt mich dein Text sehr. Sollte der jemals in einem Buch erscheinen, musst du es mich sofort wissen lassen.»

«Du bist die Erste, der ich schreibe», verspreche ich feierlich, worauf Philippa eine Visitenkarte zückt.

«Da schreib’ ich dir noch alle unsere Telefonnummern drauf», kommentiert sie den Moment, als sie auf die Rückseite Ziffern ritzt. Die Ziffern sind groß und rund und reichen so tief hinunter in das Papierbett wie die Katarakte in einer Wildbachklamm. Im Notfall kann man diese Telefonnummer auch im Dunkeln ertasten, falls das Buch in der Nacht erscheint und meinem Verleger die Stirnlampe ausfällt, weil er nach dem Druck seine letzten monetären Reserven aufgebraucht hat und sich die drei kleinen Batterien nicht mehr leisten kann.

«Du musst unbedingt anrufen», wiederholt Philippa ihr Anliegen.

In der Zwischenzeit ist Pavel aufgestanden und hat aus Retos Zimmer einen Notenständer geholt.

«Kleines Konzert», erklärt er und legt ein Notenheft auf die Ablage. Im nächsten Moment kommt sein Sohn, der zehnjährige Reto, aus der Tür, mit seiner golden funkelnden Posaune, die uns während der letzten Monate schon so viel Freude gemacht hat. Das Instrument ist mindestens so groß wie sein Spieler und liegt wie eine Panzerabwehrrakete auf seiner Schulter. Ein Wunder, dass er unter diesem Gewicht nicht zusammenbricht.

«Am Anfang spiele ich ein Kinderlied», verkündet Reto, setzt das Mundstück an die Lippen, macht die Augen zu und bläst hinein in den Raum der Freiheit und des Glücks. Sofort kommt mir Hannah Arendt in den Sinn und ihre wunderbare Frage: Wo sind wir, wenn wir in der Welt sind? Ein Kind dieser Erkundung ist die Frage: Wo sind wir, wenn wir Musik hören? Dank Reto weiß ich das nun zum ersten Mal in meinem bis dato ahnungslosen Leben. Schon beim zweiten seiner Töne tut sich mir eine Landschaft auf, das Nirwana. Aber dieses Nirwana ist nicht wie von den Weisen aller Zeiten verkündet ein leerer, besinnlicher, lautloser Ort. Hier ist es ganz im Gegenteil nicht leer, sondern bevölkert mit einer Unzahl von sterbenden Vögeln. Sie möchten fliegen, können sich aber nicht mehr vom Boden erheben. Sie möchten stolz sein auf ihr erhabenes Gefieder, sind aber zerzaust, teilweise sogar, naja, etwas räudig und haben magere Köpfe, von denen seitlich völlig zerknitterte Flaumfedern abstehen, deren Knittrigkeit noch mehr und eindringlicher von ihrer Hinfälligkeit erzählt als die fehlenden Federn. Reto spielt mit größtmöglicher Inbrunst *Kuckuck, Kuckuck ruft's aus dem Wald*. Aber nicht mit der dafür notwendigen kleinen Terz, diesem fröhlichsten aller Intervalle, mit dessen Hilfe man Kinder zur Musik verführt und zum Schlagen von Purzelbäumen, sondern mit der großen Moll-Terz, dem Inbegriff von Trauer und Verfall. Retos Kuckuckslied transzendiert den Frühling zu einem Herbst des Lebens, in dem die Blätter schon gefallen sind, während zwischen ihnen die sterbenden Vögel vergeblich mit ihren Flügeln schlagen. Ich bin derart ergriffen von der Kühnheit dieser Improvisation und dem visionären Gestus, mit dem Reto das Altbekannte neu auflädt, dass ich, der ich mich sonst wirklich beherrschen kann, verzweifelt und ungehemmt loslachen muss. Ich möchte das nicht. Ich möchte ihn, so wie von seinen Eltern beabsichtigt, loben und nicht lachen. Aber meine Erschütterung braucht ein Ventil. Und jedes Auflachen ist ein Kehrichtsack, in den hinein ich meine echte Fassungslosigkeit entsorge, die unter ihrer Oberfläche auch eine Schicht Entsetzen birgt über die Verstümmelung eines Liedes, dessen Vögel vor Zeiten durch einen strahlenderen Himmel flogen. Ich erlebe hier, versuche ich mich zu ermahnen, die Dekonstruktion meiner überkommenen Hörgewohnheiten. Ich sollte dankbar sein über die unfassbare Kühnheit, mit der Reto seine Terzen wie einsame Riesen über die herbstleeren Felder meiner Ohrmuscheln schickt. *Kuckuck, Kuckuck, ruft's schauerlich aus dem vermodernden Wald*. Hätte Hitler ein öffentliches Begräbnis bekommen, hier wäre die Musik dazu. So verabschiedet man einen Tyrannen. Auf nie mehr Wiedersehen. Weder als Körper noch als Geist noch als Ideologie. Retos Lied macht mich komplett fertig. Mein aus tiefster Not geborenes Lachen irritiert die Hausleute.

«Warum lachst du?», fragt mich Philippa nach dem Lied, das offensichtlich nur die Eröffnung eines Reigens darstellt.

«Aus lauter Freude», rufe ich, «wegen der tollen Fortschritte! Das ist ja unglaublich, was der Reto alles dazugelernt hat in der Zeit, seit ich da bin. Weil wie ich im Oktober gekommen bin, da hat er nur einzelne Töne gespielt.»

Von denen ich damals nicht wusste, ob sie aus einem Instrument oder aus einer Maschine zur Unkrautvernichtung kommen. Aber das sage ich natürlich nicht laut dazu.

«Und jetzt wo erst Februar ist und ich wieder abreisen muss», fahre ich fort, «spielt er schon so tolle Lieder. Das ist ja ein Riesenfortschritt! Ganz, ganz toll! Und das in so kurzer Zeit.»

Ich steigere mich in eine Art Lobrausch und glaube plötzlich selber an das, was ich sage. Nur so funktioniert Überzeugungsarbeit. Aber weil das trotz all meiner Euphorie nicht hundertprozentig reicht, greife ich zur äußersten Maßnahme, zum allerletzten Killerargument. Nicht nur, um vielleicht den ein oder anderen der verstorbenen Vögel wieder zum Leben zu erwecken, sondern auch, um der ganzen Welt zu beweisen, wie ernst ich es meine mit meinem Lob.

«Ich hoffe», beginne ich, «also, ich hoffe, du spielst uns jetzt noch was!»

Philippa scheint dieser Wunsch zu befrieden, auch wenn sie sich bezüglich meines lauten Lachens noch nicht ganz sicher ist. Reto blättert in seinem Notenbuch und findet etwas Schönes. «Ich spiele jetzt den Schulschwänzerblues», verkündet er.

«Das klingt doch gut», zögere ich den Anfang seines Anfanges verbal hinaus, was nicht so recht funktionieren will. Reto stößt ins Horn, als müsste er nicht nur die Mauern von Jericho zum Einsturz bringen, sondern auch an der Stelle, wo die Mauerreste liegen, ein Loch ausheben.

Retos Blues hat aber im Gegensatz zum ersten Programmpunkt Passagen, die nicht mit Tonschritten und Tonsprüngen arbeiten, sondern mit melismatischen Schleifklängen, die ja auf der Posaune besonders gut zu spielen sind. Ich fühle mich, als verlöre ich die Bodenhaftung. Eine Rutschpartie beginnt. Auf nassem, glitschigem Laub drifte ich haltlos von zu Tode betrübt bis zu vom Tode besiegt. Ich kann sie schon sehen, die anderen, diese Phalanx aus Skeletten aller jemals verstorbenen Menschen, die am Grund des Styx ahnungs-, ruhe-, und augenlos in schaurigen Kreisen durch ihre ewige Ohnmacht ziehen. Genau dort siedelt Reto seine Musik an. Eben dort werden die unbegleiteten Toten begleitet von der zwanglosen Zuversicht eines zehnjährigen Knaben. Mir schaudert vor dieser Allegorie, als wäre ich selbst schon eines dieser Gerippe, aber es gelingt mir auch hier am Leben zu bleiben, in Summe etwas weniger hyänenhaft zu lachen und schlussendlich wieder am lautesten zu applaudieren. Angespornt von dieser meiner Begeisterung entschließt sich Reto spontan zu einer sofortigen Zugabe.

«Ich spiele jetzt den Achtelmarsch», verkündet er und setzt im nächsten Moment einen Ton frei, der sich wie die elektrisch hoch aufgeladene, protoplasmaartige Substanz eines schmelzenden Kernreaktorblocks im Raum verbreitet. Wenn das eine Achtelnote ist, bin ich ein Erzengel. In meiner immer löchriger werdenden Erinnerung ist die Achtel ihrem Wesen nach kurz. Aber Retos Achtel sind anders. Sie wollen und wollen nicht enden. Sie negieren das Wesen ihrer Kürze und dehnen sich wie Gärgasblasen in Darmschlingen, die das Bollwerk der elastischen Haut nicht durchdringen können, sondern nur schmerzhafter ausweiten. Nach der ich weiß nicht wievielten solchen Blase, werden die Töne tatsächlich ein wenig schneller. Reto nimmt Fahrt auf. Gegen Ende seiner Darbietung dauern die einzelnen Achtel nicht mehr gefühlte halbe Stunden. Etwas kommt bei ihm und seinem Ansatz in Bewegung.

«Am Ende war es besser», gibt er selbstkritisch zu, während er das Instrument absetzt, mit Gesten der Erleichterung, als höbe er eine Eisenbahntraverse von seiner Schulter.

«Es war auch am Anfang schon ganz gut», lobt Rita die Darbietung.

Später, wenn wir wieder alleine sind, wird sie dieses Lob sogar noch näher aufschlüsseln. «Dafür, dass Reto erst ein halbes Jahr spielt und so gut wie nichts übt, weil er eigentlich Fußballer werden will, dafür spielt er wirklich nicht so schlecht.»

Ich werde stumm nicken und *siehst du* zu mir sagen, da hast du es wieder: Kunst ist und bleibt eine Frage der Richtschnur. Vergleiche dein Werk mit einem Fußballspiel zwischen dem FC Bnif und dem FC Cnif und du wirst überwältigt sein. Du wirst strahlen wie ein Feuerfloß, wenn die Flammen goldrot durch den Nebel brechen.

Lob des Lobs

«Liebe Malva, deine Aktion ist unglaublich charmant und sinnstiftend», lobe ich die Chefin der Langenthaler Bibliothek und umarme sie. Sie hat ihre Einrichtung, an der ich schon eine Lesung halten durfte, zum Ort der Begegnung gemacht. Wer sich in eine Liste einträgt, kann eine halbe Stunde lang mit diversen «Starken Frauen aus dem Oberaargau» sprechen. Diese Frauen haben nicht nur Langenthal, sondern den ganzen Kanton zum Guten geprägt. Nachdem ich sie umarmt habe, klopfe ich vor lauter Entzücken noch ein paar Mal auf Malvas mächtigen Schultern. Sie ist ein Mensch, der gerne und viel über die Körperoberfläche kommuniziert, ein «Berühr-mich-ruhig-ich-fall-nicht-um-Typ.»

«Danke sehr», antwortet sie, «so etwas höre ich doch ausgesprochen gerne.»

Sie lässt das Lob noch ein Weilchen im Raum stehen und spürt ihm nach, wie dem Duft eines teuren Parfums. Noch mehr als ihre Dialog-Initiative nimmt mich in diesem Moment Malvas Reaktion für sie ein. Aus Österreich ist mir dieses Verhalten weitgehend unbekannt. Dort zeigen die meisten erwachsenen Menschen kaum Freude über ein geerntetes Lob. Die einzige Reaktion, die sie sich mitunter erlauben, sind verhaltene, eruptive Grunzer. Erst sehr viel später kann dieses Grunzen in seltenen Fällen vom Kehlkopf ins Gesicht wandern und dort als heimlich schwelender Jubel die Mundwinkel um Millimeterbruchteile nach oben verschieben.

«Zuerst», sagt Malva, während sie auf eine Liste blickt, «sprichst du mit Frau Weinberger. Sie ist die Senior-Chefin eines großen Langenthaler Industrieunternehmens und Mitbegründerin der Steiner-Schulen hier in der Stadt. Eine halbe Stunde später triffst du dich mit Frau Sturm. Sie ist Organistin und die Frau des Schweizer Polizeipräsidenten. Außerdem unterrichtet sie hier an der Musikschule.»

Beim letzten Stichwort denke ich an meine gleichaltrige Kollegin Tabea, die an unserer Musikschule Klavier unterrichtet. Alle paar Jahre (meistens nach einer Konferenz oder bei der Weihnachtsfeier) teile ich ihr voll ehrlicher Bewunderung mit, dass sie eine ganz tolle Figur hat und ich immer wieder erstaunt bin, wie sie es schafft, dieses jugendliche Profil so konsequent durch die Zeiten zu retten. Jedes Mal, nachdem ich ihr das gesagt habe, passiert das Gleiche: Tabea zieht ihren Pullover mit der linken Hand bis zum Nabel. Dann greift sie mit der rechten auf ihren nicht vorhandenen Bauch und versucht mit Daumen und Zeigefinger eine Art Falte zu bilden und diese «herauszuziehen». Das gelingt ihr natürlich nicht, weil ihr Fleisch einfach viel zu straff ist. Während sie ebenso angestrengt wie vergeblich versucht diese Falte zu formen, erklärt sie: «Ich habe mehr als genug Fett.» In diesem Moment warte ich immer mit offenem Mund darauf, dass sie anfängt zu lachen und das Ganze als den Scherz deklariert, für den ich es halte. Aber Tabea denkt nicht daran, ihre Vorführung als regelmäßig wiederkehrende Kabarettszene zu begreifen. Sie glaubt wirklich, dass sie noch *zu dick* ist, aber vor allem: dass sie dieses Lob noch nicht verdient hat und ihm daher entgegenwirken muss, möglichst sofort, damit nur ja nicht der *falsche Eindruck* entsteht, sie würde sich auf ihre asketische Leistung etwas einbilden. Mittlerweile habe ich mich damit abgefunden, dass meine regelmäßigen Versuche, Bewunderung und Respekt für sie auszudrücken, auch in den nächsten zwanzig Jahren scheitern werden. In diesem Leben wird Tabea das Malva-Stadium vermutlich nicht mehr erreichen.

Nachdem Malva meinem Lob ausgiebig nachgespürt hat, setzt sie zu einer Erklärung an.

«Einmal hatten wir Obdachlose in die Bibliothek eingeladen. Damit die Menschen von Angesicht zu Angesicht erfahren, wie das ist, wenn du keine Arbeit hast, kein Geld und keine Wohnung. Erstes Problem war, dass überhaupt nur zwei Obdachlose bereit waren, in die Bibliothek zu kommen. Die anderen sind aus lauter Scham in ihren Zelten geblieben oder wo sie sonst hausen.»

«Ich kann mir gar nicht vorstellen», unterbreche ich sie, «dass es in der Schweiz überhaupt Obdachlose gibt.»

«Sie sind nicht augenfällig», schränkt Malva ein, «aber es gibt sie. Zweites Problem: die Voyeure unter den Besuchern. Die wollten nicht wirklich wissen, wie das ist, als Obdachloser zu leben. Die wollten nur einmal einen echten aus der Nähe sehen, als wäre das Ganze eine Art zoologische Angelegenheit. Also, ich muss dir schon sagen, das war eine ernüchternde Erfahrung. Aber bei den *Starken Frauen* sind solche Aspekte von vorneherein ausgeschlossen. Wir sehen das schon an den Anmeldungen. Die Reputation dieser Frauen zieht nur Leute wie dich an.»

«Leute wie mich?», wiederhole ich.

«Ja. Solche, die wirklich an den Geschichten der anderen interessiert sind. Die meisten Leute wollen ja nur ihre eigene Geschichte erzählen. Aber echtes Interesse am anderen Menschen, so wie bei dir, das gibt es immer weniger. Du kannst richtig dabei zusehen, wie dieses Interesse drastisch abnimmt.»

«Warum glaubst du, ist das so?», frage ich Malva.

«Der virtuelle Druck ist zu hoch», antwortet sie, «er zerstört das analoge Leben. In Japan werden die Lichtmasten auf den Gehsteigen schon mit Schaumstoffmatten umwickelt, damit sich die Handynutzer mit ihren gesenkten Köpfen nicht zu schlimm verletzen, wenn sie dagegenlaufen. Ganz so weit ist es in der Schweiz noch nicht. Aber ich beobachte Auswirkungen dieser Entwicklung auch hier in unserer Bibliothek. Deshalb organisieren wir diese Treffen. Wir wollen versuchen, die Menschen wieder miteinander ins Gespräch zu bringen, ganz persönlich, von Angesicht zu Angesicht.»

Die Nichtbesteigung der Eiger-Südwand

«Aktuell können wir Ihnen die Aktion Fondue Plus anbieten», sagt die junge Schalterbedienstete. Neben ihr steht ein älterer Bahnmitarbeiter, wahrscheinlich ihr Vorgesetzter. Argusäugig beobachtet er, wie sie mit den Kunden spricht und was sie am Bildschirm ihres Computers eingibt.

«Das klingt interessant», versichere ich ihr durch den schmalen Schlitz in der Glaswand, die uns trennt. Solche Glaswände haben etwas Ehrfurchtgebietendes. Vor ihnen stehend habe ich das Gefühl besonders höflich sprechen zu müssen, damit nicht der Eindruck entsteht, ich wäre womöglich ein Räuber, der im nächsten Moment einen Geld-her-Zettel über den Tresen schiebt.

«Wenn Sie die ganze Strecke von Langenthal bis ins Restaurant am Eiger mit einem Ticket buchen», eröffnet sie mir, «also die Bahn bis zum Berg und die Zahnradbahn durch den Berg, dann bekommen Sie im Bergrestaurant ein Fondue gratis.»

«Das wäre toll», freue ich mich, «ich habe noch nie ein Fondue gegessen, schon gar nicht gratis.»

«Dann wäre das eine sehr gute Gelegenheit», sagt die junge Frau.

«Ich danke Ihnen, dass Sie mich auf diese Aktion hingewiesen haben.»

«Nein», sagt plötzlich der ältere Beamte, «das geht so nicht!»

Wie gewonnen so zerronnen, nehme ich in Gedanken sofort wieder Abschied von meinem Fondue.

«Du musst …», beginnt er und erklärt der jungen Frau, welche Felder sie anklicken muss. Während die beiden herumtippen, denke ich an den Stiftungspräsidenten. Er hat mich schon bei unserer ersten Begegnung darauf hingewiesen, dass die Schweizer Bahn in Langenthal einen sogenannten Übungsbahnhof betreibt. Hier werden zukünftige Schalterbeamte ausgebildet. Und noch etwas hat er hinzugefügt: Langenthal ist die durchschnittlichste Stadt der Schweiz. Alle sozialen Parameter vom durchschnittlichen Kehrichtanfall bis zum durchschnittlichen CO_2-Ausstoß befinden sich hier im Mittelmaß. Das wäre auch der Grund dafür, so der Präsident, warum sich viele Firmen auf Langenthal als Probanden stürzen und hier ihre neuen Produkte zum ersten Mal testen. Was hier funktioniert und gekauft wird, hat gute Chancen, sich auch in der restlichen Schweiz durchzusetzen.

Der Präsident der Stiftung gehört zu den Menschen, mit denen ich leider immer nur zu kurz ins Gespräch komme. Aber wenn wir uns treffen, sei es bei Lesungen, Konzerten oder im Kunsthaus, gibt er mir mindestens eine Information mit auf den Lebensweg, die mich aufwühlt und die ich unmöglich vergessen kann.

«Vorsicht bei Leuten, die zwischen ihrem Vor- und Nachnamen einen Buchstaben mit Punkt haben!», warnte er mich neulich.

«Wieso?», staunte ich fasziniert.

Das wäre schwer zu beantworten, gab er zu. Er meinte aber, dass er auf diesem Gebiet eine jahrzehntelange Erfahrung habe und Leute mit einem Buchstabe-Punkt-Namen schwieriger im Umgang wären und signifikant mehr Probleme machten als solche, die einfach nur einen Vor- und Nachnamen führen.

«Heinz G. Konsalik», sprach ich spontan ein x-beliebiges Beispiel an.

Der Präsident nickte.

«Da hast du es.»

«Was?»

«Wir wissen beide nicht, wofür dieses G. steht. Ist diese Verschleierung notwendig? Und wenn ja, warum? Und wenn nein, warum wird dann überhaupt verschleiert?»

«Das sind ausgesprochen gute Fragen», bestätigte ich ebenso beeindruckt wie nachdenklich. «Vielleicht ist das G. die Abkürzung für Graukäse. Heinz Graukäse Konsalik.»

Der Präsident lachte nicht so laut, wie von mir erhofft. Genaugenommen lächelte er nicht einmal. Stattdessen legte er mir nahe, solche ungewöhnlichen Informationen nicht auf die leichte Schulter zu nehmen. Worauf ich ihm sofort versprach, die Sache im Hinterkopf zu behalten.

«Entschuldigen Sie die Verzögerung», wendet sich die Schalterbeamtin plötzlich wieder an mich, «aber ich glaube, wir haben jetzt ein gutes Angebot für Sie.»

Sie erhebt sich von ihrem Sitz und legt den Entwurf zu einem Krimi-Drehbuch zwischen uns auf den Tresen. Zumindest kommen mir die vielen Blätter so vor. Erst als wir den Text Punkt für Punkt durchgehen, dämmert mir, dass es sich bei den vielen Zetteln um einen ausführlichen Reiseplan handelt.

«Ich danke Ihnen sehr», sage ich am Ende ihrer Ausführungen so laut, dass es auch ihr Vorgesetzter mitbekommen muss. «Wenn ich am Berg bin und vor meinem Fondue sitze, werde ich auf Sie anstoßen.»

Knapp hundert Meter unter mir hängt Heinrich Harrer in der Eiger-Nordwand. Er trägt selbstgestrickte Fäustlinge und greift nach einem der klobigen Eisenhaken, die noch glühen, weil sie ihm ein befreundeter Schmied gerade erst gedengelt hat. Dass jemand auf die Idee kommt, ohne Gore-Tex-Kleidung und mit viel zu schweren, geflochtenen Seilen in diese glattpolierte Senkrechte einzusteigen, in der noch dazu die weiße Spinne lauert, ein vor Bösartigkeit triefendes Eisfeld, macht mich genauso fassungslos wie die Tatsache, dass ich hier und jetzt an dieser breiten Glasfront stehe, und mitten aus dem Berg hinunterschauen kann auf diese legendäre Wand.

Um mich herum wälzen sich asiatische Touristen. Einzeln sind sie ausgesprochen unaufdringlich. Die Dezenz, mit der sie Menschen des von ihnen besuchten Landes ausblenden und nicht anstarren, habe ich immer bewundert. Treten sie als Schwarm auf, dann neutralisieren sie diese individuellen Effekte. Die ständige Unruhe, die durch ihre Zusammenballung entsteht, macht es einem Nichtschwarmmitglied fast unmöglich, einfach ruhig stehen zu bleiben.

Während ich versuche, meinen Platz am Fenster beizubehalten, und jede Sekunde auskoste, in der ich Heinrich Harrer dabei zusehen darf, mit welcher Entschiedenheit er seine Karabiner in die Felswand schlägt, werden rings um mich Myriaden von Selfies geschossen. Jedes Klick ein Winzigststern. Wie überall, wo sie sich verdichten, produzieren meine Mitreisenden auch hier eine virtuelle Milchstraße. Von dort aus können sie weder Heinrich Harrer sehen noch die anderen anonymen Bergsteiger, die rings um ihn nach oben klettern. Bei jedem einzelnen ihrer Schritte stockt mir der Atem. Was, wenn der Fels nachgibt und bröckelt? Sie fallen nicht nur ins Seil, das kann mir niemand erzählen. Sie fallen in den Raum einer Angst, die zu groß ist für einen kleinen Menschen. Diese Angst ist ein Ballon, der sich mit jedem Schritt mit noch mehr Angst füllt und die Bergsteiger hinaus in den Abgrund zieht. Wie kann man hier heraufklettern, ohne an dieser Angst zu sterben? Wie kann man hier an diesem Fenster vorbeiklettern, am Gipfel ankommen und der gleiche Mensch bleiben, der man vor dem Start war? Wer immer da draußen mit seinem eigenen Körper gegen die Spinne, die Schwerkraft, die Kälte und die Glätte kämpft und dabei durchkommt, der muss doch nachher in ein Kloster gehen oder in seinem Garten aus Zündhölzern einen Flugzeugträger bauen. Nach dieser Wand, stelle ich mir vor, kann es doch keinen Alltag mehr geben, wo man sich zwei Mal am Tag eine alte Zahnbürste quer in den Mund schiebt.

Soweit ich das von hier aus überblicke, ist der gewaltige Felsen an dieser Stelle ein paar hundert Meter breit. Dennoch kommt mir der ganze Ort unheimlich schmal vor, wie der Grat zwischen Himmel und Hölle. Wer da draußen an dünnen Fäden über dem Abgrund pendelt, sieht gleichzeitig in beide Ausprägungen des Jenseits.

Plötzlich höre ich das vertraute Rauschen einer Klospülung. Nach einer halben Drehung entdecke ich, dass es hier – mitten in der Eiger-Nordwand – tatsächlich eine Toilettenanlage gibt. Diejenigen Touristen, die aus der Zahnradbahn steigen, können nicht nur aus dem Herz des Berges hinaus- und hinunterschauen, sie können auch dünnes Klopapier zu dicken Knödeln zerknüllen und diese zusammen mit diversen anderen Endprodukten durch den ganzen Berg hinunterspülen. Wäre mein Vorrat an Staunen nicht schon längst von der Wand da draußen aufgebraucht, würde ich noch über die bodenlose Kluft staunen, in der ich mich emotional befinde. Hier drinnen die Zivilisation mit ihren stetig rieselnden Orgelpunkten und da draußen, nur durch ein paar Zentimeter Glas getrennt, ihr komplettes Gegenteil. Ich fange an den Kopf zu schütteln und höre auch nicht mehr auf damit, als wir schon längst wieder im Waggon der Zahnradbahn sitzen und weiter Richtung Bergrestaurant fahren.

Die Sonne meint es gut mit uns. Als wir aus dem Berg herauszuckeln, haben diejenigen, die hinschauen, einen sagenhaften weiten und klaren Blick auf die Schweizer Gletscherwelt. Die anderen lassen den Kopf gesenkt und wischen weiter über ihre Smartphones. Ich bin noch so beeindruckt von der Wirkung der Eiger-Nordwand, dass ich das gleißende Weiß der Schneefelder nur undeutlich wahrnehme.

Nach ein paar hundert Metern Fahrt taucht die Bergstation auf. Chrom, Stahl und Glas, verschraubt, verschweißt und vernietet. Eine Raumbasis, die sich genauso gut auf dem Mars befinden könnte. Zusammen mit den Asiaten und ein paar Europäern wanke ich aus der Zahnradbahn und versuche mich zu akklimatisieren. Wir befinden uns dreitausendfünfhundert Meter über dem Meer. Diese Höhe macht nicht nur mir zu schaffen. Im Inneren der eisernen Burg führen breite Aluminiumtreppen vom Erdgeschoß bis ins dritte Stockwerk, wo sich das Restaurant befindet. Weil der Lift gnadenlos überfüllt ist, versuchen einige Touristen über die Treppe nach oben zu gelangen. Schon nach ein paar Stufen komme ich an einem beleibten Mann vorbei, der einfach niedergesunken ist und nach Atem ringt. Er kommt mir vor wie eine vom Sturm losgerissene Boje, die jetzt hier gestrandet ist. Weiter oben sitzt noch ein anderer übergewichtiger Mann und kämpft mit seinem Kreislauf. Außer Sichtweite hört man ebenfalls ein verzweifeltes Stöhnen.

«Kann ich Ihnen helfen?», frage ich den dicken Mann, der sich mit einer Hand ans Geländer klammert und hechelt.

«Auf …», haucht er und versucht, mir mit seiner freien Hand ein

Zeichen zu geben, lässt es aber gleich wieder bleiben, als er draufkommt, wie schwer seine Hand ist.

«Warten Sie», versuche ich ihn zu beruhigen, «ich helfe Ihnen.»

Ich strecke ihm beide Hände entgegen und nehme seinen rechten Arm. Seine Finger fühlen sich an wie heiße, kochende Bananen. Völlig unmöglich auch nur einen davon in die Höhe zu wuchten, geschweige denn alle zehn.

«Treten Sie zurück», höre ich plötzlich eine weibliche Stimme in meinem Rücken und drehe mich um. Vor mir steht eine drahtige Mittfünfzigerin in einer Art Uniform.

«Ich bin hier die Beauftragte», fährt sie fort, «und übernehme den Klienten.»

Noch bevor ich etwas sagen kann, schiebt sie dem dicken Mann ein dünnes Kissen unter das Gesäß. Das Kissen ist über einen Schlauch mit einem kleinen Blasebalg verbunden. Den stellt sie auf einer der Stufen ab und fängt an zu pumpen. Mit jeder dieser rhythmischen Bewegungen wird das Kissen unter dem dicken Mann voller. Langsam und ruckweise wird sein ganzer, massiger Körper angehoben. Als er merkt, was mit ihm geschieht, stiehlt sich ein dankbarer Ausdruck in die Wülste rund um seine Backen.

«In dieser Höhe», erklärt uns beiden die Frau, «überschätzen die Menschen ihre Fähigkeiten in Bezug auf das Treppensteigen. Was zu ebener Erde leicht möglich ist, wird hier mitunter zum unüberwindlichen Problem.»

Der Blasebalg und das Hebekissen sind unglaublich effizient. Es dauert keine Minute bis die Frau den korpulenten Mann so weit in die Höhe gewuchtet hat, dass er die Knie durchdrücken und frei auf der Stufe stehen kann. Er schwankt, hält sich aber tapfer am Geländer fest.

«Bleiben Sie ruhig stehen und lassen Sie sich Zeit», spricht sie auf ihn ein. «Atmen Sie gleichmäßig. Ich bin gleich wieder bei Ihnen.»

Nachdem sie ihn beruhigt hat, steigt sie ein paar Stufen nach oben und wendet sich dem nächsten Mann zu, dem sie die gleiche Behandlung zukommen lässt. Danach kommt sie wieder herunter und hilft ihrem ersten Klienten nach unten zu steigen. Im Erdgeschoß angekommen weist sie ihn zum Lift, lässt ihn einsteigen und fragt, ob er es alleine bis ins Restaurant schafft.

«Danke», nuschelt er erlöst und nickt. Sie nickt zurück, drückt auf die Ziffer 3 und behält ihn im Auge, während sich die Liftkabine schließt.

«Machen Sie das beruflich?», frage ich endlich, nachdem der erste Klient mit der Liftkabine verschwunden ist.

«Ja.»

«Wie bezeichnet man denn Ihren Beruf?»

«Aufpumperin.»

«Aufpumperin?»

«Ja.»

«Damit hätten sie bei Robert Lembkes heiterem Beruferaten ein volles Schweinchen gewonnen. Kein Mensch auf der Welt weiß, dass es hauptberufliche Aufpumperinnen gibt. Wie wird man das?»

«Durch Zufall und neue Notwendigkeiten», antwortet sie. «Wir befinden uns hier auf der Eiger-Südwand. Als sich nach der Eröffnung des Restaurants herausstellte, dass immer mehr Menschen am Aufstieg dieser Treppe scheitern, wurde die Stelle einer Aufpumperin ausgeschrieben. Ich habe mich beworben. Meine Referenzen haben die Betreiber überzeugt.»

«Darf ich fragen welche Referenzen das waren? Was haben Sie denn vorher gemacht?»

«Ich war zoologische Assistentin», antwortet sie. «Ich habe jahrelang Meeressäuger von ihrem ursprünglichen Habitat in Zoos überstellt.»

«Sie meinen Seelöwen?»

«Zum Beispiel.»

«Haben Sie bei denen auch schon diese Fußpumpe und das Kissen verwendet?»

«Ja. Damals war diese schonende Methode noch neu. Aber jetzt ist das Routine. Nachdem die Tiere betäubt waren, musste man sie in die entsprechenden Transportbehälter bugsieren. Das war meine Aufgabe.»

«Ich verstehe», sage ich. «Und wie die Betreiber dieser Station von ihren Tiertransporten gelesen haben, war ihnen klar, dass Sie die besten Voraussetzungen mitbringen, um hier den Leuten zu helfen, die vergeblich versuchen, die Eiger-Südwand zu erklimmen.»

«Sie sagen es», bestätigt sie, «und jetzt entschuldigen Sie mich. Auf mich warten noch ein paar Klienten.»

«Natürlich, verzeihen Sie, dass ich Sie aufgehalten habe.»

Nicht übertrieben hastig, aber mit großer Entschiedenheit, nimmt sie die Stufen erneut in Angriff.

Im Restaurant begegne ich dem ersten Klienten der Aufpumperin. Er sitzt drei Tische von mir entfernt und hat sich eine große weiße Serviette umgebunden. Vor ihm stehen eine Rotweinflasche und ein dampfender Fondue-Topf, in den er mit großer Regelmäßigkeit Brotbrocken versenkt, im flüssigen Käse wälzt, um sie dann geschickt und hurtig in seinem Mund verschwinden zu lassen. So hingebungsvoll wie er isst, scheint er den Schock vom missglückten Aufstieg gut überstanden zu haben. Irgendwann stellt die Kellnerin auch auf meinem Tisch ein Fondue ab. Ich bedanke mich und greife nach meinem Mineralwasserglas.

«Wie versprochen», flüstere ich und proste der Bahnhofsassistentin zu.

Jesus von Obwalden

Heute muss ich unbedingt pünktlich sein. Deshalb habe ich mir schon gestern Abend die angegebene Adresse gesucht. Jetzt, einen guten halben Tag später, weiß ich genau, wohin ich gehen muss, um rechtzeitig in Frau Weinbergers Studio anzukommen.

«Wenn Sie wollen, lade ich Sie zu einer Musiktherapie ein, kostenlos», hat sie mir am Ende unseres Gespräches in Malvas Bibliothek vorgeschlagen. In den nächsten Jahren werde ich immer wieder an diese Therapiestunde denken, wie an manche Buchten auf Stewart-Island, dem südlichsten Ende von Neuseeland. Auch dort hatte ich ein paar Mal das Gefühl, mit einer Stimmung aufgeladen zu werden, deren Zauber zu groß war, um ihre Bedeutung *wirklich* zu begreifen.

Warum kann man in solchen Momenten nicht umschalten auf eine größere Wahrnehmung, auf tieferes Verständnis und eine weite, sich endlos dehnende Sinnlichkeit? Wer hat uns wann mit einem derart dicken Fell überzogen? Warum schummeln sich zentrale Ereignisse so weitgehend unbemerkt am Verstand vorbei? Gibt es gigantische Löcher im Geist oder steht der Verstand nur an der falschen Stelle, während sich die entscheidenden Momente unbemerkt an seinem Rücken vorbeischleichen? Ist jeder Verstand oder nur der menschliche unfähig, einen Sonnenaufgang zu erfassen? Warum stehen wir nicht alle schon im Dunkeln am Fenster und warten vor Freude bebend auf das unsterbliche Herz des Universums? Wieso halten wir nicht andächtig inne, sobald jemand den magischen Ortsnamen *Tausendblum* ausspricht? Weshalb tauchen wir nicht ein in diesen Ort, anstatt weiter zu quatschen und so zu tun, als wären alle Worte winzige, uniforme Schubkarren, mit deren Hilfe wir unsere Einsamkeit scheibchenweise durch das Leben befördern?

Am Ende eines perfekt gepflasterten Platzes, der von mehrstöckigen Wohnblöcken umstellt ist, blicke ich an der Wand des Hauses empor, in dem sich das Studio befindet. Im vierten und letzten Stockwerk sehe ich eine Gestalt. Frau Weinberger steht hinter einem großen Fenster neben einem Vorhang und schaut zu mir herunter. Unsere Blicke treffen sich. Winken oder nicht winken, das ist die Frage. Wir sind beide irritiert davon, dass wir uns schon vor unserer Begegnung begegnen.

Wie überall in der Schweiz ist auch die Eingangstür an diesem Gebäudekomplex weniger ein Gegenstand als ein zu bewältigendes Ereignis. Um diese Tür zu öffnen, brauche ich beide Hände, sämtliche Rücken- und Beinmuskeln sowie den todesverachtenden Vorwärtsdrang einer Viererbob-Mannschaft, die sich nur deshalb in den gefährlichen Eiskanal wirft, um hier den Olympiasieg zu erringen. Nachdem ich es mühsam ins Innere des Gebäudes geschafft habe, stehe ich vor einer Entscheidung, die normalerweise gar keine ist. Fast immer nutze ich Bewegungschancen, nehme die Stiege und behandle den Lift wie Luft. Aber in diesem Moment beschließe ich spontan, mich ausnahmsweise aufwärts tragen zu lassen.

«Ich grüße Sie», höre ich, noch bevor ich Frau Weinberger sehe. Sie steht in einem Türspalt und reicht mir ihre Hand.

‹Treten Sie ein.»

Der Raum fühlt sich stark und licht an, wie das Nest prähistorischer Riesenadler. Vor dem großen Fenster, das ich vor wenigen Minuten noch von unten gesehen habe, steht eine Phalanx aus Krallen in unterschiedlichen Größen. Sind das die eisernen Handschuhe der gerade ausgeflogenen Nestbesitzer?

«Das sind Stimmgabeln», erklärt mir Frau Weinberger, als hätte sie meine unausgesprochene Frage gehört.

«Sowas habe ich noch nie gesehen», staune ich. «Ich kenne nur die winzigen Stimmgabeln, mit denen man früher den Kammerton a' angeschlagen hat, bevor auch dieser Vorgang elektronisch wurde.»

«Einmal angeschlagen erzeugen diese Gabeln Frequenzen», erklärt sie mir, «die Blockaden lösen und Energiebahnen wieder durchgängig machen.»

«Welche Frequenzen sind denn heilsam», frage ich, «und woher weiß man das?»

«Gemach, gemach», bremst sie meinen Forscherdrang, «wollen Sie nicht erst einmal Ihre Jacke ablegen?»

«Ja, gerne, entschuldigen Sie, ich bin nur einfach überwältigt von diesen Gabeln und überhaupt von dem Eindruck hier. Außerdem berührt mich das Wort *gemach*. Wenn Sie es aussprechen, wirkt es wie ein Zauberspruch ...»

Der Blick, mit dem mir Frau Weinberger die Jacke abnimmt, hat etwas entwaffnend Mütterliches. Sie berührt die Jacke so vorsichtig, als wäre sie eine filigrane Haut.

Mit den Worten «Ich habe Ihnen eine Kleinigkeit mitgebracht» überreiche ich ihr das Paket, in das ich meinen Roman *Der Hauptzeitsee* eingeschlagen habe. «Das ist die Geschichte einer Weichenstellung, die in meiner Jugend stattgefunden hat. Damals stand ich wie wir alle vor der Frage, welchen Vorbildern ich nacheifern soll, dem Jäger oder der Sammlerin.»

Frau Weinberger revanchiert sich mit einem amüsierten Lächeln, nimmt das Paket entgegen und fragt: «Wofür haben Sie sich entschieden?»

«Für beides, leider. Ich will es noch immer nicht wahrhaben, dass man aus den vielen fantastischen Möglichkeiten, die ein Menschenleben bietet, nur ein paar wenige auswählen kann.»

«Daher rühren auch Ihre Verspannungen», entgegnet sie, «von denen Sie mir bei unserem ersten Gespräch erzählt haben. Die stammen nicht nur von der jahrzehntelangen, dysfunktionalen Haltung beim Geigespielen. Ihre Psyche umklammert viel mehr als bloß ein Instrument.»

Frau Weinberger deutet hinüber auf eine imposante, mit Leder überzogene Liege. Während ich meine Schuhe ausziehe, fällt mir zum Glück wieder ein, was ich eigentlich am Beginn unseres Treffens sagen wollte.

«Ich soll Ihnen ganz herzliche Grüße von Frau Schutty ausrichten.»

«Oh, danke, vielen Dank», antwortet Frau Weinberger, während sie schon nach einer der größeren Stimmgabeln greift, «das ist ja ein eine ganz besondere Frau.»

«Das kann man so sagen», bestätige ich. Dank Malvas Vermittlung habe ich Yvonne, diese ganz besondere Frau, kennengelernt und war gestern, wieder einmal, mit ihr essen. Die Intensität unserer Blicke war aber weder gestern noch davor noch überhaupt auszuhalten. Nach spätestens zwei Sekunden, die sich wie zwei Jahrzehnte angefühlt haben, musste ich Yvonnes Augenweide verlassen und so tun, als würde mich die beige Farbe der Restaurantwände wirklich interessieren.

«Ich weiß felsenfest», verkünde ich wie ein Prophet, «dass ich Frau Schutty aus einem vorigen Leben kenne.»

«Und wie sind Sie in diesem vorigen Leben zu ihr gestanden?», fragt mich Frau Weinberger mit einer Selbstverständlichkeit, die mich erschüttert. Jetzt, wo sie plötzlich im Raum steht, empfinde ich diese Frage als viel zu intim, obwohl ich sie herausgefordert habe. Ich hätte ahnen müssen, dass Frau Weinberger ihren Finger behutsam auf den Knackpunkt legen wird. Aber ich würde lieber im Altersheim bei einer Geburtstagsfeier halbnackt aus einer Torte springen, als diese Frage annähernd ehrlich zu beantworten. Ich wollte nur andeuten, aber nicht wirklich zugeben, wie sehr mich Yvonnes Blicke aufgewühlt haben. Liebe gibt es nur auf den ersten Blick. Wenn sie da ist, ist sie immer sofort da, mit ihrer ganzen elementaren Wucht. Das war auch vor über vierzig Jahren so, als ich Rita zum ersten Mal gesehen habe. Wir waren noch keine zehn Jahre alt, aber wir haben beide gespürt, ohne es artikulieren zu können, dass wir einander viel näherstehen als allen anderen Menschen in unserem Umfeld einschließlich unserer Eltern. Wir haben uns schon in diesem Moment geliebt und der Umstand, dass wir uns im Lauf der Zeit immer besser kennengelernt haben, konnte daran nichts ändern.

Nicht einmal mit Ingolf würde ich ungefiltert über Frau Schutty reden. Gleichzeitig habe ich eine unheimliche Sehnsucht danach, die Wirkung dieser Empfindungen nicht einzukerkern, sondern zuzulassen, zumal auf einem Terrain, wo sie vielleicht mehr Nutzen als Schaden stiftet. Im Gespräch mit Frau Weinberger bin ich noch zu befangen. Es gelingt mir, ihrer Frage auf eine Weise auszuweichen, die nachvollziehbar und gleichzeitig unverfänglich ist.

«Damals war ich Frau Schuttys Humor», antworte ich diplomatisch. «Ich war eine ihrer Eigenschaften. Nur so kann ich es mir erklären, wie vertraut wir uns sofort waren.»

«Wie hat sich dieses Vertrauen geäußert?», fragt Frau Weinberger mit der gebündelten Aufmerksamkeit einer Psychoanalytikerin.

«Wir mussten keine Masken aufsetzen», antworte ich und spüre, wie ich mit jeder Sekunde weniger diplomatisch werde. «Genau genommen konnten wir sie gar nicht aufsetzen, weil wir uns viel zu vertraut waren. Die üblichen Masken wären nur peinlich gewesen angesichts des umfassenden Wissens, das wir voneinander hatten. Dieses Wissen hatte einen seltsamen Charakter. Es war nicht nur eine Ahnung *von* etwas, es war gleichzeitig eine Nähe *zu* etwas. Und diese Nähe war so groß, dass wir einander kaum in die Augen schauen konnten. Mit jeder Sekunde, in der wir es dennoch schafften, uns anzusehen, brachen alte, aber unheimlich konkrete Erinnerungen auf. Das war magisch und gleichzeitig bestürzend, einem Menschen zu begegnen, den man in diesem Leben noch nie gesehen hat, den man aber mit unverbrüchlicher Sicherheit aus einem anderen Leben kennt. Und zwar von Grund auf.»

«Das ist das Wesen der Wiedergeburt», sagt Frau Weinberger unaufgeregt und zärtlich, «wir sind alle Reinkarnationen auf einem Weg in die Göttlichkeit. Aber es wird noch Äonen von Jahren dauern, bis wir alle das Christus-Stadium erreichen.»

«Sie glauben an die Wiedergeburt und an Christus?», frage ich.

«Das ist ja kein Widerspruch», entgegnet Frau Weinberger, «ich bin eine überzeugte Anhängerin des esoterischen Christentums, also einer dogmalosen Religion. In seinem Nachlass hat Foucault die Kirche als Institution beschrieben, die Gehorsam nicht nur perfektioniert, sondern ihn auch erzeugt. In Ordensgemeinschaften informell, in der Ehe rechtlich gerahmt. Die institutionelle Kirche hat Christus missbraucht als Zuchtmeister, als ein weit über dem Menschen stehendes, unerreichbares Ideal, als einen Ordnungshüter, der alles sieht und hört und uns am Ende unseres Lebens eine genaue Abrechnung unserer Taten und Untaten präsentiert. Das Credo der Kirche war und ist zutiefst patriarchal: Nur über uns und unsere Vermittlung kommt ihr zu Gott. Das stimmt aber nur bedingt. Man kommt umso näher zu Gott, je mehr Menschen man liebt. Das ist die Urbotschaft Christi. Er wird – segensreicherweise – ständig wiedergeboren. Aber die wenigsten von uns erkennen ihn. Es überfordert uns, dass er uns alle liebt – auch die vielen, die wir nicht lieben oder glauben, nicht lieben zu dürfen.»

«Aber wie soll das möglich sein», frage ich, «alle Menschen zu lieben? Ich tu mir schon wahnsinnig schwer zuzugeben, dass ich neben meiner Frau einem zweiten Menschen dieses Gefühl entgegenbringen könnte.»

«Ihnen wurde erfolgreich eingeredet, dass Sie mit einer zweiten Liebe die erste Liebe zu Ihrer Frau verkleinern.»

«Wahrscheinlich …»

«Das Gegenteil ist der Fall.»

«Das kann ich nicht glauben …»

«Können tun Sie es schon», verbessert mich Frau Weinberger vorsichtig, «aber die Kirche hat sie sicher im Griff und gebietet Ihnen: Du darfst es nicht glauben. Würden Sie sich diesem Befehl widersetzen, wäre die Kirche mit ihren Regeln und Mitarbeitern überflüssig. Liebe ist entgegen der kirchlichen Doktrin nicht regulierbar. Liebe ist wie der Strom in einer Verteilersteckdose. Sie können beliebig viele Kabel gleichzeitig anhängen. Überall wird weiter die gleiche Stromstärke durchfließen. Liebe kann nicht weniger werden. Sie erscheint immer als Maximum. Insofern sind alle ihre Sorgen und Dünkel überflüssig. Sie lieben doch auch ihre Mutter?»

«Natürlich, aber in diesem Fall ist es durch die Art der Beziehung klar, dass unser Verhältnis platonisch ist.»

«Diese Klarheit haben Sie doch auch gegenüber Frau Schutty, oder?»

«Nein», antworte ich. «Ich würde mich am liebsten auf sie stürzen und sie fressen vor lauter Begehren.»

«Aber es ist nicht Frau Schutty, die Sie begehren.»

«Sondern?», stutze ich.

«Sie begehren die Möglichkeiten, die Sie mit ihr verbunden sehen. Dafür steht die Begegnung mit Frau Schutty. Sie begehren mehr als Ihnen das Hier und Jetzt zu bieten hat. Sie wollen zurück in der Zeit und sehen diese Rückkehr in Frau Schutty manifestiert.»

«Warum will ich zurück?»

«Vielleicht um Weichen umzustellen und ganz bestimmten anderen Menschen zu begegnen, deren Präsenz sie schmerzlich vermissen.»

«Welchen?»

«Christusnachfolgern.»

«Wen meinen Sie damit konkret?»

«Sagen Sie es mir. Ich spüre, dass Sie wichtige Menschen verloren haben und jetzt nach ihnen suchen. Erzählen Sie mir von ihnen.»

«Einer hat Karli geheißen», antworte ich. «Er war ein Nachbar, ein im Mostrausch gezeugter Bauernbursche, der vor ein paar Jahren gestorben ist. Er war selbst schwerer Alkoholiker und hat sich mit Anfang vierzig endgültig zu Tode gesoffen. Aber davor, in den paar Jahren, in denen ich ihn gekannt habe, habe ich mich auf jede Begegnung mit ihm gefreut. Er war immer unfassbar gut drauf, wahnsinnig freundlich, total hilfsbereit und für mich das sakrale Zentrum in unserem Dorf. Obwohl er die Hälfte seines Lebens geprügelt und verdroschen wurde und nie eine Frau gefunden hat, hat er eine Liebe ausgeströmt, die unbedingt war. Er hatte von Anfang an keine Chance, ein normales Leben zu führen. Er war überhaupt nicht stolz, aber er hat sich unheimlich gefreut, wenn man ihn dafür gelobt hat, wie sauber er das Holz geschlichtet hat. Das war seine große Spezialität: Holz schlichten. Er hat schwer geschuftet. Aber ganz egal, wie mühsam die Arbeit war, er hat immer gelächelt, als wäre er Teil eines unfassbaren Wunders. Sein Tod hat eine große Lücke aufgerissen.»

«Die Sie wieder schließen wollen», vervollständigt Frau Weinberger. «Deshalb suchen Sie ihn und eine Möglichkeit, ihm zu begegnen. Eine große Liebende wie Frau Schutty repräsentiert diese Möglichkeit. Sie ist ein Mensch und gleichzeitig ein Ort, wo Sie in das Netz der Liebe einsteigen können. Dieses Netz spannt sich um die Zeit und die Welt. Es ist filigran und wird ständig zerrissen. Aber einzelne Menschen, die seinen Zusammenhalt ausmachen, erneuern es ununterbrochen. Frau Schutty ist einer von diesen Menschen. So wie Sie ihn schildern, war auch ihr Nachbar Karli eine Christusinkarnation. Jesusnachfolger oder Jesusverwandte sind ungeheuer wichtig. Heute mehr denn je. Sie prägen nicht nur ihre Umgebung zum Guten, sondern ganze Länder. Jedes Land hat solche Jesusfiguren, aber nicht jedes erkennt sie.»

«Wer hat denn die Schweiz geprägt?», frage ich.

«Nikolaus von der Flüe», antwortet Frau Weinberger.

«Wer war das?»

«Er war der geistige Vater der Schweiz, ein wilder Asket und Visionär. Er war von entscheidender Bedeutung für den Frieden in der Schweiz. Er hat vier verschiedene Ethnien zur Besonnenheit gebracht. Dafür musste er aber seine Familie verlassen, was ihm heute noch vorgeworfen wird. Dabei war sein größter Sohn schon so erwachsen, dass er an seiner statt der Mutter helfen konnte. Aber das nur am Rand. Wichtig war seine Aura, seine Christusnachfolge in einem pragmatischen Sinn. Er hat hier in der Schweiz den Grundstein gelegt für diese seither friedliche Solidarität zwischen den Volksgruppen. Diese Solidarität funktioniert noch immer, mit allen unweigerlich damit verbundenen Höhen und Tiefen. Und noch etwas kommt hinzu. Die Lage der Schweiz. Wir haben hier keine Bodenschätze. Aber wir haben den Gotthardt, ein Bergmassiv als einen unerschöpflichen Kraftort, aus dem vier Flüsse in alle Himmelsrichtungen entspringen. So etwas gibt es auf der Welt nur noch einmal im Himalaya. Der Gotthardt ist energetisch so stark, dass er zusammen mit Lichtgestalten wie Nikolaus eine Volksseele formen kann.»

«Jetzt verstehe ich auch besser», sage ich, «was es bedeutet, dieses Gotthardmassiv mit einem Tunnel zu durchschneiden, und warum die Volksseele so gespalten war wegen der Frage einer zweiten Röhre. Da geht es ja nicht bloß um Erdbewegungen, da geht es darum, so wie ich das jetzt verstehe, die Urquelle einer im guten Sinn *nationalen* Kraft mit *globaler* Brachialität zu zerschneiden, also mit Kapital, Dynamit, Beton und Geschwindigkeit.»

«Da sprechen sie einen ganz zentralen Punkt an», sagt Frau Weinberger. «Die ausformulierte Idee der Volksseele stammt ja von Rudolf Steiner. Er hat gemeint, dass jede dieser Seelen im Verbund aller die ihr gemäße Aufgabe hat. Und eine Aufgabe der Schweiz ist es zweifellos, sich nicht zerschneiden und einfügen zu lassen, sondern sich aus Verbänden und Unionen herauszuhalten und die Idee einer geistigen Autonomie zu bewahren. Darum bin ich auch froh, dass die Schweiz nicht bei der EU ist. Mir ist schon klar, dass wir durch diverse Abkommen und Sonderverträge natürlich ein Nahverhältnis haben, aber dieses Verhältnis beschränkt sich eben auf gewisse ökonomische Aspekte. Das ist auch die Tragödie der EU als solcher, dass sie ein Verband ist, der auf einem rein wirtschaftlichen Kalkül beruht. Die viel zitierten und beschworenen humanen Werte reichen leider über das Papier nicht hinaus, auf dem sie stehen. Das sieht man sehr deutlich am Umgang mit Flüchtlingen. Der Wert der Solidarität mit Hilfsbedürftigen ist kein die EU allgemein konstituierender Wert. Dabei ginge es in der Christusnachfolge genau um diese zutiefst menschlichen Werte wie Solidarität, Hilfsbereitschaft und Nächstenliebe.»

«Franz Jägerstätter», bemerke ich, «einer der großen österreichischen Christusnachfolger, war und ist auch mit ähnlichen Vorwürfen konfrontiert wie Nikolaus von der Flüe. Auch Jägerstätter wird noch immer vorgehalten, dass er durch seinen Widerstand gegen den Nationalsozialismus seine Familie verraten hat. Einmal habe ich sogar noch die alte Frau Jägerstätter gesehen.»

«Lebt sie nicht mehr?»

«Nein, leider.»

«Und wer von den lebenden Österreichern ist jetzt Ihr ganz persönlicher Hoffnungsträger?»

«Arik Brauer», antworte ich sofort. «Er ist ein großartiger jüdischer Künstler. Seine Größe besteht darin, dass er niemanden von vorneherein ausschließt. Leider tun das die politischen Parteien in

Österreich. In den letzten Jahren wurden sie immer kleiner und kläglicher. Sie beschränken sich hauptsächlich darauf, lautstark zu verkünden, wer mit wem auf gar keinen Fall mehr kooperieren wird. Als Wähler und Bürger ist man beschämt, von solchen Kindern regiert zu werden. Sie sitzen im Sandkasten und warten verbiestert auf eine Gelegenheit, endlich die Burg des anderen zu zerstören. Arik Brauer steht weit über dieser Verbitterung. Er verflüssigt den geronnenen Schmerz zum Gespräch. Indem er mit allen gleich respektvoll spricht, haben selbst die verkrampftesten Ideologen in seiner Gegenwart keine Gelegenheit, einander die Messer in den Rücken zu rammen. Sie sind wütend auf ihn, aber er lächelt und nimmt sie an der Hand.»

«Ich verstehe», sagt Frau Weinberger. «In Deutschland hätte Caspar Hauser die Stelle Bismarcks einnehmen sollen. Aber leider wurde Caspar ermordet. Wäre das nicht geschehen, dann hätte die Geschichte mit großer Wahrscheinlichkeit einen ganz anderen Verlauf genommen. Es wäre womöglich nicht zu diesen furchtbaren Kriegen gekommen, weil die Volksseele, deren Teil sie sind, von einzelnen starken Menschen geformt und prädestiniert wird. Von Bismarck ging das verbissene Deutschtum aus, die Tugend des Kampfes, alles noch besser zu machen als gut, der Vorrang des zwanghaften Patriarchats.»

«Mein Vater war auch ein von dieser Zwanghaftigkeit geprägter Patriarch», ergänze ich ihren Gedanken, «aber mittlerweile weiß ich, dass er es wider Willen war und ihn die Furchtbarkeit des Krieges verbittert hat. Auf dem Schlachtfeld in Afrika sind links und rechts von ihm seine Kameraden zerfetzt worden. Blut und Hirnmasse sind wie Regen auf ihn gefallen. Er selbst hat überlebt. Als einziger seines Bataillons. Nach seiner Rückkehr aus dem Krieg hat er angefangen zu malen. Jetzt sehe ich seine Collagen als Versuche, sich vom Krieg zu heilen. Jahrzehntelang hat er starre und hartkantige Käfige gemalt. In diese Gefängnisse hat er die technischen Versatzstücke der Moderne eingepfercht. So gnadenlos, wie er sich selbst vom Monster der Technik überwältigt fühlte. Erst ganz am Ende seines Lebens hat er angefangen, auch die Natur in seine Bilder einzufügen, Blumenfotos vor allem. Schließlich, so empfinde ich das, hat er resigniert und das Gefängnis geschmückt, dem er nicht entkommen konnte. Ich habe jahrelang den Kontakt mit ihm verweigert, weil ich es nicht ertragen habe, wie repressiv er meine Mutter und mich behandelt hat. Erst jetzt kann ich erkennen, dass er auf eine verquere Weise versucht hat, sein Schicksal zu meistern.»

«Er hat die ganze, ihm mögliche Vorarbeit geleistet», resümiert Frau Weinberger, «auf der Sie jetzt aufbauen. Dass Sie ihm dafür dankbar sein können, trotz allem, verdanken Sie der Gnade.»

«Glauben Sie», frage ich, «dass die Gnade allen Menschen zuteilwerden wird, ich meine, noch rechtzeitig?»

«Das glaube ich nicht nur, ich weiß es.»

MÄRZ

Was tun Sie

«Könnten Sie bitte schreiben *Für Rita von Jean?*»

Diesen Satz habe ich mir für Jean Ziegler zurechtgelegt. Heute Abend wird er in Basel aus seinem neuen Buch lesen. Ich sitze im Zug und stelle mir diese beiden Sekunden vor, die Herr Ziegler am Ende der Lesung für jeden erübrigen wird, der sich brav anstellt, um seine Unterschrift zu ergattern. Zwei Sekunden für ein Lächeln, einen Blick und die schöne Frage «Wie heißen Sie?»

Diese Frage wird mein Stichwort sein. Ich werde meinen auf den Punkt gebrachten Satz ausposaunen und sofort weiterimprovisieren: «… und meine liebe Frau heißt Rita. Ich möchte ihr eine kleine Brücke aus der Schweiz mitbringen. Diese Brücke, Herr Ziegler, ist Ihre Handschrift. Damit verbinden Sie dieses Land und meine Frau viel herzlicher miteinander, als jede noch so große Tafel Schweizer Schokolade.»

Ich bin mir sicher: Herr Ziegler wird das sofort verstehen. Er würde sogar den zweiten Satz verstehen, den ich schon für die Buchübergabe an Rita vorbereitet habe: «Viel Spaß mit dem Ziegler-Ziegel!»

Diesen Jokus werde ich Herrn Ziegler ersparen, obwohl er, so wie ich ihn kenne, nachsichtig darüber schmunzeln würde. In seinem langen, ereignisreichen Leben hat er bestimmt schon alle Ziegler-Scherze hundert Mal gehört und würde nur mehr aus Höflichkeit

223

lachen oder – noch schlimmer – aus Mitleid. Das möchte ich ihm und mir nicht zumuten. Ich kenne ihn ja nur aus der Lektüre seiner Bücher. Und wie alle guten Autoren hat auch er sich so geschickt und so tief in seinem Textwald verborgen, dass er gar nicht leicht zu finden ist.

Manchmal bilde ich mir ein, diese geheimnisvollen Orte zu entdecken, an denen sich Autoren befinden, während sie schreiben. Viele von ihnen denken gar nicht an die Möglichkeit ihrer Enttarnung. Sie halten ihren Schreibort für unauffindbar und sich selbst für unsichtbar. Sie unterschätzen die Leserschaft und ihre Aufmerksamkeit. Lesen ist immer eine doppelte, gegenläufige Reise: horizontal durch das Buch und vertikal in das Bewusstsein dessen, der die Worte zu Papier gebracht hat.

In diesem Geisterkosmos bilde ich mir ein, Herrn Ziegler entdeckt zu haben. Er schreibt auf einem vollen Marktplatz. Goethe hat in einem leeren Hörsaal geschrieben. Christoph Ransmayr schreibt auf einer Alm. Bei seiner letzten Lesung hat er kurz vor deren Ende die Leute um Verständnis dafür gebeten, dass er keine «Grüße an die Tante Mitzi» in sein neues Buch schreiben würde. Seinen Namen ja, den würde er schon beifügen, aber alle anderen, darüber hinausführenden Textmolluskeln möge man ihm tunlichst ersparen. Zumal er an einer Hautkrankheit laboriere, fügte er noch an, die ihm das Halten eines Kugelschreibers nur für einen gewissen, kurzen Zeitraum erlaube. Der letzte Hinweis hätte wahrscheinlich ein Witz sein sollen, hat aber nur verhaltenes Gelächter bewirkt.

«Sie können auch nur C.R. schreiben», habe ich spontan zu ihm gesagt, als er mein Exemplar signierte, «das schont Ihre Schreibhand und ich kann mir vorstellen, ich hätte ein Autogramm von Christiano Ronaldo bekommen.»

Das hätte auch ein Witz sein sollen, hat aber nicht funktioniert. Anstelle eines Schmunzelns schenkte mit Herr Ransmayr einen dieser stummen Blickblitze, die das Gegenüber in ein Holzscheit verwandeln und auf einer höheren geistigen Ebene spontan spalten.

Wie H. C. Artmann das Signieren gehandhabt hat, weiß ich nicht. Ich habe ihn leider nie persönlich erlebt. Ich weiß nur, dass er mir einen unvergesslichen Satz geschenkt hat: «Du, glückliches Österreich, juble und jodle.»

Als sogenannter Caféhausliterat musste er immer einen Fuß abgewinkelt lassen, um jederzeit den Germanistik-Studenten zu entfliehen, die sich mehr oder weniger aufdringlich in seiner Nähe platzierten, um ihn zu betrachten. Aus dieser Betrachtung zogen sie ihre Schlüsse, aus der Brillanz dieser Schlüsse ihr Selbstbewusstsein und daraus das unverbrüchliche Recht, ihn zur Rede zu stellen. Es gab sogar eine Zeit, da war *Artmannschauen* eine eigene Disziplin der österreichischen Leichtathletik. Die besten Artmannschauer konnten in unter zehn Sekunden erkennen, in welchem Separee der Dichter zu finden war und wie lange man ihn beobachten konnte, bevor er sein Schreibzeug schnappen und Reißaus nehmen würde.

Bernhardschauen war wesentlich schwieriger. Um nicht das artmannsche Schicksal zu erleiden, setzte sich Thomas Bernhard so selten wie möglich in ein Caféhaus. Tat er es dennoch, dann versuchte er möglichst nicht wie er selbst auszusehen, sondern einen x-beliebigen Caféhausbesucher zu imitieren. Was ihm nicht gelingen konnte. Der durchschnittliche Österreicher hat ein untrügliches Gespür dafür, wenn in seinem Umfeld ein überdurchschnittlich bekannter Artgenosse erscheint, den es einzukreisen lohnt. Einmal wurde ich sogar Zeuge einer Bernhardumzingelung.

«Schnell», befahl ein gehetzt wirkender männlicher Spontankunde der Verkäuferin einer Linzer Buchhandlung, in der ich gerade unschlüssig vor den Stapeln mit den Neuerscheinungen stand, «ich brauch' sofort alle Thomas-Bernhard-Bücher, die ihr lagernd habt. Er sitzt nämlich gerade drüben im Café Traxlmayr.»

«… und wartet garantiert *nicht* darauf, dass er seine Bücher signieren darf», würde ich heute ergänzend anfügen. Damals war ich knappe zwanzig Jahre alt und erwiderte natürlich nichts. Immerhin war ich aber flexibel genug, um mich dem ungestümen Bücherfreund sofort anzuschließen. Wir, er mit einem Sack voller Bücher, ich mit einem Herz voller Aufregung, hetzten aus der Buchhandlung, liefen über die Straße und stürmten das Café, als hinge das Wohl der ganzen Stadt Linz von unserem rechtzeitigen Erscheinen ab. Der Mann knallte alle acht Bücher, die lagernd gewesen waren, auf den kleinen Marmortisch, hinter dem der Meister zusammengekrümmt und Zeitung lesend kauerte, und bat ihn forsch, den ganzen Stapel mit seinem Namen zu versehen. Angelockt vom Aufruhr, der durch die spontan ausgerufene Signierstunde entstand, fielen auch bei anderen Caféhausbesuchern die Hemmungen, worauf sie ebenfalls die benachbarten Buchläden stürmten, um die Gunst der Stunde zu nutzen.

Und was machte Thomas Bernhard, den ich aus meinem Winkel ebenso hingerissen wie mitfühlend beobachtete? Er ritzte seine Zeichen in die Papier gewordenen Höhlenwände der ersten Menschen, die ihn umstanden und darüber staunten, dass einer ihrer Götter aus den Wolken gestiegen war. Während er geduldig ein um das andere Buch signierte, lächelte er ununterbrochen, was mich nicht überraschte. Wer einmal sein zentrales Werk *Alte Meister* gelesen hat und sich dabei nicht vor lauter Lachen die Unter- und Oberschenkel weichgeklopft hat, dem ist nicht zu helfen. Thomas Bernhard hatte Mitgefühl mit den Menschen, die immer am Rand der Klippe entlanghetzen. Er hat die modrigen Ecken der österreichischen Seele mit der Schönheit seiner Sätze übertüncht. Manchmal übertrieb er die Kritik, um im erwartbaren Aufschrei seine Bücher lauter zu bewerben und mit dem Spektakelgeld einen weiteren alten Bauernhof zu renovieren. Thomas Bernhard war ein denkmalschutzorientierter Eklat-Transformator.

Obwohl um mich herum noch gefühlte hundert Menschen stehen, die alle eine Unterschrift wollen, sieht mich Herr Ziegler so aufmerksam an, als wäre ich der erste und einzige, der nach einer großen Schiffskatastrophe auf seiner einsamen Insel landet. Er Robinson, ich Freitag.

«Was machen Sie denn?», fragt er mich so plötzlich und zuvorkommend, dass mir mein vorbereiteter Satz im Hals stecken bleibt. Gleichzeitig schwingt er seinen Signierstift wie eine Sense, als sollte er nicht nur unterschreiben, sondern rings um den Lesetisch auch noch eine Fuhre Gras mähen.

«Ich unterrichte Geige», antworte ich leicht verdattert, weil ich es nicht glauben kann, dass er sich mehr als die üblichen zwei Sekunden nimmt.

«Aber das ist ja wunderbar!», ruft er über die uns umringenden Menschen in den sich langsam leerenden Saal, als sollten alle, die noch da sind, diese vergleichsweise dünne Information mit nach Hause nehmen. Der mitteljunge Mann hier spielt Geige – ist das nicht ganz und gar wunderbar? *Wunderbar* ist ein zentrales Schweizer Wort. Nirgends hab ich es so oft gehört wie in diesem Land. Lenz sagt es, die Rezeptionistin im Hotel Bären und Jean Ziegler ebenso wie die Schaffner in den Zügen, wenn sie hören, wohin die Reise geht.

«Ja», gebe ich zu, «ich empfinde die Arbeit als Geigenlehrer auch gar nicht als Arbeit, sondern als Gnade. Spielen Sie auch ein Instrument?»

«Klavier und ein wenig Orgel», schießt es aus Herrn Ziegler heraus, während er mein Buch mit Hieroglyphen versieht, die eher einer Miro-Zeichnung ähneln als einer Unterschrift. «Aber ich spiele nicht so besonders gut. Deshalb orgle ich nur hinter fest verschlossenen Türen.»

«Dann können wir ja einmal ein Duo spielen», schlage ich ihm vor.

«Ich bezweifle», meint er, «ob Sie mit mir als Duopartner eine Freude hätten.»

«Ich nicht.»

«Was?»

«Ich bezweifle nicht, dass wir ein tolles Duo spielen würden. Und wissen Sie warum?»

«Nein, sagen Sie es mir.»

«Weil Ihre Bücher Zapfsäulen sind. Wenn ich sie lese, fühle ich mich immer wie ein Auto, das mit Euphorie vollgetankt wird. Außerdem muss ich immer wieder an C. G. Jung denken, der auch so euphorisch war wie Sie. Ich habe alles von ihm und von Ihnen gelesen. Seither glaube ich, dass er in Ihrer Aura weiterlebt. Sie beide wurden im selben Vulkan geschmiedet.»

«Könnten Sie bitte Platz machen», fordert mich eine Frau auf, die ihr Buch wie einen Hammer schwingt, «andere wollen auch ein Autogramm.»

Noch während ich mein signiertes Exemplar an mich raffe, werde ich schon von der vorrückenden Menge abgedrängt. Herr Ziegler, der mich so ansieht, als wollte er noch etwas erwidern, wird von einer Welle buchschwingender Hände erfasst, die über ihm zusammenschwappt und ihn unter sich begräbt.

Ganz oder Max

«Lasst uns auch Duzis machen», sagt Herr Sturm, der Schweizer Polizeipräsident, zu Rita und mir. Sein *auch* bezieht sich auf seine Frau Katharina und mich. Seit Malvas Bibliotheks-Aktion, wo wir exakt nach Plan eine halbe Stunde miteinander reden durften, bin ich mit Katharina per Du. Damals fragte ich am Ende unseres Dialogs, ob es sehr vermessen wäre, wenn wir mit einem Du-Wort auseinandergingen. Sie freute sich über den Vorschlag und meinte, dass auch sie unseren Wortwechsel genossen habe und es schade fände, wenn es nur bei diesem einen Gespräch bliebe. Sie hatte ein paar Mal herzlich gelacht, besonders als ich auf meinen Klassiker zurückgriff und eine Analogie herstellte zwischen *Wickie und die starken Männer* und *Kehricht und die starken Frauen*. Katharina lud mich ein, sie und ihren Mann zu besuchen. Und natürlich wäre auch meine Frau herzlich willkommen.

«Ich heiße Adrian», sagt der oberste Polizeichef und hebt sein Sektglas.

«Rita», entgegnet meine Frau und schwingt ihm ihr Glas dynamisch entgegen.

«*Dling*», machen die beiden Gläser, die mich in diesem Moment an durchsichtige Vogelkörper erinnern.

«Max», sagt ein zweiter, älterer Herr zu mir. Bis jetzt hat er vergeblich versucht, unauffällig zu bleiben. Seine Aura ist so stark, dass sie aus jedem Hintergrund eine Bühne macht. Wir befinden uns bei den Dreharbeiten zu einem Heimatfilm mit dem Titel *Der Käsebaron und der verwirrte Tourist*.

«Sie erinnern mich an Bruno Ganz», sage ich zu ihm. Obwohl er eine Spur kleiner ist als ich, weniger Haare und sogar ein kleines Bäuchlein hat, verströmt er die siedende Kraft eines Starkstromtransformators. Dieser Mann, denke ich, hat alles erlebt, was in einem Menschenleben zu erleben war. Und, was das Erstaunlichste ist, er hat sich damit zufriedengegeben. Den Zugaben, die jetzt noch folgen, begegnet er mit einer Gelassenheit, um die ich ihn sofort beneide. Zumal diese Gelassenheit so imposant ist, dass sie ohne den geringsten Nachdruck wirkt. Er versucht sogar, seine Souveränität unter dem grauen Mantel einer höflichen Neugier zu verstecken, weil er instinktiv spürt, dass ich mich ihm gegenüber wie eine halbe Rosine fühle, die plötzlich einem ganzen Weingut gegenübersteht.

«Nicht Sie – Du», sagt er und wiederholt noch einmal seinen Vornamen.

«Du bist nicht der Erste, dem diese Verwandtschaft mit Bruno Ganz auffällt», nimmt Katharina meine Bemerkung amüsiert auf. «Max ist nicht nur einer unserer besten Freunde, er ist auch ein begnadeter Schauspieler.»

«Als Laie», dämpft er die Zuschreibung sofort.

«Ja», bestätigt Katharina, «auf einer Laienbühne haben wir uns auch kennengelernt. Im Rahmen eines Theaterstückes, das von Laien aufgeführt wurde und von der Geschichte unseres Landes handelt.»

«Wann war das?», will ich wissen.

«Gute Frage», gibt Katharina zu und wendet sich mit einem hilfesuchenden Blick an ihren Mann.

«Im August vor drei Jahren», sagt er mit einer Entschiedenheit, die mich weniger an den Monat als vielmehr an den alten römischen Kaiser Augustus erinnert. Herr Sturm wirkt so seriös wie ein Handelspartner von Senator Buddenbrook in Thomas Manns berühmtem Roman. Überhaupt hätte Thomas Mann mit Herrn Sturm viel Freude gehabt und ihm garantiert eine halbe Seite Beschreibung gewidmet. Zuerst hätte der Dichter unseren Gastgeber als einen im Praktisch-Wirklichen spezialisierten Mann schreiberisch fixiert. Sodann hätte sich Thomas Mann den Details zugewandt und zuvörderst das Oval des Gesichtes des Oberpolizisten skizziert, nicht ohne auf den weder mit Üppigkeit noch Schärfe geschnittenen Mund hinzuweisen, nebst zweiundzwanzig anderen Details, die aus jeder thomasmann'schen Personenbeschreibung einen eigenen Abenteuerroman machen.

«Kaum zu glauben», entfährt es mir spontan. «Ihr drei wirkt so vertraut, als wärt ihr schon ein Leben lang miteinander befreundet.»

Max nickt dieses Zustimmungsnicken, mit dem versierte Nicker seit jeher die Wirkungstreffer im empathischen Raum quittieren.

«Seelisch», sagt er, «sind wir uns tatsächlich schon ein ganzes Leben lang vertraut. Nur im konkreten Leben hat's etwas länger gedauert, bis wir uns getroffen haben.»

«Das kommt leider immer wieder vor», bestätigt Rita. «Einmal sind wir in Kanada eine halbe Stunde lang mit einer wildfremden Frau in einem Auto gefahren. Nach dieser kurzen Zeit war sie uns so vertraut wie eine alte Freundin. Beim Aussteigen hat sie dann gesagt: Es ist gut zu wissen, dass ihr in der Welt seid, auch wenn wir uns nicht mehr sehen werden.»

«Was habt ihr denn in Kanada getan?», fragt Max.

«Bevor ihr das weiter erörtert», schaltet sich Katharina dazwischen, «wollt ihr nicht weiterkommen ins Wohnzimmer und euch setzen? Bei Tisch spricht es sich doch angenehmer.»

Mit zwei kleinen Drehbewegungen sowohl seines Kopfes als auch seines ganzen Körpers lädt uns Adrian zum Weitergehen ein. Im Wohnzimmer erwartet uns ein für fünf Personen gedeckter Tisch, der mit Ostereiern und kleinen Schokoladehasen dekoriert ist. Während die anderen umsichtig Platz nehmen, bleibe ich noch vor einer imposanten Bücherwand stehen und neige meinen Kopf in den Titellesewinkel. Die Titel der Bücher in unbekannten Bibliotheken sind die Lamellen fremder Seelen. Die vielen Krimis überraschen mich. Hier hätte ich den Kanon der deutschsprachigen Literatur erwartet, das von Marcel Reich-Ranicki genau vermessene Universum jener Bücher, die man unbedingt gelesen haben muss.

«Adrian», rufe ich mit einem Jetzt-hab-ich-dich-Ton, «wie ist das bei den vielen Krimis hier: Haben die Autoren eine Ahnung von echter Polizeiarbeit oder bist du enttäuscht, wenn du deine Polizeirealität in ihren Werken gespiegelt findest?»

«Sowohl als auch», entgegnet er vom Tisch her. «Das lässt sich pauschal nicht sagen. Es gibt Autoren, die haben wirklich wenig Ahnung vom Polizeialltag. Ebenso gibt es welche, die ausgesprochen gut recherchieren und sogar uns selbst manchmal auf neue Ideen bringen.»

«Und wer sind die wirklich Guten?», fische ich nach konkreten Informationen.

Adrian nennt ein paar Namen, die ich mir sofort aufschreibe, Katharina ergänzt um ihre Lieblingsautoren, Rita bringt Fred Vargas ins Spiel und Max nennt Felix Mettlers Roman *Der Keiler*.

«Der wurde mit Joachim Kroll in der Hauptrolle kongenial verfilmt», wirft Rita ein.

«Das stimmt», nickt Max.

«Apropos Schauspieler und Kroll – du siehst wirklich aus wie Bruno Ganz», wiederhole ich noch einmal ungläubig.

«Er spielt ihn jetzt auch», sagt Adrian verschmitzt.

«Wie bitte?», frage ich verdutzt.

«Ja», lacht Katharina, «seit du Max unterstellt hast, er wäre Bruno Ganz, spielt er ihn auch. Er könnte auch mehr er selbst sein.»

«Müsst ihr alles verraten?», schilt Max seine Freunde.

«Und wenn du Ganz nur halb spielst und die andere Hälfte für Max reservierst?», schlage ich vor.

Bevor die anderen überlegen können, wie gut sie mein Wortspiel finden sollen, reitet mich Rita tief in die Brennnesseln.

«Mein Mann ist auch ein Schauspieler – er kann eine Mühlviertler Bäuerin darstellen.»

«Gibst du uns eine Probe?», verwertet Katharina den aufgelegten Elfmeter sofort. Nach zwei, drei Ziersekunden trete ich die Flucht nach vorne an.

«I-HAUS-EH-IN-MEIN-XOGT-GE-UMMI-ZU-DI-HEA-UND-FUATAZ-MIT-AN-GRAUT-OWA-PASS-AUF-WEGN-DE-BREMAN-WEU-DE-HANT-SAKRISCH-LÖTZ-UND-PROTSCH-NIRGANZ-EINI-WEUS-NITEI-DES-POFOS-HOT-PFLADAN!»

Die einzige Rolle, die ich wirklich spielen kann und die jedes Mal funktioniert, funktioniert auch jetzt wieder. Alle schütteln ungläubig den Kopf, lachen und applaudieren spontan, nachdem ich das Panoptikum aus zentralen Mühlviertler Dialektworten im Slang einer unserer Dorfbewohnerinnen abgefeuert habe.

«Und was heißt das jetzt ungefähr?», möchte Katharina wissen.

«Ich habe es eh meinem Mann gesagt», übersetzt Rita, «geh hinüber zu den Hühnern und füttere sie mit einem Kraut, aber pass auf wegen der Bremsen, weil die sind ausgesprochen blutrünstig, und steig nirgendwo hinein, weil die Anita, der Koloss, hat Durchfall.»

Alle staunen.

«Die Anita ist eine Kuh», fügt Rita noch an, «und Bremsen sind bei uns dicke Stechmücken, die vor allem in Kuh- und Schweineställen vorkommen.»

«Kommst du von einem Bauernhof?», fragt mich Max.

«Indirekt», antworte ich. «Alle unsere Nachbarn waren Bauern. Ich hab als Kind viel auf Bauernhöfen mit den Kindern dort gespielt. Aber jetzt ist es gut mit dem Mühlviertel.»

Ich hebe mein Mineralwasserglas. «Auf die Schweiz und ihre sagenhafte Gastfreundschaft!»

Die anderen ziehen sofort mit.

«Was machst du, Max», frage ich noch während die Gläser sinken, «außer Bruno Ganz zu imitieren und der Freund der Sturms zu sein?»

«Früher bin ich herumgeflogen», sagt er, «und jetzt renoviere ich mein altes Häuschen.»

Als sie das hört, fängt Katharina an zu kichern. Auch auf den seriösen Backen Adrians zeigen sich Anflüge von Lachmuskelkontraktionen.

«Max untertreibt ab und zu», meint Katharina in einem freundschaftlich rügenden Ton. «Bis vor kurzem war er Flugkapitän bei der

Swissair. Und was er als sein Häuschen bezeichnet, ist ein historischer Schweizer Bauernhof, den er wahrhaft herrlich umgebaut hat.»

«Gibt es in der Schweiz ein Denkmalamt», fragt Rita, «das solche Renovierungen unterstützt?»

«50 000 Franken haben sie mir dazu gegeben», antwortet Max, «weil es sich bei dem Gebäude um eine besonders erhaltenswerte, alte Bausubstanz handelt.»

«Nicht schlecht», sagt Rita beeindruckt.

«Naja», relativiert Max, «wie man es nimmt. Bis jetzt hat mich die Renovierung eineinhalb Millionen gekostet.»

Ich schlucke. Solche Zahlen wandeln sich in mir automatisch in alte österreichische Schillinge um. Dabei komme ich auf die schwindelerregende Zahl von Zwanzig Millionen. Wieso bin ich nicht auch Flugkapitän bei der Swissair geworden?

«Bruno», sage ich, verbessere mich aber sofort, «ich meine natürlich: Max. Warst du jemals in deiner aktiven Karriere als Flugkapitän in einer Situation, wo du Angst hattest um das Flugzeug und die Passagiere?»

«Nein, nie», sagt er. «So etwas ist nie vorgekommen. Bevor es brenzlig werden konnte, habe ich längst schon Gegenmaßnahmen ergriffen.»

«Nämlich welche?», will Rita wissen.

«Zum Beispiel damals», beginnt er, «in den Sechzigerjahren, als wir noch mit Propellermaschinen unterwegs waren. Da musstest du noch auf Sicht fliegen. Und wenn ich im Anflug auf den Innsbrucker Flughafen nicht mindestens drei Kilometer nebelfreie Sicht auf der Flugbahn hatte, habe ich die Landung abgebrochen und bin nach München geflogen. Dort herrschen immer wesentlich bessere Landebedingungen. Ich bin nie ein Risiko eingegangen.»

«Das haben seine Vorgesetzten natürlich goutiert», ergreift Adrian das Wort für seinen Freund. «Deshalb hat er auch diese Karriere gemacht. Vom einfachen Werkzeugmechaniker zu einem Kapitän der Swissair. Das ist ja einer der Vorteile unseres Landes. Mit der entsprechenden Leistung kannst du hier alles werden, egal was deine Eltern waren. In Frankreich ist das nicht so leicht möglich. Dort musst du ganz bestimmte Eliteschulen und Eliteuniversitäten besuchen, um Karriere zu machen. Unsere Eltern, die von Max und die von mir, waren ganz einfache Arbeiter. Aber wir beide konnten uns dennoch auf Positionen hocharbeiten, wo unser Urteil jetzt ein bestimmtes Gewicht hat.»

«Und weil diese Demokratie wirklich von unten kommt», versuche ich mich an einer Zusammenfassung, «also aus der breitesten sozialen Schicht, deshalb sind eure Urteile und Gesetze auch so pragmatisch und erlauben einer größtmöglichen Zahl von Menschen ein friedliches Zusammenleben. Kann man das so sagen?»

«Das ist sicher ein wichtiger Aspekt», sagt Adrian. «Aber ebenso wichtig erscheint mir ein anderer Punkt, nämlich der, dass wir unsere Gegner nicht komplett vernichten. Wir hatten innerschweizerisch teilweise schon sehr heftige, beinahe bürgerkriegsähnliche Auseinandersetzungen, besonders im 18. Jahrhundert. Aber bei all diesen Kontroversen wurde letztendlich das Argument der Waffe vorgezogen. Und vor allem: Niemand wurde gnadenlos unterworfen und ganz ausgelöscht. Wenn du das tust, dann erhältst du Konflikte wie in Palästina, wo so viel Blut geflossen ist, dass ganze Generationen damit überfordert sind, einander zu verzeihen. So weit darf man es gar nicht kommen lassen. Man muss bei aller Schärfe des Konfliktes auch den Gegner als Mensch betrachten und nicht als Feind.»

«In den ungefähr fünfhundert afrikanischen Sprachen, die jetzt gesprochen werden», knüpfe ich an, «gibt es kein Wort für Gegner. Es gibt nur ein allgemeines Wort für Feind. Die Unterscheidung zwischen einem Gegner, der trotz allem noch ein Mensch ist, und einem Feind, der unter allen Umständen vernichtet gehört, weil er nicht als

Mensch angesehen wird, kannst du im Kontext der afrikanischen Mentalität gar nicht treffen. Was mich in diesem Punkt am meisten irritiert, ist nicht die Klarheit dieses Faktums, sondern die Tatsache, dass du ein solches Faktum in Österreich nicht aussprechen kannst, ohne sofort als Rassist abgeurteilt zu werden. Das ist das eigentliche, grundlegende Problem, das in unserem Land alle anderen Probleme überlagert. Eine sachliche Diskussion über Differenzen, wie sie bei euch ganz normal ist, war in Österreich immer nur eingeschränkt oder unter Vorbehalten möglich. In den letzten Jahren, seit Beginn der Flüchtlingskrise, wurde ein sachlicher Diskurs aber quasi unmöglich. Das Klima ist so aufgeheizt mit Extremen und vorschnellen, negativen Zuschreibungen, dass ich nicht einmal mit meinen besten Freunden über den Unterschied von Mentalitäten sprechen kann. Anstatt Differenzen zu benennen und uns an ihrer Bedeutung argumentativ abzuarbeiten, werden in Österreich Unterschiede verdrängt oder dort, wo sie zu offensichtlich sind, bagatellisiert. Das Verdrängte verschwindet aber nicht. Es gärt im mentalen Untergrund so lange weiter, bis der Druck unerträglich und gefährlich wird.»

«Mein Mann leidet wirklich unter dem politischen Klima in unserem Land», fühlt sich Rita seufzend zu einer Erklärung bemüßigt.

«Du nicht?», fragt Katharina zurück.

«Ich lese weniger intensiv Zeitungen», sagt Rita. «Aber Erich ist ein manischer Zeitungsleser und findet dort immer die Konflikte, die ein Teil seines Wesens braucht. Erich ist ein Konfliktsucher. So wie Katzen Wasseradern suchen, die besonders strahlen, so sucht Erich Konflikte. Diese Eigenschaft hat er leider von seinem Vater geerbt. Um seine persönliche Apokalypse zu bestätigen, hat Erichs Vater nur die Nachrichten durch seinen Wahrnehmungsfilter gelassen, die seine negative Weltsicht bestärkt haben. Freudvolle Momente hat er nur dann erlebt, wenn die Nachrichten richtig schlecht waren. Ich

236

werde nie vergessen, mit welchem Genuss mir Erichs Vater einmal von den drei großen Demütigungen des neuzeitlichen Menschen erzählt hat.»

«Die da wären?», fordert Max Rita auf exemplarisch zu werden.

«Dass die Erde nicht im Mittelpunkt des Kosmos steht», erwidert sie, «dass wir nicht von Gott, sondern vom Affen abstammen und dass wir Kultur nur deshalb geschaffen haben, um unseren Sexualtrieb zu sublimieren. Kepler, Darwin und Freud. Die drei waren die besten – und wie ich befürchte – einzigen Freunde von Erichs Vater. Und sie waren deshalb seine Freunde, weil sie die Selbsterhöhung des homo sapiens wieder so richtig tief in den Staub getreten haben, genau dorthin, wo Erichs Vater sein trauriges, emotional verkorkstes Leben gelebt hat.»

«Aber Erich selbst», wirft sich Katharina in die Presche, «hat doch ein ganz anderes Lebenskonzept als sein Vater. Er ist doch ein freudvoller, sozial umgänglicher Mensch …»

«Deswegen habe ich ihn auch geheiratet», spricht Rita weiter in der dritten Person über mich.

«Würdest du Erichs Diagnose von der Verdrängung der Differenzen also nicht zustimmen?», fragt Adrian.

«Ich gewichte anders», schränkt Rita ein. «Richtig ist zweifellos, dass sich ein nicht geringer Teil unserer Medien darin gefällt, die Rolle Österreichs als weiterhin schuldbewusstes Naziland festzuschreiben und zu überwachen. Zusammen mit ein paar Künstlern wälzen diese Medien unser Land genüsslich in der alten Schuld und zeigen der ganzen Welt, dass wir nichts dazulernen und in Wahrheit noch immer braun sind. Diesen Aspekt gibt es zweifellos. Aber er ist eben nur ein Aspekt unter vielen. Es gibt auch ein ganz anderes Österreich, in dem diese Zuschreibungen überhaupt keine Rolle spielen. Das ist mein Österreich, ein von Altlasten befreites Land, das frisch und fröhlich nach vorne in die Zukunft blickt.»

«Aber ich verstehe das Anliegen deines Mannes», wendet sich Max an Rita. «Als beruflich um die Welt reisender Mensch war ich immer wieder erstaunt über die enorme Kluft zwischen den Lebensauffassungen. Und, ehrlich gesagt, ich war auch immer wieder nicht unfroh darüber, wenn ich in die Schweiz zurückgekommen bin. Hier konnte ich eine Weile ohne diese Spannungen leben, die unweigerlich auftreten, wenn man ad hoc mit allzu fremden Mentalitäten konfrontiert wird. Ich verstehe deinen Mann, wenn er von dem tendenziösen Diskurs in eurem Land enttäuscht ist; es kostet einfach viel weniger Kraft, Klischees zu pflegen und sich als tolerant zu inszenieren, als differenziert über eine Sache zu reden.»

«Solche Extreme kenne ich aus unserem Freundeskreis nicht», sagt Adrian nachdenklich. «Ich umgebe mich in meinem Amt in Bern auch nicht mit Bücklingen, die meine Vorschläge ohne Wenn und Aber absegnen. In meinem Umfeld wird sehr heftig und kontrovers argumentiert. Aber am Ende des Tages haben wir uns aufeinander zubewegt, ohne dass jemand seine Würde verloren hätte. Und ich glaube, darauf kommt es an. Dass wir einander nicht vernichten, auch wenn wir unterschiedlicher Meinungen sind und nicht alle Differenzen auflösen können. Die Lehrer in dem Gymnasium, wo ich zur Schule ging, haben Schulkameraden auch nicht ganz vernichtet, die sich gröbere Verfehlungen geleistet haben. Solche Mitschüler wurden nur von dieser einen Schule verwiesen, um ihnen zu zeigen, dass ihre Verfehlung Konsequenzen nach sich zieht. Danach bekamen aber alle weitere Chancen und durften andere Ausbildungswege wählen.»

«Von welchen Verfehlungen sprichst du konkret?», fragt Rita.

«Einmal», sagt Adrian, «hat ein Mitschüler aus lauter Wut über eine vermeintlich ungerechte Benotung eine große Schautafel aus Filz mit dem Messer zerschnitten. Dieser Mitschüler wurde aus unserem Gymnasium entfernt, durfte aber eine andere Ausbildung machen. Dreißig Jahre nach diesem Vorfall habe ich ihn zufällig wieder getroffen. In meiner Funktion besuche ich ja jedes Jahr alle vier schweizerischen Strafanstalten. Wir haben drei Gefängnisse für Männer und eines für Frauen. Und in einem davon machte ich meine Visite, als plötzlich einer der Wärter an mich herantrat, sich vorstellte und mich höflich daran erinnerte, dass wir vor langer Zeit einmal gemeinsam die Schulbank gedrückt hätten. Er war der Bursche, der damals das Messer gezogen hat. Er siezte mich und war, wie mir der Anstaltsleiter mitteilte, einer seiner besten und verlässlichsten Mitarbeiter geworden. Du brauchst mich doch nicht siezen, sagte ich zu meinem ehemaligen Kommilitonen, wir sind alte Schulkameraden und ich freue mich darüber, dass du deinen Weg gemacht hast. Das hat ihn sehr berührt und mir wieder einmal gezeigt, wie wichtig es ist, andere Menschen nie ganz fallen zu lassen.»

«Und du, Katharina», wendet sich Rita an unsere Gastgeberin, «hast du dich in der Schweiz auch so verwirklichen können, wie du das angestrebt hast?»

«Ich kann mich nicht beklagen. Ich bin aber auch in einer Generation auf die Welt gekommen, die schon stark am Umdenken war. Ich konnte alles lernen, was mich interessiert hat. Und ich wollte immer Musik machen. Und jetzt kann ich Orgelkonzerte geben und Schüler unterrichten. Übrigens lernen meine Schüler nicht nur Orgel bei mir.»

«Sondern?», hakt Rita ein.

«In der ersten Stunde beginnen wir damit», enthüllt Katharina langsam ihr Geheimnis, «wie man eine Katze streichelt. Erst wer das gut und richtig kann, darf an die Tasten.»

«Großartig», loben Rita und ich diese pädagogisch ungewöhnliche, aber uns sofort einleuchtende Maßnahme.

«Wir haben vor zehn Jahren zwei Katzen aus dem Tierheim geholt», sagt Adrian, «die sind jetzt nicht mehr aus unserem Leben wegzudenken.»

«Auch wenn sie manchmal sehr schlimm sind», sagt Katharina.

«Inwiefern», will ich wissen.

«Sie bringen Vögel», antwortet Katharina, «in allen Zuständen. Tot, halbtot oder noch sehr lebendig. Und ich bekomme dann immer einen heillosen Schrecken, wenn ich im Zimmer sitze und plötzlich fliegt ein Vogel hinter mir auf und ich weiß noch gar nicht, was los ist.»

«Kennen wir», geben wir zu und reden über Katzen, Hühner und die Länder, die wir in unseren Leben bereisen durften.

Nach dem Essen stehen wir wieder im Vorhaus und schütteln einander die Hände. Herzlich und fest und immer wieder versucht, dem anderen länger als nur ein paar Sekunden in die Augen zu schauen.

«Bei eurem nächsten Besuch in der Schweiz», sagt Max zum Abschied, «machen wir einen Rundflug. Ich hab noch eine private Maschine.»

«Wahrscheinlich hast du eine Boeing als Abfindung bekommen», spekuliere ich, «und bestimmt hast du sie dir genauso ausgebaut wie dein sogenanntes altes Häuschen.»

«So groß ist die Maschine nicht», schränkt Max ein, «aber sie macht großen Spaß.»

«Ich bin dabei», verkündet Rita und gibt Max drei Backenküsschen, wie das in der Schweiz üblich ist.

«Ich auch», bestätige ich, als ich Max die Hand drücke, «mit dir stelle ich mir sogar einen Flug durch ein Gewitter halbwegs lustig vor.»

«So weit wird es nicht kommen», beruhigt mich Max, «wir biegen rechtzeitig ab.»

Der Wetterchor

Nach der Zugsfahrt und einem kleinen Spaziergang durch Zürich suche ich mir ein unauffälliges Restaurant, schlürfe eine Miso-Suppe, und schaue dem Tag beim Entschwinden zu: Er faltet seine Helligkeit zusammen wie eine Decke und geht kommentarlos ab, als wäre er ein alter Schauspieler, der froh ist über das Ende der Vorstellung.

Dann zücke ich zum zigsten Mal meinen Gratisstadtplan, studiere noch einmal die Route und marschiere zu der Adresse, die ich im Internet gefunden habe. Auch in der Schweiz markieren Wettbüros ziemlich genau den Beginn der städtischen Peripherie.

Früher, wenn sich bekennende Glotzkistenlose wie ich wichtige Fußballspiele ansehen wollten, konnten sie bei Freunden anläuten oder sich in den Lobbys großer Hotels einnisten. Aber seit die Bezahl-Fernseh-Firmen die Rechte für die Große Liga erworben haben, müssen die Mitglieder der anonymen Fußballoholiker Wettbüros aufsuchen, wenn sie eines der Spiele gratis sehen wollen. Annähernd gratis. Natürlich muss man auch hier Geld in die Hand nehmen und in eine fremde legen. Noch steht dieser kleine, nach unten offene Wetteinsatz in einem guten Preisleistungsverhältnis zum medizinisch noch wenig erforschten Doppelpass-Spiegel, dessen Höhe (neben dem Zucker- und dem Serotoninspiegel) männliche Gefühlshaushalte reguliert. Weil ich selbst in meiner Jugend exzessiv Fußball gespielt habe und seither nicht wenig Wehmut darüber empfinde, wie schnell diese Phase vorbeigeht, in der man körperlich in der Lage ist, ohne Rücksicht auf den eigenen Körper auf den Ball einzudreschen, gehöre ich zu den Männern mit einem extrem hohen Doppelpassspiegel. Noch mehr als schöne Tore braucht unsereins den Anblick weiter Pässe, nach denen der Ball wie ein großer weicher Buttertropfen auf den Fuß des Angespielten fällt und von ihm weiter Richtung Tor geführt wird. Wenn in einem derart heiß umkämpften Raum wie einem Fußballfeld für Sekundenbruchteile Freiräume entstehen und um einen genialen Spielzug bereichert werden, steigt mein Doppelpass-Spiegel und mit ihm meine Stimmung. Ab einer gewissen Höhe verwandelt sich das Chaos der Welt in eine stille grüne Ebene, über der schwerelose weiße Bälle auf fantastisch gewundenen Drall-Bahnen in die Freiheit schweben. Mein Geist, meine Seele, aber auch mein Körper, mit einem Wort alles, was ich bin, befindet sich dann in diesen aufsteigenden Bällen, die sagenhaft schöne Zeichen in den Himmel schreiben.

Beim Eintritt in das Etablissement, das angesichts der Bedeutung des bevorstehenden Spiels mehr als gut gefüllt ist, rekapituliere ich Ritas zentralen Satz, den sie mir vor ihrer Abreise noch mit auf den Weg gegeben hat: *Dass mir keine Klagen kommen!*

Zuerst platziere ich meine Standardwette, 3:2 für den Außenseiter. Diesen Tipp verstehe ich auch als dezenten Wink und Motivationsschub für den launischen Gott der Tore. Dann stelle ich mich, weil es keinen Sitzplatz mehr gibt, an die Wand hinter den vollbesetzten Bänken und Stühlen und lasse meinen Blick unauffällig über das Publikum schweifen.

Das zentrale Merkmal dieser ausschließlich aus Männern bestehenden Belegschaft ist die extra-tiefe Dunkelheit ihrer schwarzen Jacken, die nicht einfach nur über einen Farbton verfügen, sondern *aktiv* schwarz sind. Dieses Jackenschwarz beschützt die dunklen Ziffern- und Zahlenfantasien seiner Besitzer wie ein Leibwächter und verbirgt mit den Ausläufern seiner Schatten deren Gesichter besonders dort, wo sie ihre Wett-Geheimnisse bewahren und nicht ohnehin von Drei-, Vier- oder Fünfhundert-Tage-Bärten verdeckt werden. Die einzigen, die hier eine letzte stumme Ode an die Buntheit singen, sind die länglichen, zwischen grottenolmfahl und dörrgrasgrün changierenden Karomuster der dünnen, knittrigen Pullover, die von den älteren Semestern getragen werden.

An den Wänden hängen mehrere Bildschirme. Der Schirm, auf dem das Hauptspiel des Abends übertragen wird, ist knapp unter der Decke montiert. Diejenigen Gestalten, die ständig zwischen den Automaten und der Auszahlungsstelle herumwuseln, sollen denjenigen nicht das Blickfeld verstellen, die sich das Spiel tatsächlich *ansehen* wollen. Wie in jedem Wettbüro der Welt gibt es auch hier die manischen, sich immer in Bewegung befindlichen Hardcore-Wetter, die mehrere Eisen gleichzeitig im Feuer haben, und die scheinbar leblosen Glotzer. Die Gruppe der Glotzer unterteilt sich noch einmal in Leute wie mich, die tatsächlich das Spiel sinnerfassend verfolgen, und in die Gruppe der *reinen* Schauer, für die das Geschehen auf den Bildschirmen sekundär ist. Primär ist für sie die Innenschau, weshalb sie auch als die Propheten unter den Wettbürokunden gelten. Was diese Propheten wirklich wahrnehmen, weiß niemand, weil sie ihre Visionen für sich behalten. Sicher ist nur, dass sie auf ihre Weise glücklich sind, nicht alleine zu sein.

Außerdem herrscht hier der typische, extreme Frauenmangel. Kaum denke ich diesen Mangel, taucht plötzlich eine auf. Ein Stromstoß geht durch das versammelte Schwarz und lässt es einmal flackern, kurz und heftig. Die Männer fragen sich, was diese relativ junge Frau hier tut, und versuchen verbissen, nicht zu ihr hinzuschauen. Was so gut wie keinem gelingt. Selbst diejenigen, die den Kopf nicht in die Richtung der Frau heben, lassen zumindest ihre Pupillen zu ihr hinüberwandern und registrieren die Sanftheit ihres Profils so lange wie möglich. Was tut der Engel hier, der vor aller Augen in verwaschenen Jeans vom Himmel steigt? Während die Frau durch das Wettbüro geht, geschmeidig und zielgerichtet wie ein Puma-Weibchen, weichen die Rücken ehrfurchtsvoll zurück. Am Ziel ihres Weges wirft sie ein paar Münzen in den Getränkeautomaten und entnimmt ihm eine Halbliterflasche Mineralwasser. Während dieser heiligen Handlung gibt es kein Gemetzel am Schlachtfeld der

Wettscheine. Kraft der femininen Erscheinung vergessen die Männer für einige Augenblicke, dass sie nur hier sind, um gegen den unbesiegbaren Zufall zu kämpfen.

Mit der Flasche in der Hand blickt die Frau unschlüssig in die Runde. Die überwiegend jungen Männer, die auf einer Bank lümmeln, registrieren das sofort und tun etwas, das sie bis zu dieser Sekunde nicht einmal in ihren Alpträumen erwogen hätten: Sie rücken zusammen. Gleichzeitig lächeln sie der Frau zu und deuten an, dass in ihrer Nähe zufällig gerade ein kostbarer Sitzplatz freigeworden ist. Die Frau bedankt sich mit einem Nicken und setzt sich zu ihnen.

Ungefähr eine Viertelstunde, nachdem das Spiel begonnen hat, kommt plötzlich der Wettwart hinter seinem Tresen hervor. Zwischen zwei Wettautomaten zieht er eine Art Notsitz heraus, ein kleines klobiges Kistchen, und bringt es mir.

«Vielen herzlichen Dank», rufe ich ihm zwei Mal hintereinander zu. Er hat mich nicht nur beobachtet, er hat auch erkannt, wie sehr mich das Spiel fesselt. An diesem Ort, wo jeder nur seinen ganz persönlichen Vorteil jagt und sich die Konzentration auf Zahlenreihen, Zettel und Bildschirme bündelt, erscheint mir diese Geste wie ein kleines Wunder. Dankbar sinke ich auf die sperrige Kiste und sehe mir den Rest der ersten Halbzeit an.

In der Pause des Spiels fällt der Zusehdruck wie üblich rapide ab. Die ersten Wettverlierer schütteln enttäuscht die Köpfe, stehen auf, gehen aufs Klo oder ins Freie, um zu rauchen. Manche Männer verschwinden überhaupt. Ungefähr die Hälfte der Sitzplätze wird frei. Ich stelle meinen Notsitz zurück, lanciere eine zweite kleine Wette, die ich auch als Trinkgeld für den Wettwart verstehe, und setze mich auf einen der frei gewordenen Stühle.

Sofort erfahre ich im Pausenprogramm des privaten Senders was morgen passieren wird: AÖ spielt gegen DP, FJ gegen JQ und KB gegen XÜ. Dazwischen donnert der neueste BMW über eine Straße, die leer ist. Aus meiner Erfahrung weiß ich, dass Straßen in dieser Qualität und Breite immer gespickt sind mit anderen Autos, diversen LKWs, Sondertransporten, Erhaltungsfahrzeugen und Tiefladern die Bauraupen transportieren. Wieso, frage ich mich, verzerrt eine solide Firma wie BMW die Realität derart grotesk? Wieso deutet diese Werbung den zentralen Verstopfungs-Aspekt unserer Auto-Fahr-Wirklichkeit nicht wenigstens in Spuren an? Zum Beispiel indem sie einen alten, rostigen Sattelschlepper zeigt und einen ehrlichen Reporter, der die Zuseher höflich darauf hinweist, dass der BMW, für den geworben werden soll, einstweilen noch hinter dem LKW im Stau steht.

«Aber sobald der Truck weg ist», würde der Sprecher in einer von mir gestalteten Werbung verkünden, «wird unser superneuer BMW ins Bild kommen.»

Um die Wartezeit sinnvoll zu überrücken, würde ich in meiner Werbung auf der offenen Ladefläche des Sattelschleppers einen kleinen Fernfahrerchor platzieren, der ein paar stimmungsvolle Andachtsjodler singt. So ein Gegensatzpaar *harte Jungs – weicher Gesang* öffnet das Gemüt der Zuseher und stimmt sie spendabler. Erst nach diesen moralisch erbauenden Minuten würde der Laster wie ein alter Theatervorhang zur Seite rumpeln und den Blick auf den klobigen Protagonisten freigeben: Es erschiene, feinstaubumhüllt, die Silhouette des Bayerischen SUVs. Im Inneren würde man ahnungsvoll die Profile von leicht in Mitleidenschaft gezogenen Personen erkennen. Auf Höhe des Reporters würden die Insassen zu winken versuchen, was nur einem gelänge. Die anderen müssten ihre Münder mit ihren Händen bedecken, um ihre Hustenanfälle zu dämpfen.

«Zugegeben», würde mein ehrlicher Reporter realitätsnah sagen, mit einem Verweis auf die um Atemluft ringende Familie, «das ist keine wirklich *freie* Fahrt, aber doch eine einigermaßen frohe. Und diese Fröhlichkeit, meine Damen und Herren, erwartet alle Käufer unseres neuen Modells!»

So stelle ich mir eine authentische Autowerbung vor. Sollte irgendjemand bei BMW diese Zeilen lesen – als Berater für Großkonzerne bin ich noch zu haben.

Nachdem endlich wieder Fußball gespielt wird, versuche ich durchzuatmen und konzentriere mich auf die ausgesprochen spannende Rasenschlacht. Ein paar Minuten nach Wiederbeginn formieren sich links neben mir mehrere Männer zu einer Gruppe. Ich sehe das aus dem Augenwinkel und erkläre es mir als Zusammenkunft professioneller Wettmeister, die ihre Ideen austauschen. Was tatsächlich passiert, ist im ersten Moment so unwirklich, dass ich kurz und laut auflache. Die vier, nein fünf Männer, stellen sich im Halbkreis auf und singen die schönen Silben *Tjo-tjo-iriiiehh … Tjo-tjo-iriiiiehhhhh …*

Der schwellende Klang ist erfüllt von sagenhafter Inbrunst. Bei jeder Wiederholung dehnen die Jungs das i und das h noch etwas weiter. Ihre Lippen verformen sich so intensiv wie Schlauchbootwülste bei einer Raftingtour. Was mich aber noch mehr erstaunt als der Jodler selbst, ist die Tatsache, dass sie überhaupt singen, hier in diesem Etablissement. Ist Livemusik ein neuer, die Wettlust steigernder Service der Schweizer Wettbüros? Nicht nur der Chor selbst überrascht mich, sondern auch seine solide Intonation. Die Reaktionen der anderen Männer schwanken zwischen teilnahmslos bis leicht irritiert. Nur die Frau lächelt und blickt wohlwollend auf die kleine Tonkünstlergruppe. Einer von den manischen Herumgehern marschiert zum gefühlten hundertsten Mal an mir vorbei, bleibt aber diesmal genau auf meiner Höhe stehen.

«He, Kollege», ruft er laut, weil man jetzt erst recht laut rufen muss, um den Chor, den Fußballreporter und das kollektive Gequatsche zu übertönen, «du sitzt auf meinem Platz!»

Ich registriere, dass er tatsächlich mich gemeint hat. Gleichzeitig spüre ich den Klammergriff einer Fassungslosigkeit, die mich sprachlos macht.

«Hau ab von meinem Platz! Ich war schon in der ersten Halbzeit da!», wiederholt er seinen Anspruch.

Erst nach diesem zweiten Frontalangriff gelingt es mir, mein offen verdutztes in ein halbwegs gefestigtes Gesicht umzuformen. Aber anstatt ihn zu fragen, wie lustig er seinen Scherz meint, drehe ich mich um und sehe hilfesuchend in die Gesichter der anderen Männer. Die meisten haben das Potential der Situation erkannt und spüren, dass sich hier etwas zusammenbrauen könnte.

«Meint der das im Ernst?», frage ich endlich den mir zunächst sitzenden jungen Mann, der mein Erstaunen sogar bis zu einem gewissen Grad zu teilen scheint. Obwohl ich von der neuen Situation hinreichend gefordert bin, fällt mir nebenbei auf, dass sich der Chor überhaupt nicht aus der Ruhe bringen lässt. Hingebungsvoll singt er: *Ria-ho-ihüüü ...*

Der junge Mann neben mir quittiert meine Frage mit einem Augenrollen und ruft dem vor mir stehenden Worte zu, deren Wahrheitsgehalt kaum zu überbieten ist: «Das hier sein Wettbüro!»

Absolut richtig, füge ich in Gedanken an. Das hier sein nicht Staatsoper. Indem ich hier mein Geld opfere, ist diese Stätte für die Dauer meiner Wette auch mein Büro, mein Heim und mein Nest. Wir haben hier keine nummerierten Bezahlplätze. Wir sind hier in der gleichen Situation wie Reisende am Bahnhof, die ihren Platz im Wartesaal aufgeben und verschwinden. Wer dort nach einer halben Stunde wiederkommt, um seinen «alten» Platz zu beanspruchen, darf auch ganz sicher damit rechnen, dass ihm neben leicht geschüttelten Köpfen auch schwerere Formen von Unverständnis entgegenschlagen.

«Ich schau mir einfach nur das Spiel an», rufe ich dem Platzforderer schließlich zu, «und du solltest das Gleiche tun.»

Danach sehe ich wieder auf den Bildschirm und versuche mich auf die Bilder zu konzentrieren.

Statt zu antworten macht er noch einen Schritt auf mich zu und baut sich bedrohlich vor mir auf. Wie vor dreihunderttausend Jahren, denke ich bitter. Nur ging es damals nicht um einen Sitzplatz vor einem Fernseher, sondern um einen Elchkadaver neben einem Wasserloch, den beide Männer für sich und ihren Clan beanspruchten.

«Mach – die – Fliege!», herrscht mich der Mann laut und deutlich an. Weil er mir die Sicht jetzt endgültig verstellt, bin ich gezwungen ihn genauer anzusehen. Er ist nicht viel größer als ich, aber mindestens zwanzig Jahre jünger. Seine schwarze Kunstlederjacke ist verbeult und eingerissen. Der Chor steigert noch einmal seine Intensität und entlässt neue Silben in den Äther: *Tri-duli-duli-jöhhh …*

«Wieso sollte ich die Fliege machen?», frage ich ihn penetrant laut und mit wachsender Wut.

«Deshalb», antwortet er unaufgeregt und hält mir plötzlich ein Foto vors Gesicht. Auf dem Foto sehe ich mich. Ich hocke am Ufer der Langete, genauer gesagt am Rand des betonierten Beckens, wo ich die Gänsefrau getroffen habe, und ziehe an einer dünnen Schnur eine dicke Forelle ans Ufer. Genau die Forelle, die ich zusammen mit Rita und Hella verspeist habe. Sie war über fünfzig Zentimeter lang und kämpft auf dem Foto vergeblich um ihr Leben.»

«Woher …?», stammle ich verblüfft.

«Draußen», sagt er bestimmt, setzt sich in Bewegung und verschwindet zwischen den Leuten Richtung Ausgang.

Ich bin zu bestürzt, um ihm gleich zu folgen. Während ich versuche, meine Gedanken zu ordnen, singt der Chor unbekümmert weiter. Plötzlich überkommt mich eine ungeheure Schwere. Ich fühle mich wie ein uralter Mensch und frage mich, was ich hier tue. Und mit *hier* meine ich nicht das Wettbüro, sondern den ganzen Planeten. Sowas kann einem nur auf der Erde passieren, dass einem die dreißig mal vierzig Zentimeter Platz, die man endlich für seinen Hintern gefunden hat, auch noch jemand wegnehmen will. Soll ich wirklich aufstehen, hinausgehen und einem Typen folgen, der mich ganz offensichtlich erpressen will? Oder soll ich sitzenbleiben und das tun, was ich am drittbesten kann (nach Blödsinn reden und viel essen), nämlich hoffen, dass schon nichts passieren wird? Mein Über-Ich, das in prekären Momenten schon öfter die Kontrolle übernommen hat, bewahrt auch jetzt die Ruhe und setzt meinen Körper in Gang. Er erhebt sich, schiebt den Sessel umständlich ein paar Zentimeter zurück, (was überhaupt nicht notwendig gewesen wäre), sieht sich um und erntet kein Interesse und null Verständnis für seine besondere Situation. Alle sind wie immer ganz mit sich beschäftigt. Vor der elektronischen Schiebetür komme ich wieder zu mir, halte noch einmal inne und schließe den untersten Knopf meiner Jacke.

Obwohl ich nur ins Freie trete, kommt mir der Schritt über die Schwelle so vor, als beträte ich eine Art Hinrichtungsplatz. Weiche Knie und ein dumpfes, mulmiges Gefühl im Magen; so stehe ich vor dem Büro an der frischen Luft und sehe mich vorsichtig um. Rechts vom Eingang erstrecken sich die mächtigen, viereckigen Säulen einer Arkade, deren Flucht im Gegensatz zum klinischen Gleißen des Wettbüros nur spärlich beleuchtet ist. Vom Mann mit dem Forellen-Foto ist nichts zu sehen. Dafür höre ich ganz in der Nähe das rachitische Knattern eines kleinen Motorrads.

«Komm endlich!», befiehlt mir eine bekannte Stimme, die meine Panik nicht gerade dämpft. Nach ein paar Schritten entlang der Bögen stehe ich plötzlich vor einem großen Bündel, das am Boden liegt und sich windet wie eine riesenhafte Made. Ich erkenne den Mann mit dem Foto, der im Schatten einer Säule liegt und sich mit beiden Händen schmerzverzerrt an den Bauch greift.

«Glotz hier keine Löcher in die Luft!», fordert Frau Eymann

streng. Sie hockt unmittelbar neben der Säule auf einem uralten Kleinmotorrad. «Steig endlich auf!»

Während sie an ihrer obligaten Zigarette zieht, blickt sie so grimmig in die Nacht, als müsste sie ein hungriges Hyänenrudel nur mit dem Fletschen ihrer Zähne in Schach halten. Leicht benommen wanke ich auf sie zu und setze mich wie befohlen auf den winzigen Beifahrersitz.

«Halt dich fest!», befiehlt sie mir und fährt los. Um mein Gewicht bereichert kommt die rostige Reibe kaum vom Fleck. Wir knattern laut aber langsam an den Säulen entlang, poltern über die Gehsteigkante auf die Straße und schlingern dort zwischen Rand- und Mittelstreifen über den Asphalt.

«Haben Sie überhaupt einen Führerschein?», rufe ich bestürzt.

«Verdammter Bengel!», macht sie mich nieder, «ich war eine der ersten Frauen in der Schweiz, die diesen gottverfluchten Schein gemacht haben. Ich habe mehr Fahrpraxis als du jemals haben wirst.»

«Was ist da eben passiert?», wechsle ich das Thema, zumal Frau Eymann jetzt halbwegs stabil über den Asphalt tuckert. Wir sind zwar noch immer nicht schneller als zwei Wanderhoden, aber immerhin gelangen wir langsam außer Sichtweite des Wettbüros.

«Du hast dich mit den Falschen angelegt», antwortet sie.

«Ich habe mich mit gar niemandem angelegt.»

«Doch», sagt Frau Eymann, «du hast *spielerische* Gedanken auf eine große Firma gelenkt. Noch dazu in einer Großstadt. Sowas kann nicht gutgehen.»

«Aber da ist doch nichts dabei», entgegne ich, «außerdem weiß keine Firma, was ich über sie denke.»

«Große Firmen wissen alles über kleine Konsumenten», berichtigt mich Frau Eymann, «und genauso viel wissen sie über Nichtkonsumenten wie dich. Typen wie du werden in eigenen virtuellen Akten analysiert.»

«Was heißt analysiert? Niemand kann meine Gedanken lesen.»

«Jetzt pass einmal auf, du Ignorant», bellt sie durch die Nacht, wobei sie sich über ihre rechte Schulter viel zu weit nach hinten beugt. Sie lenkt nur mit einer Hand, die andere benutzt sie, um ihre Zigarette zu halten.

«Ich höre Sie!», rufe ich, «Sie brauchen sich nicht umdrehen. Lassen Sie lieber die Hände am Lenker und schauen Sie bitte auf die Straße!»

«In Zürich», fährt sie unbeeindruckt fort, «steht jeder Quadratzentimeter unter virtueller Dauerbeobachtung. Wie übrigens in jeder Großstadt auf diesem Planeten. Alles, was passiert, wird von Mikrosensoren aufgezeichnet, die sich in der Materialoberfläche befinden. Im Stoff eurer Kleidung ebenso wie in der Glasoberfläche von Bildschirmen. Da drinnen, wo du gerade Stunk gemacht hast, ist alles voll mit Sensoren.»

«Ich hab' keinen Stunk gemacht. Ich bin nur dagesessen und hab' mir ein Fußballspiel angeschaut.»

«Du lügst! In Gedanken hast du eine große Firma verunglimpft.»

«Aber woher wissen Sie das? Und woher sollte die Firma das wissen?»

«Es sind deine Pupillen und wie du deine Gesichtsmuskeln kontrahierst», antwortet Frau Eymann, «Supercomputer registrieren jede Aktivität in deinen Augen ultragenau. Und die Augen sind die Ausläufer der Seele, der Ort, wo Gedanken visuelle Wirklichkeit werden. Diese Wirklichkeit wird sofort aufgezeichnet, analysiert und bewertet. In deinem Fall waren die Bilder und die Folgen deiner spielerischen Vorstellung so krass, dass sofort jemand losgeschickt wurde, um zu intervenieren.»

«Intervention ist eine halbwegs harmlose Umschreibung für versuchte Erpressung», halte ich ihr vor.

«Der wollte dich nicht erpressen», sagt Frau Eymann, «der hatte eine ganz andere Absicht.»

«Und zwar?»

«Er wollte deine Aura zerstören.»

«Meine Aura?», stutze ich.

«Ja», bestätigt Frau Eymann. «Der Typ war ein sogenannter Entaurer. Das sind menschliche Soldaten, die der große Moloch losschickt, wenn sich die Untertanen zu weit gegen ihn und seine Firmen auflehnen.»

«Noch einmal», insistiere ich, «ich habe nur mit meinen Gedanken gespielt. Ich habe mich gegen niemanden aufgelehnt.»

«Doch! Jeder spielerische Gedanke ist eine Auflehnung!», überrollt Frau Eymann mit keiner geringen Lautstärke auch diesen Einwand, «du hast einen Chor zusammengestellt. Du hast Leute zum Singen gebracht, die nie im Leben auch nur einen Ton freiwillig japsen würden. Leute, die singen, wetten weniger. Weniger wetten bedeutet weniger Umsatz. Das darf nicht passieren. Also musste jemand kommen, um deine Aura zu zerstören. Denn mit dieser Aura, und nur mit ihr, hast du deinen Chor zusammengestellt.»

«Meinen Chor?»

«Ja, deinen Chor. Du hast ihn ins Leben gerufen.»

«Genau», bestätige ich grinsend, «und am dritten Tag hab ich dann die Blumen und Bäume geschaffen und am fünften das Getier ...»

«Sie haben nicht mehr viele Probleme mit euch», übergeht Frau Eymann meinen zynischen Einwand unbeeindruckt, «aber die Sache mit der Aura macht ihnen tatsächlich noch zu schaffen.»

«Wie soll das funktionieren, wie arbeiten Entaurer?»

«Mit dem Handy», erklärt Frau Eymann. «Sie haben da eine spezielle App. Die funktioniert wie eine Kombination aus Taschenlampe und Staubsauger. Sie richten einen ganz besonders aggressiven elektronischen Strahl auf das Opfer und neutralisieren damit die Partikel, die als *Wesen* über dem Körper liegen. Dann ist die Aura weg.»

«Irreversibel?»

«Ja und nein. Man kann schon was machen, aber das ist sehr mühsam und langwierig.»

«Achtung Rot!», rufe ich vor einer Ampel. Frau Eymann fährt gnadenlos weiter. Ich schlage die Hände über dem Kopf zusammen und erwarte, dass uns mindestens ein Bus rammt, aber nichts dergleichen passiert.

«Überleg dir einmal, wie das wäre», sagt sie auf der anderen Straßenseite, «wenn du auf die Fischereiordnung auch so penibel achten würdest, wie auf die Verkehrsregeln …»

Ich tue das, was ich am viertbesten kann, mime den zu Unrecht Beleidigten und schweige. Zuerst die Geschichte mit dem Entaurer, dann das Überfahren der roten Ampel und als Draufgabe noch ein erhobener Zeigefinger.

Frau Eymann lässt sich nicht aus der Ruhe bringen. Mit der Geschwindigkeit eines alten knarrenden Scheunentors, das von einem alten gichtkrummen Bauern bedächtig geöffnet wird, biegen wir auf eine weitgehend menschenleere Landstraße ein. Was uns an Vorwärtsdrall fehlt, kompensieren wir durch die Schönheit unserer Fahrspur. Frau Eymann fährt nicht einfach nur geradeaus. Sie folgt einer unsichtbaren Fährte, die, würde man sie mit Zaubertinte sichtbar machen, den Bohrgängen eines Borkenkäfers gliche.

«Mit dem Zug wären wir schneller», beende ich unser Schweigen, während ich die Metabotschaft *und sicherer* für mich behalte. «Und das Mofa könnten wir auch im Abteil mitnehmen.»

«Um die Zeit fährt keine Bahn», lehnt Frau Eymann mein Ansinnen schroff ab. Sie kann gleichzeitig sprechen, Mofa fahren und rauchen.

«Aha.»

Meine Nerven sind gespalten. Einerseits beunruhigen mich unsere Mäander. Immerhin sitze ich weitgehend schutzlos auf dem Sozius eines Gefährts, dessen Lichter so schwach sind, dass sie nicht einmal einen paarungswilligen Leuchtkäfer anlocken würden. Andererseits möchte ich die Gunst dieser Stunde nutzen. Wenn ich jetzt nicht mit Frau Eymann rede, dann verspiele ich womöglich meine einzige Chance. An diesem Gedanken hängt noch ein anderer Mensch, mit dem ich im Lauf meines Lebens nicht wirklich ins Gespräch gekommen bin. Oder, besser gesagt, mit dem ich nicht das besprochen habe, was ich gerne von ihm gewusst hätte. Warum hast du mit einer derartig verbissenen Vehemenz nie etwas vom Krieg erzählt? Das hätte ich von meinem Vater wissen wollen. War das Leid, das dir an der Front widerfahren ist, dein Schatz? Hast du deshalb nichts von diesem Schatz abgegeben, weil nur seine volle Potenz deine ganze Wut gerechtfertigt hat? Hollywood-Blockbuster funktionieren genau nach dieser Logik: Je größer das Leid des Helden, desto gerechtfertigter seine Wut und alle Maßnahmen, die aus dieser Wut entspringen und für Spannung sorgen. Im Film bringt diese Spannung absehbare Unterhaltung, im Leben beschert sie unerträgliche Schmerzen.

«Ist das Leid der größte Schatz der Menschheit?», frage ich Frau Eymann, während wir durch einen Wald zuckeln, irgendwo im Niemandsland zwischen Zürich und Langenthal.

«Nein, natürlich nicht.»

«Warum haben wir dann immer Kriege?»

«Weil die Menschen nicht genug geliebt werden und sich vor lauter Verzweiflung die Liebe mit Gewalt holen möchten.»

«Wurden Sie genug geliebt?»

«Nein, leider.»

«Was haben Sie dagegen gemacht?»

«Forellen beschützt. Wenigstens die sollten mich lieben.»

«Die Forellen haben Sie geliebt?», wiederhole ich etwas irritiert.

«Aber wie! Tiere und Pflanzen lieben uns grundsätzlich. Und wenn wir sie beschützen, dann wächst ihre Liebe ins Unermessliche.»

«Welchen Grund hätten die Tiere und Pflanzen, uns grundsätzlich zu lieben?»

«Weil wir sie *sind*», antwortet Frau Eymann. «Verstehst du? Wir *sind* sie! Nur leider haben wir das vergessen.»

Plötzlich bin ich froh darum, dass wir so langsam fahren. Bei der Geschwindigkeit kann man sich trotz des Motorengeräusches noch halbwegs sinnvoll unterhalten.

«Denk an die Parabel vom verlorenen Sohn», ergänzt meine Mentorin. «Der hat auch geglaubt, dass ihn sein Vater nicht mehr aufnehmen wird. Und was war? Der Vater hat sich wahnsinnig gefreut über seine Rückkehr. Und warum? Weil er den Sohn immer geliebt hat, unabhängig von jeder noch so blöden Tat. Der Sohn hat das aber nicht glauben können, vor lauter Scham und Wut. Mit uns ist es das Gleiche. Wir fragen uns nicht einmal mehr, ob uns die Forellen mögen. Dabei ist das eine zentrale Frage. Würden wir sie stellen, kämen wir zu der Erkenntnis, dass sie uns immer lieben, ganz besonders dann, wenn wir auch ihre Bedürfnisse wahrnehmen.»

Das Gleichnis und wie Frau Eymann es erweitert hat, gibt mir zu denken. Vor allem denke ich an meinen Freund Darius, den Dirigenten. Vor meiner Abreise hat er mir noch voller Begeisterung vom keltischen Baumhoroskop erzählt. Darin wäre er eine Haselnuss, hat er enthusiastisch ausposaunt. Alle Eigenschaften der Haselnuss hätte auch er und umgekehrt. Damals habe ich noch gelacht, weil mich der Gedanke überfordert hat. Jetzt ahne ich dank Frau Eymann, was Darius wirklich gemeint haben könnte und wie recht er damit hat. Vielleicht hat er sogar mehr recht, als er glaubt, zumal er auch selbst ein wenig gelacht hat.

«Am Anfang unseres Gesprächs», sage ich, «haben Sie von den Menschen gesprochen, als gehörten Sie nicht mehr zu ihnen. Etwas später haben Sie wieder *uns* und *wir* gesagt. Warum?»

«Alte Gewohnheit», antwortet Frau Eymann knapp.

«Aber Sie sind doch jetzt hier!»

Frau Eymann seufzt ein wenig. Ich sehe das am leichten Zusammensinken ihres Rückens, der neben ihrem Hinterkopf das einzige ist, was ich dauernd von ihr wahrnehme.

«Auf jeder Ebene der Realität», setzt sie zu einer Erklärung an, «kann man unter bestimmten Umständen und für einen begrenzten Zeitraum eine Stufe vor- oder zurücksteigen. Jetzt gerade darf ich eine Weile hier sein.»

«Um mir beizustehen?», frage ich.

Frau Eymann dürfte nicken. Ich bilde mir ein, das an ihrem Hinterkopf zu erkennen.

«Wenn die Kräfteverhältnisse in einer Realität zu ungleich werden», sagt sie, «dann kommt es mitunter zu Interventionen aus der nächsten Sphäre.»

«Wer bestimmt das?»

«Das erfährst du, wenn alle Sphären durchschritten sind.»

«Der Tod in unserer Welt ist also nur ein Schritt?»

«Ja», bestätigt Frau Eymann und ergänzt: «Ein vergleichsweise kleiner Schritt.»

Es folgt ein kurzes Schweigen, in dem ich meine Fragen sortiere und von den Feststellungen trenne, die ich zwischendurch machen möchte.

«Bin ich froh», sage ich zu meiner Pilotin, «dass wir so langsam fahren.»

«Gerade eben wolltest du noch mit der Bahn fahren», erinnert sie mich.

«Da war ich noch befangen im alten Schneller-ist-besser-Muster», gebe ich zu. «Aber jetzt habe ich erkannt, dass ich umso mehr mit Ihnen reden kann, je länger die Fahrt dauert. Das finde ich großartig. Auch wenn es angesichts unserer Geschwindigkeit sein könnte, dass schon ein neuer Stipendiat in die Villa eingezogen ist, wenn wir in Langenthal ankommen.»

Frau Eymann grinst nicht einmal, soweit ich das von hier aus beurteilen kann. Mit Scherzen hat sie nicht annähernd so viel am Hut wie mit Forellen.

In der Nähe des Langenthaler Stadtzentrums drosselt Frau Eymann unsere Geschwindigkeit. Kaum zu glauben. Wir können tatsächlich noch langsamer fahren, ohne umzufallen.

«Was ist los?», frage ich.

«Da stimmt was nicht», mümmelt sie, ohne ihre obligate Zigarette aus dem Mund zu nehmen. Seit wir in Zürich gestartet sind, hat sie bestimmt eine ganze Packung geraucht.

«Was stimmt denn nicht?», will ich beunruhigt wissen.

Nach der Ankunft im Zentrum biegen wir in den Wuhrplatz ein und bleiben stehen. Frau Eymann pflanzt ihre beiden Füße neben das Mofa und schaltet den Motor ab. Vor uns erstreckt sich der altehrwürdige Platz wie eine menschenleere, sich in die Unendlichkeit verlierende Flucht von de Chirico. Auch die im nördlichen Eck gelegene Boules-Zone der Senioren wirkt so blass wie eine verlassene Mondstation.

«Warum halten wir?»

«Deshalb», antwortet sie und deutet mit dem Kopf hinüber ins dunkelste Eck des Areals, wo sich auch die öffentliche WC-Anlage befindet. Obwohl in diesem Bereich keine Parkplätze ausgewiesen sind, stehen dort drei Autos. Davor und dazwischen lehnen mindestens zehn Gestalten, die auf etwas ganz Bestimmtes zu warten scheinen.

«Wer sind die Typen?», flüstere ich beunruhigt.

«Dein neuer Freund und seine Komplizen», antwortet Frau Eymann.

«Sie meinen den Typen vom Wettbüro?»

Frau Eymann nickt.

«Sie sind auf der Autobahn hergefahren. Dort haben sie uns überholt.»

«Uns hätte auch die Schildkröte überholt, die in Aarwangen entlaufen ist.»

Frau Eymann lacht schon wieder nicht. Stattdessen betätigt sie eine Art Klingel an ihrem Mofa. So einen Ton habe ich noch nie gehört. Ein gedämpftes, eierndes Schnarren, als versuchte eine von einer Lawine verschüttete Bohrmaschine auf ihre Lage aufmerksam zu machen.

Frau Eymann deutet hinüber zu den Gestalten. Sie haben sich in Bewegung gesetzt und kommen langsam auf uns zu. Dabei schalten sie ihre Smartphones ein und machen Aufnahmen von der Umgebung und dem Platz. Dort, wo sich die Strahlen ihrer Displays bündeln, erscheinen kurzzeitig gleißend helle Flächen, die wie langgezogene, imaginäre Türöffnungen aussehen.

«Was tun die da?»

«Sie tun das, was Entaurer immer tun: Sie zerstören und entfernen die Aura.»

«Aber dort ist nichts …»

«Doch», widerspricht Frau Eymann, «dort ist die Aura der Stadt, die zärtliche Heiterkeit, mit der die Boules spielenden Senioren diesen Platz bereichert haben. Die Schergen des Molochs entfernen alle humanen Zeichen aus einer Umgebung, in der sie einen Auftrag haben.»

«Was passiert danach mit dem Platz?»

«Er wird leer und reduziert auf ein Korsett aus Zahlen und Koordinaten. Bis vor kurzem haben sie das nur in den großen Städten getan. Dass sie hier auftauchen, überrascht mich. Offensichtlich sehen sie in dir wirklich eine größere Gefahr.»

«Das heißt», schlussfolgere ich, «nach dem Platz sind wir dran.»

«Natürlich bist du das Ziel. Der Platz ist nur Beifang.»

«Und was tun wir dagegen?»

«Ruhe bewahren.»

Welche Ruhe, frage ich mich, während ich mit wachsender Angst auf die Gestalten blicke, die sich unaufhaltsam in unsere Richtung bewegen. Ruhe ist eine Eigenschaft von Leichen. Aber selbst bei ihnen bin ich mir nicht sicher, ob nicht der Geist, der einmal in ihnen war, unruhig neben ihnen schwebt und sich fragt, was er jetzt ohne seinen Körper tun soll. Noch während ich mich an dieser Frage abarbeite, nehme ich eine weitere ungewöhnliche Bewegung wahr. Dort, wo sich die großen Betonstufen befinden, die den Wuhr-Platz vom Flusswasser abgrenzen, taucht eine kleine, kugelige Figur auf, die ebenfalls in unsere Richtung strebt. Beim näheren Hinschauen erkenne ich eine Ente, die schnatternd auf Frau Eymann zuwatschelt.

Obwohl es halbwegs ungewöhnlich wirkt, fühlt es sich zugleich stimmig an, als Frau Eymann das Schnattern erwidert. Die Ente nickt, als hätte sie nichts anderes erwartet. Kaum habe ich meine Verblüffung halbwegs verdaut, erklimmen auch andere Enten den Betonblock und watscheln auf uns zu. Offensichtlich sind sie über die Langete lautlos in die Stadt geschwommen.

«So. Und jetzt atmest du ein paar Mal tief durch und drehst dich um», befiehlt mir meine Mentorin, «aber langsam und gefasst.»

Was für ein Vorschlag! Wie soll man darauf nicht panisch reagieren? Vor uns marschieren Entaurer, die den Platz gnadenlos häuten, um uns herum sammelt sich eine Phalanx hilfloser Enten und hinter uns befindet sich etwas, dem ich langsam und gefasst begegnen soll.

«Fleischfressende Saurier», tippe ich, folge dem Befehl und bewege mich ausgesprochen zögerlich um die eigene Achse. Die Wirklichkeit, die sich vor meinen erwartungsschwangeren Augen ausbreitet, ist weniger blutrünstig als befürchtet, aber nicht weniger überraschend.

Das Publikum aus dem Bären-Hotel, mindestens hundert überwiegend ältere Frauen und ein paar Männer, sind hinter Frau Eymann und mir aufmarschiert. Noch lautloser als die Enten, die immerhin geschnattert haben. Im Gegensatz zu den eleganten Abendkleidern, die sie bei ihrem Konzertbesuch getragen haben, sind die Senioren jetzt eher leger gekleidet: Nachthemden, Pyjamas und Bademäntel. Was mich noch mehr erstaunt als ihre Kleidung, sind die vielen eisernen Boules-Kugeln, die sie in ihren Händen wiegen. Obwohl ich damals nicht dabei war, muss ich plötzlich an den Dreißigjährigen Krieg denken, zumal auch die Enten eine präzise, soldatenartige Stirnreihe bilden. Sie haben aufgehört zu quaken und blicken konzentriert auf die Bewegungen der Entaurer, die jetzt nur noch ein paar Dutzend Meter von uns entfernt sind. Die Lichtkeile, die sie mit ihren Smartphones rund um sich werfen, sind meiner Schätzung nach mindestens fünf Meter lang.

«Langsam sollten wir was tun», werde ich unrund.

Frau Eymann, die etwas größer ist als ich, schaut in den Himmel, als ob nicht schon am Boden genug los wäre. Über uns, in ungefähr vier bis fünf Metern Höhe, ist tatsächlich etwas los: Dort schweben Yogamatten durch die Nachtluft. Ich erkenne Alain, Schau Tal und die anderen Teilnehmerinnen aus unserem Kurs. Sie lenken die Matten und befördern kleine Bücherstapel und jeweils eine weitere Person.

Während sie langsam über uns kreisen wie die Kampfflugzeuge eines Sternenkreuzers um ihr Mutterschiff, kann ich auch die Gesichter einiger Passagiere erkennen. Lenz, der große Lesemeister, seine Frau Edda, die Wolkenmalerin, und Ruedi vom Gesangsverein. Malva, die Bibliotheksleiterin, Max, der pensionierte Swissair-Kapitän, der Präsident des Stiftungsrates, Pavel, unser Hausvater und noch ein paar andere. Diese Menschen, die sonst ausgesprochen sympathisch und dezent herüberkommen, wirken jetzt erstaunlich kampfbereit und zu allem entschlossen.

«Das ist *Krieg und Frieden* – ohne Frieden!», ruft mir Lenz aus der Luft zu, während er einen besonders dicken Buchziegel in meine Richtung schwenkt. «Dagegen ist kein Kraut gewachsen!»

Ich hebe meinen Daumen in seine Richtung, bin aber alles andere als zuversichtlich. Lenz übersieht meine Skepsis, lacht laut und grimmig und kreist weiter über unseren Köpfen.

Was passiert, überlege ich, wenn dich Tolstois umfangreichstes Werk aus fünf Metern Höhe trifft? Diesbezüglich habe ich schon einmal einen aufschlussreichen Moment erlebt. Damals war Rita eine Woche lang Turmeremitin im Linzer Dom. Weil sie ihn alleine nicht essen konnte, warf sie mir von der Turmstube aus einen Brotlaib zu. Ich stand auf dem Platz vor dem Dom und breitete erwartungsfroh die Hände aus. Während der Laib Meter um Meter durch die Luft nach unten zischte, registrierte ich gerade noch rechtzeitig, wozu die Schwerkraft imstande ist: Sie verwandelt ein leichtes Brot in einen schweren Amboss. Wäre ich nicht in letzter Sekunde zurückgesprungen, hätte ich meine Arme verloren. Der Aufschlag des Brotes klang so abgründig dumpf, als hätte ein tollwütiger Elefant versucht, ein Loch in den Boden zu stampfen. Gleich danach sprang der Laib mehrere Meter vom Asphalt zurück in die Luft.

«Angriff!», brüllt Frau Eymann abrupt.

Diesen Befehl kenne ich sonst nur aus Filmen. Jetzt, wo ich ihn zum ersten Mal in der Wirklichkeit erlebe, hört er sich furchtbar und zugleich großartig an. Die Yogaflieger geben ihre Kreisformation auf und bilden Keile, die zielgerichtet durch den Nachthimmel zischen. Über den Entaurern angekommen, werfen die am Mattenende sitzenden Kanoniere die ganz besonders schweren Bücher ab. Es regnet Literatur. Millionen Wörter stürzen wie druckerschwarze Hagelkörner zu Boden. Was für ein Glück, durchströmt es mich, dass manche Autoren Tag und Nacht geschrieben haben. Wenn schon der Inhalt nichts genutzt hat, so kommt uns jetzt wenigstens der Umfang ihrer Werke zugute. Die Schmerzensschreie der Getroffenen mischen sich mit ihren Flüchen, während sie ihre aggressiven Handystrahlen auf die Piloten der Yogamatten richten und versuchen sie zu blenden.

Tatsächlich geraten die Matten und ihre Besatzungen immer wieder aus dem Gleichgewicht und fangen an zu trudeln. Dann steigen sie höher, büßen dabei aber an Genauigkeit ein, mit der sie ihre Buchbomben abwerfen.

«Auuuaaahhh!», ertönt plötzlich ein besonders langgezogener Schmerzensschrei aus der Gruppe der wild um sich strahlenden Entaurer. So einen Schrei kann nur James Joyce verursacht haben, denke ich mir. Dem Klang nach muss dem Getroffenen der *Ulysses* voll auf den Hinterkopf gekracht sein. Wie gut, dass Malva und Lenz als ausgewiesene Literaturexperten die richtigen Bücher ausgewählt haben. Nicht weit von uns entfernt geht ein zweiter Entaurer in die Knie. Kein Wunder, denke ich mir. Neben ihm liegt das Buch, das ihn an der Schulter getroffen hat: *Der Mann ohne Eigenschaften*. In der nächsten Kirche werde ich eine Kerze anzünden für Robert Musil.

Obwohl sie schwere Treffer abbekommen, geben sich die Entaurer nicht so leicht geschlagen. Immer mehr Yogagflieger treten, von dem Strahlengeflecht verstört oder geblendet, den Rückflug an oder steigen höher. Frau Eymann, die das Geschehen ebenso konzentriert wie besorgt beobachtet, holt tief Luft und brüllt den nächsten Befehl: «Vorwärts!»

Die Enten zischen los. Noch im Anlaufen bilden sie Gruppen, die vom Laufschritt in den Tiefflug übergehen, als hätte sie ein Katapult in die Nacht geschleudert. Wie befiederte Beißzangen stürzen sie sich auf die Smartphones der Aurakiller. Manchen Entengruppen gelingt es sofort, die Handys ihrer Gegner zu schnappen. Andere Gruppen verbeißen sich mit ihren Schnäbeln in den Armen der Entaurer und versuchen, die Smartphones aus den wild um sich rudernden Händen zu schütteln. Einige Enten bekommen üble Schläge und heftige Fußtritte ab. Andere geraten direkt in die Lichtkegel und klatschen Sekunden später wie Steine auf den Beton. Die neonweißen Handystrahlen der Entaurer flackern, als wären sie Lichter einer intergalaktischen Discothek. Der Asphalt ist übersät mit zerfledderten Büchern und den leblosen Körpern abgestürzter Enten. Die Schlacht steht auf Messers Schneide, als Frau Eymann den nächsten Brüller von sich gibt: «Jetzt!»

Der dichte Pulk der Senioren marschiert geschlossen los. Als die Entaurer die Phalanx aus älteren Menschen registrieren, kommt Panik in ihre Gruppe. Sie wissen nicht mehr, wohin sie die Strahlen der ihnen noch verbliebenen Handys richten sollen. Die erste Eisenkugel fliegt in einem sagenhaft schönen Halbkreis durch die Luft. Sie landet punktgenau auf den Zehen eines der Schergen und entlockt ihm ein schmerzverzerrtes Aufjaulen. Wie gut, denke ich, dass die Senioren ihr ganzes Leben lang geübt haben. Offensichtlich denken die Entaurer das Gleiche, nur umgekehrt. Atmosphärisch beginnt mit dem Aufmarsch der Senioren der Anfang vom Ende. Während der an den Zehen Getroffene versucht, vom Feld Richtung Auto zu humpeln, registrieren auch die Anderen, was gleich passieren wird: Ein Hagelschauer aus Boules-Kugeln wird ihre von den Büchern weichgeklopften Rücken endgültig zertrümmern.

«Weg hier!», brüllt der Typ, der mich im Wettbüro angestänkert hat. Der Rest seiner Truppe rückt zusammen. Sie nehmen die Humpelnden und Verletzten in ihre Mitte und treten einen ungeordneten Rückzug an. Bei ihrem Ausgangspunkt springen sie in die geparkten Autos, geben Gas und verschwinden mit qualmenden Reifen.

Die Enten, die ein Entaurer-Handy schnappen konnten, breiten ihre Beute vor den Senioren aus. Die zögern keine Sekunde und schmettern ihre Eisenkugeln auf die Smartphones. Der Wuhr-Platz erbebt unter einem vulkanischen Hagelschauer, als prasselten Felsbrocken und Lavasteine nieder. Übrig bleiben Plastikbrösel, fleckige Schlieren und Stäubchen seltener Erde.

Neben uns landen die Yogamattenflieger.

«Schau Tal», rufe ich erleichtert, als sie von ihrer Matte absteigt und auf mich zugeht.

«Der einbeinige Kranich grüßt den heraufschauenden Hund», erwidert sie, bevor wir uns umarmen.

«Wie geht es dem Kranich», frage ich, «haben sie dich irgendwie verletzt?»

Schau Tal schüttelt den Kopf.

«Nicht der Rede wert. Die Enten sind schlimmer dran.»

Vor uns haben die Senioren sieben leblose Enten in einer Reihe abgelegt. Auch die restlichen Mattenflieger sind abgestiegen und umringen die Tiere, deren Bäuche sich kaum merklich heben und senken. Gleichzeitig wirken sie völlig apathisch, wie Skulpturen aus Fleisch und Federn.

«Die hat es leider ziemlich heftig erwischt», stellt Frau Eymann voller Mitgefühl fest.

«Können wir ihnen helfen?», fragt Alain.

Frau Eymann verschränkt die Arme.

«Ihr könnt es versuchen», sagt sie wenig hoffnungsfroh.

«Was versuchen?», will Lenz wissen.

«Ihr müsst ihre Aura zurücklesen», wird ihm kryptisch erklärt.

«Wie funktioniert das?», fragt Schau Tal.

«Ihr müsst ihnen laut vorlesen», erklärt uns Frau Eymann, «dabei haltet ihr euch möglichst nahe an die Ohren der Ente.»

«Und was sollen wir lesen?», präzisiert Lenz seine Frage.

«Romane», antwortet Frau Eymann. «Aber noch wichtiger als das Genre ist eure Leidenschaft. Die zerstörten Auren sind alle noch hier,

264

irgendwo auf diesem Platz. Etwas Leben ist noch in ihnen. Wenn eine Aura spürt, dass sie wirklich begehrt wird, dann versucht sie zurückzukehren und sich um ihren alten Körper zu legen. Leider müssen wir auch damit rechnen, dass die Zerstörung zu weit fortgeschritten ist. Ich habe schon Entenaura-Zurücklesungen erlebt, die nach zwei Wochen noch immer nicht erfolgreich waren ...»

«Ich war noch bei keiner dabei», gibt Lenz zu.

Viele nicken oder sagen *ich auch nicht*. Aber niemand resigniert.

«Hilf mir», fordert mich Lenz auf. Wir gehen zum Schlachtfeld, sammeln die sieben dicksten Bücher und verteilen sie an die Freiwilligen, die sich spontan zum Vorlesen gemeldet haben. Dann werden die Enten vorsichtig in Jacken oder Westen gepackt, damit sie nicht auskühlen.

«Einer hält die Ente», erklärt Frau Eymann, «der andere liest vor. Dann wechselt ihr euch ab. Aber versucht, möglichst lange am Stück zu lesen.»

«Und wir», fragt eine der vielen entenlosen Seniorinnen, «was tun wir?»

«Ihr macht warme Grütze für die anderen Enten, holt Decken, Tee und Milch und entzündet Feuer. Wir brauchen Wärme, so viel Wärme wie möglich ...»

Es dauert keine halbe Stunde, bis die Senioren den Wuhr-Platz in ein Kreuzungsprodukt aus Lazarett und Wellnessoase verwandelt haben. Am meisten beeindrucken mich die sieben Feuerschalen, die auf Pick-Ups herbeigekarrt wurden. Jetzt lodern rosenfingrige Flammen aus den stählernen Bottichen und wärmen die Entenleser, ihre kleinen Patienten und die anderen Menschen, die achtsam um sie herumgehen und Tee verteilen, leise, tröstliche Worte sprechen und einander ebenso liebenswerte wie sorgenvolle Blicke schenken. Max und der Präsident des Stiftungsrates haben sogar ihre legendären Weinkeller geplündert. Gläser und Flaschen werden so sorgsam verteilt, als handelte es sich um geheime, medizinische Tinkturen, die noch der alte Paracelsus persönlich abgefüllt hat. Man nickt sich zu, stößt an und lächelt, bevor man sich die edlen Tropfen gönnt.

Auch ein paar Zelte sind schon aufgebaut, in denen Nahrungsmittel und Getränke verstaut werden. «Der gelbe Kommissionsleiter», liest Lenz auf einem Campingstuhl sitzend unserer Ente vor, die ich wie ein Baby im Schoß halte, «hat sich so weit vorgebeugt, dass er seine Krawatte gleich waagrecht über den Tischrand schiebt, sein Gesicht ist fahl, gütig und federlesenslos.»

Lenz ist schon auf Seite 17 von David Foster Wallaces Roman *Unendlicher Spaß*. Der Titel ist ein wenig irreführend. Man lacht nicht allzu oft bei dieser Lektüre. Dafür staunt man über die Komplexität der Sätze und die einfallsreichen Wortschöpfungen.

Bei ihrem Abgang hat uns Frau Eymann noch einmal hinsichtlich der Entenlektüre beruhigt. Vordringlich gehe es um die Geste, die Summe der Zuneigung und das Einander-Berühren unserer Auren beim lauten Lesen. Natürlich sollte der Text möglichst gut sein. Aber noch wichtiger wäre die Intensität der Präsentation: *Aura lockt Aura*. Nachdem sie uns das eindringlich ans Herz gelegt hatte, stieg sie auf ihr Mofa und fuhr davon.

Jetzt, Stunden später, sitzen wir noch immer da. Um die hundert Menschen und sieben flach atmende, zutiefst erschöpfte Entenkörper. Beim Vorlesen wechseln wir einander ab und rezitieren, was unsere Stimmbänder hergeben.

Die ersten anderen Menschen, die in der Morgendämmerung den Wuhr-Platz betreten, sind die arbeitslosen Randständigen, die sich jeden Tag im Bereich der öffentlichen WC-Anlagen sammeln, um dort gemeinsam ihre Zeit zu verbringen. Natürlich machen sie große Augen und sind überrascht von den Umtrieben auf dem ansonsten menschenleeren Platz. Sie wagen es aber nicht, an uns heranzutreten. Ihre Scham ist größer als ihre Neugier. Wer in einem derart reichen Land wie der Schweiz obdachlos wird und auf die Hilfe anderer angewiesen ist, dessen Beschämung gleicht einer Isolationshaft.

Der Chef vom Seniorenbund schlägt seine Decke zurück, erhebt sich aus seinem Campingsessel, verlässt unsere Gruppe, geht hinüber und redet mit den gebückten Gestalten. Aus ihren verneinenden Gesten lese ich, dass sie nichts von dem annehmen wollen, was er ihnen anbietet. Als er wieder zurückkommt, schlägt die erste Ente ihre Augen auf. Sie blickt um sich und fängt an zu schnattern.